늙은
소녀들의
기도

늙은
소녀들의
기도

이경희 장편소설

폭스코너

차례

1

　여자를 바라보는 맞은편 남자의 눈에서 화기가 느껴졌다. 테이블 위로 올라간 남자의 주먹과 테이블 밖으로 튀어나온 남자의 발에서 카페의 공기와는 다른 냄새가 났다. 두 사람은 카페가장 구석자리에 앉아 있었고, 소리를 내어 시선을 끈 것도 아니었다. 여느 연인들처럼 마주 앉아 있을 뿐이었다. 두 사람을예민하게 느낀 것은 나였다. 처음부터 두 사람을 주시한 것은아닌데, 어느 순간부터 남자의 행동이 내 시선을 붙잡았다.

　남자가 주먹으로 탁자를 내리치더니 곧바로 여자의 머리채를 휘어잡았다. 소란스러웠던 카페는 일순 조용해졌고 모든 시선이 두 남녀에게로 향했다. 나는 나도 모르게 벌떡 일어났다.

남자에게서 여자를 피신시켜야 한다는 생각뿐이었다. 그러나 생각과 달리 나는 바로 앞에 있는 여자에게 곧바로 달려가지 못했다. 두 사람을 말려야 한다는 의지로 여자를 향해 손을 뻗긴 했지만 다리가 떨어지지 않았다. 그러는 사이 남자는 여자의 머리채를 끌고 카페 밖으로 나갔다. 여자가 비명을 지르며 남자한테 끌려가고 있었지만 사람들은 몸을 움츠리거나 딴청을 피웠다. 카페 밖으로 뛰쳐나온 나도 더 이상은 어쩌지 못했다.

상가 골목으로 여자를 몰아붙인 남자는 본격적으로 주먹질을 시작했다. 남자와 콘크리트 벽에 갇힌 여자가 비명을 질렀다.

나는 여자에게 한 발짝도 다가가지 못했다.

방법이 떠오르지 않았다. 아무도 여자를 도와주지 않을 거라는 체념이 비명을 지르며 바라보는 그녀의 시선으로부터 나를 도망치게 만들었다. 나는 잘못이 없었다. 잘못은 그녀에게 주먹질을 하고 있는 남자와 그런 남자를 상대한 여자에게 있었다. 폭력에 맞서는 우리의 자세는 언제나 정의가 아니라 비겁한 쪽으로 기울어져왔던 것이다. 나라고 다르지 않았다. 나는 도망치듯 택시를 잡아타고 묘각사로 향했다. 그들로 인해 나는 이미 다른 기억에 쫓기기 시작했다.

작년 이맘때 나는 모전동 미군기지에서 일어난 박정순 씨 폭행사건을 취재했다. 짐작대로 미군에 의한 범죄가 맞았다. 박정 순 씨 집은 모전동 뒷골목 깊숙이 있었고, 내가 찾아갔을 때 그 녀는 온몸이 퉁퉁 부은 채로 널브러져 있었다. 가해자인 미군은 이미 사건현장을 벗어났고 그녀의 친구만 곁에 있었다. 경찰이 나 구급차는 보이지 않았다.

내가 방 안으로 들어서자 신음소리를 내며 누워 있던 박정 순 씨가 부풀어 오른 눈꺼풀을 간신히 밀어올렸다. 사나운 짐승 에게 물어뜯긴 듯 이마와 광대뼈, 입술 주변에선 계속해서 피가 솟구쳤다. 그녀의 친구가 휴지를 뜯어 여기저기 붙여주고 있었 지만 피는 멈추지 않았다. 박정순 씨는 뭉개진 얼굴보다 옆구리 와 가슴 통증을 참을 수 없어했다.

사건의 경위보다 그녀를 병원으로 데려가는 게 먼저였다. 전 에도 기지촌 여성의 폭행사건을 다룬 적은 있었지만 박정순 씨 처럼 심하지는 않았다. 얼핏 봐도 그녀는 얼굴이 뭉개질 정도로 맞았고 몸을 제대로 펴지도 못했다.

나는 그녀를 들쳐 업고 내 차가 있는 큰길가 편의점 앞까지 달렸다. 그녀의 친구는 큰 소리로 울기만 했다. 아무리 침착하 려 애를 써도 나 역시 흉측하게 변해가는 그녀의 몰골을 지켜보 자니 냉정을 찾기가 어려웠다. 응급실 침대에 그녀를 뉘어놓고 나는 곧바로 파출소로 향했다.

내가 기자라는 사실을 밝혔는데도 파출소 직원은 무슨 일이냐며 태연하게 물었다. 방금 전에 발생한 박정순 씨 폭행사건에 대해 이것저것 질문했지만 경사는 시큰둥한 표정이었다.

"그게 무슨 기삿거리가 된다고, 큰 사건도 아닌데."

"뭐라고요?"

내가 다그치듯 물었다.

"어떤 사건이 큰 사건인데요?"

다가서며 다시 묻자 그가 고개를 돌리며 말했다.

"경찰서로 넘어갔으니까 그리로 가보든지."

그는 마치 가벼운 접촉사고가 난 걸 가지고 웬 호들갑이냐는 투로 날 보았다. 하지만 무심한 표정과 다르게 볼펜을 쥐고 있는 그의 오른손은 쉬지 않고 딱딱거렸다. 그의 손가락을 쳐다보며 물었다.

"가해자와 피해자의 인적사항이라도 알려주세요."

그는 일에 열중하고 있는 옆자리 동료를 쳐다보며 말했다.

"경찰서로 다 넘어갔다니까."

"기록은 있을 거 아니에요? 그러지 말고 알려주세요."

얼굴을 찡그리거나 화를 내며 말한 것은 아니었다. 다급하긴 했지만 중요한 사건이라 침착성을 유지하려고 나름 애를 쓰며 말했다. 그러나 그는 내 말을 못 알아들은 척 딴짓을 하더니 딱

딱거리던 볼펜을 책상 위로 휙 집어던지고는 어디론가 사라져 버렸다.

그를 쫓아간다 해도 그에게서 피해자와 가해자의 인적사항을 얻기는 틀린 듯했다. 그가 말한 대로 경찰서로 가야 했다. 나는 서둘러 파출소에서 나와 택시를 잡아타고 동부경찰서로 향했다. 처음부터 경찰서로 갔어야 했는데 하는 후회가 들었지만, 당연한 절차를 무시한 건 내가 아니라 사건을 접수한 그들이었다.

사건이 일어난 지 서너 시간밖에 안 됐으니 조사가 진행되고 있겠지 기대하고 찾아간 경찰서 조사과는 텅 비어 있었다. 다른 부서 직원에게 물으니 폭행사건에 대해 모르는 눈치는 아니었다. 알긴 아는데 내가 기대하는 만큼의 사건은 아니라는 듯 심드렁하게 말했다.

"그거 단순 사건으로 처리한 것 같던데요."

담당자가 아니니 착각할 수도 있었다. 하루에도 수십 건씩 접수되는 사건, 사고를 다른 부서 사람이 기억하기는 어려웠다. 그럼 담당형사 연락처를 달라고 부탁했다. 담당자를 만나 사건의 경위를 직접 들을 테니, 그가 있는 곳만 가르쳐달라고 했다.

"글쎄요. 저도 모릅니다."

기다리는 수밖에 없었다. 담당형사가 사표를 쓰지 않았다면 언젠가는 경찰서로 돌아올 것이고 그의 기억에 문제만 안 생긴다면 몇 시간 전에 일어난 말도 안 되는 폭행사건에 대해 할 말이 있을 터였다. 한참을 기다렸다. 기다림은 다른 직원들이 차례대로 저녁을 먹으러 나갔다 들어오고 야간 잠복을 마친 형사들이 툴툴거리며 들어오는 새벽까지 계속되었다.

기다리고 있는 동안 조사과에는 술값 시비가 붙은 식당 주인과 한 주정뱅이가 들어왔고 빈집만 노려온 좀도둑이 잡혀왔다. 공원에서 성추행당한 여고생이 도망치다 잡혀온 피의자와 대질심문을 하기 위해 경찰서를 찾아오기도 했다. 대기실 밖에서 참관인 또는 구경꾼처럼 그들을 지켜보던 나는 조사계로 막 들어서는 낯설지 않은 얼굴을 보았다. 책상에 붙어 있는 그의 사진과 이름이 맞았다. 지루한 기다림을 마무리하듯 나는 벌떡 일어나 담당형사 앞으로 걸어갔다.

"《대한신문》이하림입니다. 모전동 박정순 씨 폭행사건 가해자인 미군은 지금 어디 있습니까?"

기다린 시간 때문에 담당형사가 곱게 보이지는 않았다. 일부러 늦게 들어왔는지도 모른다는 생각이 들어 나도 모르게 목소리가 높아진 것인지도 모른다. 밀치듯 나를 비켜간 그는 들고 있던 수첩을 책상 위에 올려놓고는 보란 듯이 소리 내어 의자를 당겨 앉았다.

"단순 사건입니다. 서로 연인관계였는데, 박정순 씨가 다른 미군을 좋아해서 술김에 한 대 때린 겁니다."

그가 수첩을 한 장 한 장 넘기며 말했다.

"박정순 씨 보셨습니까?"

"질문이 좀 그렇군요. 담당형사가 설마 사건 현장에 나가보지도 않고 처리를 하겠습니까. 이 지역의 특성상 그런 일들은 비일비재합니다. 일일이 다 사건으로 다루고 보도하다가는 미군들 다 영창 가야 합니다. 그럴 바에는 차라리 미군부대 철수하라고 하는 게 나을지도 모르지요. 잘 아시면서⋯⋯."

그들이 정해진 매뉴얼대로 대답한다는 걸 모르지 않았다. 그의 말대로 심심치 않게 일어나는 미군의 폭행사건을 매일같이 대서특필할 수는 없지만 이번 박정순 씨 사건은 결코 가볍게 넘어갈 일이 아니었다. 그녀의 이야기를 아직 들어보진 않았지만, 사건의 내막을 떠나 미군의 신병을 확보해야만 정확한 기사를 쓸 수 있었다.

"그녀의 상태를 보고도 그런 말씀을 하십니까? 박정순 씨 지금 병원에 있습니다. 가해자인 미군의 신병은 확보했습니까?"

그가 만지작거리던 수첩을 다시 탁 소리 나게 덮었다.

"조사 끝난 사건이니 다른 특종이나 찾아보세요."

"그럼, 담당형사가 폭행한 미군의 신병을 제대로 확보하지 못한 사건이라고 쓸까요?"

"그러시든가."

그가 내 앞으로 종이 한 장을 날렸다. 쉽게 물러나지 않을 거라 예상한 듯 가해자의 신병이 적힌 조서를 던져준 담당형사는 더 이상 날 상대하기 싫은 듯 경찰서 뒷문으로 나가버렸다. 그가 던져준 종이에는 가해자 존 매킨리와 피해자 박정순 씨는 서로 연인관계로 사소한 말다툼 끝에 가벼운 손찌검으로 벌어진 단순 폭행사건이라고만 적혀 있었다. 가해자의 소속부대와 인적사항 같은 기록은 보이지 않았다. 기지촌 여성들의 폭행사건이 대충 이런 식으로 넘어간다는 사실이 또 한 번 입증된 셈이었다.

나는 아무런 정보를 얻지 못한 채 경찰서를 나와야 했다. 사건을 맡은 담당자가 입을 닫은 이상 가해자에 대한 정보를 얻기는 어려웠다. 정순 씨를 폭행한 가해자는 더구나 미군 신분이었다. 결국 나는 정순 씨와 그녀의 친구 진술에만 의지해 기사를 쓰는 수밖에 없었다.

정순 씨는 그놈과 자신은 절대 연인이 아니며 그날 처음 만나 관계를 맺었다고 했다. 술에 취하긴 했어도 관계만 끝나면 바로 갈 거라고 생각해 손님으로 받았는데, 존은 돌아가지 않고 계속해서 자신을 괴롭혔다고 했다. 두 번까지는 참고 했는데,

세 번, 네 번은 할 수 없다고 거절하자 정순 씨 머리채를 휘어잡아 방바닥에 짓찧고는 그래도 화가 풀리지 않는지 주먹으로 얼굴을 사정없이 때렸고, 정순 씨는 울부짖으며 이리저리 피해 다녔다고 했다. 마침내 밖에서 듣다 못한 그녀의 친구가 뛰어들어와 말리자 존은 더 날뛰며 폭행의 강도를 높였다고 했다.

'기지촌 여성의 인권은 소파법의 수정에 달려 있다'라고 쓴 것을 '소파법을 수정해야만 기지촌 여성의 인권이 보장받을 수 있다'라는 제목으로 잡기까지 여러 차례 수정을 거쳤다. 지금까지 제대로 다뤄지지 않은 예민한 문제라 기사의 생사를 예측하긴 어려웠지만, 부장이 기사를 죽이지 않는다고 약속만 해준다면 어느 정도의 수정은 받아들일 생각이었다.

하지만 이튿날 나는 박정순 씨 친구로부터 한 통의 문자를 받았다. 박정순 씨가 교통사고로 죽었다는 것이었다. 자신이 잠깐 자리를 비운 사이 병원 밖으로 나간 그녀가 달리는 차에 뛰어들었다고.

아무것도 시도해보지 못했는데 그녀가 죽어버렸다. 어쩌면 그녀가 먼저 이 문제의 한계를 직감하고 스스로 결론을 내버린 것일 수도 있었다. 그래서 내가 기사에 매달리던 그 시각 죽음을 선택했을 것이다.

부장에게 물었다.

"뭐가 문젭니까?"

"몰라서 묻는 거야?"

"모릅니다."

"눈치가 있는 거야, 없는 거야. 대통령이 지금 미국에 가 있는 거 몰라서 그래?"

"부장님은 언론인입니까, 아니면 청와대 직원입니까?"

비스듬히 앉아 있던 부장이 벌떡 일어서며 소리쳤다.

"하림아! 제발 그만 좀 하자. 누구는 뭐 너처럼 하고 싶지 않은 줄 아니. 나도 도시락 폭탄 허리에 차고 달리는 기차에 뛰어들고 싶다고. 너만 잘난 줄 아냐. 나도 정의롭고 싶고 인간답게 살고 싶어."

대학에 다니던 시절 부장은 《대한신문》 사회부 기자로 까마득한 선배였다. 그때나 지금이나 《대한신문》이 보수 일간지라는 사실은 변함없지만, 부장이 새내기 사회부 기자이던 시절에는 그래도 기자들이 그렇게까지 눈치를 보며 기사를 쓰지는 않았다. 폭우를 맞으면서도 패기를 잃지 않고 꿋꿋하게 취재하던 선배를 보면서 나는 《대한신문》과 기자라는 직업을 꿈꿨다. 십년이 지난 지금 그 새내기 기자는 부장이 되었음에도 나더러 더럽게 눈치 없다고 욕을 하고 있었다. 그를 동경했던 나는 조금도 그를 이해한다고 말하고 싶지 않았다.

"그럼, 그렇게 살면 되잖아요. 정의사회를 위한 구호를 외쳐 달라는 것도 아니고, 미국과 전쟁을 해달라는 것도 아닌데, 까닭 없이 때린 놈 잡아다가 벌 받게 하자는데 뭐가 그렇게 어려워요?"

"니가 아직 세상을 몰라서 그래."

사실 부장이 어찌해볼 수 있는 일은 아니었다. 그는 자신에게 주어진 매뉴얼대로 기사를 선별하고 선택해서 적시에 내보내면 그만이었다. 내 분노와 정의가 하늘을 찌른다고 해도 선배인 부장이 내게 해줄 수 있는 것은 아무것도 없었다.

아무리 그래도 이번 기사만큼은 포기할 수 없어 나는 끝까지 부장한테 매달렸다. 부디 그의 죽어 있던 용기가 부활하거나 그가 실수를 저질러 내가 쓴 기사를 그대로 내보낸다면 만세를 부를 일이지만 그런 일은 내가 복권에 맞을 확률보다 더 낮았다.

"그래, 너 혼자 나라를 구하든 독립만세를 외치든 알아서 해."

창가를 서성이며 말하는 부장의 목소리가 잠깐 잦아들었다. 아무것도 기대하지 말라고 말할 때는 왠지 감정이 석화되어 말하는 엄마를 대하는 느낌이었다. 비약일 수도 있지만 그의 말꼬리에서 느껴지는 석화된 감정이 두려움 같은 것이라면, 그도 엄마처럼 또 다른 폭력에 시달리고 있는 것인지도 몰랐다. 나는 부장의 그런 감정을 조금 더 들춰내 이용하고 싶었다.

"물론 부장님 결정으로 끝나지 않는다는 거 잘 알고 있습니다. 하지만 여기가 무슨 전쟁터도 아니고 현장에 없는 명령보다 눈앞의 현실이 더 중요한 거 아닙니까. 이 기사 살려주세요!"

부장은 더 이상의 대화를 거부했다. 어쩌면 시간이 필요할지도 모른다는 순진한 생각을 하면서 나는 부장실을 빠져나왔다. 그리고 이튿날 나는 순진한 내 생각이 정확히 들어맞았음을 확인하고는 회사에 나가지 않았다. 말로는 연차라는 명분을 둘러댔지만 회사에 정나미가 떨어져 당장 그만두고 싶었다. 부장에 대한 서운함보다 정순 씨에게 한 헛된 약속이 날 초라하게 만들었다.

엄마 때문이었다. 죽은 지 이십 년이 지난 아버지의 폭력에 여전히 시달리고 있는 엄마를 위해서라도 정순 씨를 꼭 도와주고 싶었다. 술에 취한 아버지가 집에 오고 있다는 걸 엄마에게 알려서 도망치도록 해준다고 약속했는데, 나는 그 약속을 한 번도 지키지 못했다. 아버지가 무서워 매번 엄마보다 먼저 도망을 치거나, 두들겨 맞고 우는 엄마더러 왜 바보처럼 사느냐고 욕을 했다. 내게 조금만 용기가 있었다면 비틀거리며 골목길로 들어서는 아버지의 뒤통수에 돌멩이를 날렸을 수도 있고, 엄마와 함께 아버지에게서 멀리 도망칠 수도 있었을 텐데, 생각해보면 그때나 지금이나 아무것도 달라진 것이 없었다.

부장은 내게 잠시 사회부를 떠나 있으라고 했다. 이를테면 잠시 숙고 내지는 자성의 시간을 가지라는 뜻이었다. 죽은 사람도 있는데 길길이 뛸 일은 아니었다.

결혼 전 남편과 처음 묘각사에 왔을 때가 생각이 났다. 우리는 대웅전에 엎드려 많은 것을 함께할 수 있도록 도와달라고 기도했다. 그러나 결혼한 지 삼 년, 남편은 더 이상 나와 함께 살고 싶어하지 않았다. 핍박받고 자란 내 과거가 현실을 유연하게 만들지 못한다는 이유였다. 따뜻하지 못한 정서를 가진 사람은 항상 상대를 의심하고 부정적으로 평가해서 피곤하다고도 했다. 엄마라면 모를까, 나한테 그런 말을 하다니 뭔가 억울한 생각이 들었지만 더 이상 따지지 않았다. 다른 여자한테 가겠다는 남편을 붙잡을 자신이 없었다.

나는 부처님 앞에서는 차마 올리지 못한 기도를 갈대숲이 서걱거리는 요사채 뒤에 주저앉아 읊조렸다.

"부처님, 나와 당신의 차이는 눈앞에 보이는 것과 보이지 않는 것의 차이입니다. 내가 보는 것은 당신이 보지 못하고, 당신이 보라 하는 것은 내가 보지 못합니다. 그것이 신과 인간의 차이라고 아는 체하지 마십시오. 이해와 설득은 불가능한 현실에 필요한 가장 비겁한 수단입니다. 마지막 양심까지 팔아야만 비로소 자비로울 수 있다면 저도 오늘부터 당신이 보이지 않는 곳에서 비겁하지만 따뜻하고 유연한 용기로 살아갈 겁니다."

기도를 하고 나니 마음이 한결 편안해졌다. 사회부를 떠나 있으라고 명령한 부장에 대한 서운함과 남편에 대한 원망의 감정이 대웅전 풍경 소리에 조금은 산화된 기분이었다.

2

나는 한결 가벼워진 걸음으로 산사의 일주문을 벗어났다. 못다 한 고민은 내일 해도 늦지 않을 것이고, 당장 해결해야 할 일이 있다고 해도 오늘은 풍경 소리의 여운을 밀어내고 싶지 않았다. 비움이 누구 또는 어느 곳으로부터 벗어나는 것이란 걸 새삼 되새기면서 나는 어깨에 멘 가방이 흔들리도록 계집아이처럼 걸었다.

그러나 나는 채 이백여 미터도 못 가 발랄한 걸음을 멈추어야만 했다. 엄마 전화였다. 아니, 엄마가 입원해 있는 병원 간호사로부터 걸려온 전화였다. 낯설지 않은 간호사는 엄마가 부정맥이 와서 잠깐 졸도한 것 같다고 했다. 심장병을 앓고 있는 엄마에게 부정맥은 가장 위험한 죽음의 신호였다.

아버지가 죽은 뒤 엄마는 자주 피로감을 호소했다. 심장이 두근거리고 숨이 가쁘다고 말할 적마다 나는 신경질적으로 말했다.

"아버지 죽었는데 무슨 걱정이야. 이제 엄마 때릴 사람 없으니까 숨 크게 쉬고 살아."

엄마의 그런 증상은 아버지 때문에 생긴 것이라고만 생각했다. 엄마의 다리가 퉁퉁 붓고 입술이 새파랗게 변했을 때에야 심장병이 깊어진 것을 알았다. 나는 의사에게 물었다. 수시로 찾아오는 엄마의 가슴 통증이 두려움 때문에 생긴 것 아니냐고. 담당 의사 역시 전혀 아니라고는 장담할 수 없다고 했다. 나는 당연하다고 고개를 끄덕였다. 솔직히 그때까지 엄마와 나에게 일어나는 모든 불행의 제공자는 아버지라고 믿었다. 그래야만 가시지 않는 내 안의 원망을 불행을 견디는 도구로 쓸 수 있기 때문이었다.

엄마는 깨어났다고 했다. 엄마의 상태를 알려준 간호사도 나도 천만다행이라는 의례적인 말은 주고받지 않았다. 엄마의 병증은 그런 말을 자주 써야 할 정도로 의례적인 일이었다. 간호사도 나도 어쩌면 곧 닥쳐올지도 모를 엄마의 결말을 예상하고 있는지도 몰랐다. 엄마 또한 자신의 몸이 처한 현실에 아무런 감정이 없어, 피부색이 변하고 호흡이 가빠져도 당황하거나 놀라지 않았다. 마치 소진을 다한 몸이 알아서 주저앉기를 기다리는 듯 웬만해선 고통스런 얼굴을 하지 않았다. 기대라는 걸 포기한 엄마의 몸은 이미 오래전부터 상해 있었다.

나는 뛰지 않고 천천히 역으로 갔다. 지하철은 퇴근 시간 전이라 한산했다. 모르는 누군가와 불편한 자세로 서 있지 않아 다행이었다. 나는 몸을 스치거나 부딪친 낯선 사람과 눈이라도 마주치면 공연한 두려움에 사로잡혀 우왕좌왕하기 일쑤였다. 마치 구석에 몰린 짐승처럼 나도 모르게 눈빛이 흔들리면서 온몸이 쪼그라드는 것만 같았다.

나는 엄마가 입원해 있는 병원 근처의 지하철역에 도착할 때까지 비어 있는 경로석 앞에 서 있었다. 삼십 분이 채 안 걸리는 거리인데, 한강 다리를 건너자 귀에 담고 온 대웅전 풍경 소리가 쇳소리로 바뀌었다. 온전하게 선 채로는 그 높이와 위상을 눈에 담을 수 없는 도시가, 마음에 담아온 산사의 풍경을 몰아냈다.

병실 공기는 축축하고 시큼했다. 창문부터 열어젖히고 싶은 걸 꾹 참았다. 늙고 병든 숨들은 잠깐의 방법으로 환기되지 않는다는 것을 또 잊었다. 나는 숨을 참으며 엄마 가까이 다가갔다. 엄마는 내가 나타난 걸 보고도 그대로 눈을 감았다. 잠이

든 것인지 눈을 뜨기 싫은 것인지 한동안 옆에 서 있는데도 눈한 번 깜박거리지 않았다. 나는 처음 본 사람처럼 엄마를 바라보았다.

별다른 처치 없이 그저 링거액이나 달고 누워 있는 엄마의몸은 부패되어가는 빵 같았다. 머리카락이 사라진 정수리와 푹꺼진 광대뼈, 바늘 자국이 선명한 아래턱이 뒤틀리고 파인 주름살에 덮여 있었다. 지금하고는 전혀 다른 사람이었던 엄마를 본적 있었다. 갈래 머리 소녀였다. 머릿결은 윤기가 흘렀고 눈빛은 초롱초롱했다. 옆에 선 친구를 향해 환하게 웃고 있던 사진속 그 소녀는 지금 미라 같은 모습으로 누워 있었다.

나는 엄마에게서 혹시 남아 있을지도 모르는 소녀의 모습을찾았다. 어딘가에 숨어 있을지 모를 엄마의 다른 모습을 찾는다면, 엄마의 손을 잡을 수도 있을 것 같았다. 엄마의 눈을 똑바로쳐다볼 수도 있고 조금은 덜 불편하게 느낄 수 있을지도 몰랐다. 그러나 아무리 봐도 엄마는 건조하고 누추한 늙은이로 보일뿐, 예전의 모습은 온데간데없었다. 두려운 것은 나도 엄마처럼변할지 모른다는 사실이었다. 아니, 다른 사람들 눈에 나는 이미 엄마처럼 보이고 있는지도 몰랐다. 산화되고 풍화되어가던엄마의 시간 속에는 언제나 나도 함께 있었기 때문이었다.

열다섯, 무엇을 결심하기는 무른 나이이고 무엇에 중독되기에는 쉬운 그 나이에 나는 나보다 서른 살이나 많은 어른 둘 사이에서 비루하고 남루한 생의 한구석에 몰려 숨도 크게 못 쉬고 살았다. 봉천동 어느 골목에 있던 한 문방구가 내 유일한 안식처였다. 한 번도 그 집에 들어가 학용품을 사거나 긴 금발머리 인형을 사본 적은 없지만 그 문방구의 삐쩍 마른 여주인과는 그런대로 마음을 부빌 수가 있었다.

그녀가 술고래 남편한테 얻어터진 뒤 도망쳐나와 숨은 곳은 문방구 뒤꼍 엘피지 가스통 옆이었다. 붉은 가스 줄이 위협적으로 보이긴 했지만 여자 둘이 숨기에는 충분했다. 그 피난처는 문방구 여자가 아닌 내가 먼저 발견한 곳이었다.

그녀가 맨발로 도망쳐나와 길 한복판을 헤매다 나와 눈이 딱 마주치던 순간 우리는 같은 편임을 알아차렸다.

그녀는 피가 터진 입술을 달달거리며 내게 말했다.

"세상 욕만 할 줄 알지 십 원짜리 하나 벌지 못하는 놈이야. 저런 놈은 홀랑 벗겨놓고 제 존재를 깨달을 때까지 두들겨 패야 해. 맞는다고 반성할 놈은 아니지만 그래도 사람이니까 그냥 두고 볼 수는 없잖아. 언젠가는 꼭 그렇게 하고 말 거야."

나는 피범벅이 된 그녀의 입술을 보았다. 붉은 피는 쉽게 멈추지 않았다. 그녀가 가끔 손등으로 눌렀지만 입안으로 스며들어 이까지 붉게 물들였고 가까이 있는 내 얼굴에도 튀었다. 하지만 처참한 입술과는 다르게 그녀의 눈동자는 결의에 차 있었다. 눈빛만 보면 그녀는 패자가 아니라 승자여야 했다. 희열에 찬 그녀의 눈빛은 분명 비슷한 처지로 살고 있는 내 엄마하고는 달랐다. 엄마에게 폭력은 아무것도 느끼지 못하는 유전적인 질환으로 보였다. 엄마는 애당초 저항이나 대항 같은 유전인자 없이 태어난 사람인 양 끙 소리 한 번 내지 않았고 그 그늘로부터 벗어나려 하지도 않았다. 나는 아무 감정이 실리지 않은 엄마의 그런 눈빛에 더 큰 공포를 느끼곤 했다. 아버지도 어쩌면 자신의 폭력에 반응하지 않는 그런 엄마가 무서워서 주먹질을 멈추지 못했던 것인지도 모른다.

문방구 여자의 결의에 찬 다짐이 끝나면 나는 공연히 가슴이 벅찼다. 마치 그녀와 한편이 되어 뭔가 큰일을 도모하고 있다는 생각에 설레기까지 했다. 그녀의 말을 다 이해하지도 못하면서 그녀가 왠지 믿음직스럽고 든든해 보였다. 그녀가 흐트러진 옷 매무새를 만지며 '나는 이제 자유롭게 살 거야' 하고 날 쳐다볼 때, 나는 그녀의 입꼬리에서 새어나오는 웃음이 그렇게 멋있어 보일 수가 없었다. 그녀의 실소에서 남편에 대한 두려움보다 조롱과 비웃음이 더 크게 느껴졌기 때문이었다. 그녀와 나는 밤늦도록 그곳에 웅크리고 앉아 있었다. 아늑한 밤은 아니지만 그녀가 곁에 있어 무섭거나 외롭지는 않았다. 이제껏 한 번도 들어

보지 못한 단어와 표현들이 그녀의 실소에 섞여 축축한 밤공기를 몰아낼 때마다 아버지와 엄마에 대한 후련함과 분노가 맹렬하게 끓어올랐다 가라앉기를 반복했다. 그러나 열다섯 살의 기억 중 가장 또렷하게 남아 있는 문방구 여자와 함께 나눈 숱한 밤들의 결의는, 아버지의 죽음과 어느 날 사라진 그녀로 인해 결말 없이 끝나버렸다.

엄마 옆에 더 있을 필요는 없었다. 보호자가 필요한 사람은 정작 환자인 엄마가 아니라 간호사와 같은 병실을 쓰는 환자들이었다. 불편한 엄마를 보다 못한 그들이 내게 연락을 해왔지만 나는 엄마를 위해 해줄 것이 별로 없었다. 고작해야 물병을 채워주거나 퇴원 날짜를 확인하는 정도였다. 그래서 병원 문을 들어서는 순간부터 나는 한갓지게 담배 피울 장소만 생각했다.

꽉 막힌 내게 숨통을 터주는 유일한 곳이 병원 옥상이었다. 비상구를 열어젖힌 나는 한 번에 두 계단씩 빠르게 올라 옥상에 이르렀다. 손이 저절로 바지 주머니를 뒤져 담배를 꺼내고 손가락이 알아서 담배에 불을 붙였다.

나는 깊은 우물 속에 가라앉은 생을 끌어올리듯 온 힘으로 담배 연기를 빨아 차가운 대기 속으로 뿜었다. 담배 연기가 소쩍새 울음소리를 내며 싸늘한 밤공기를 타고 흩어졌다. 비로소

긴 하루를 내려놓은 기분이었다. 가장 낮은 밑바닥에서 딱 한 번의 기회를 얻어 가장 높은 곳으로 올라온 듯 그제야 불 밝힌 세상이 눈에 들어왔다. 후련하기도 하고 아슬아슬하기도 한 옥상이 지금의 나에게는 최고의 약발이었다. 인생이 주야장천 담배 한 개비를 태우는 시간처럼만 흘러간다면 나를 연민할 아무 이유를 찾지 못할 텐데, 옥상 위의 만찬은 담배 한 개비를 태울 시간이 다였다.

어느 순간 누군가 스윽 나타나더니 내 곁으로 다가왔다.

한밤중 옥상이 필요한 사람이 나 말고 또 있다는 사실이 놀라웠고, 그가 할머니라는 것을 확인하고 나니 더 당황스러웠다.

"할머니, 이 밤에 옥상에는 무슨 일로?"

담배꽁초가 알아서 손가락 사이를 빠져나갔다.

"그러는 너는 젊은 년이 무슨 고민이 많아 여기까지 기어올라와서 담배를 빡빡 피워대냐?"

반격을 당한 쪽은 나인 듯했다. 어둠 속이지만 할머니는 카랑카랑하고 꼿꼿했다.

"꼴 보기 싫은 서방이 아프거나 혼자 키우는 새끼가 아프거나 둘 중 하나겠지, 뭐."

그냥 자리를 피할까도 생각했지만 딱 버티고 서 있는 할머니가 왠지 곱게 보내줄 것 같지 않았다. 옥상에 대한 권한이 나보다는 왠지 할머니가 더 클 것 같아서 기가 눌린 것인지도 모른다.

"할머니 아주 족집게시네. 돗자리 깔아도 되겠어요."

능글스럽게 말하며 옥상 난간에 몸을 기댔다. 담배 탓인지 마음이 한결 차분해졌다. 옥상에서 누군가를 만나 말을 붙인 것은 처음이었다. 대개 젊은 의사나 환자 보호자인 남자들이 잠깐의 휴식을 위해 옥상에 올라오는 걸 생각하면 할머니나 내 경우는 드문 일이라고 할 수 있었다. 나도 그렇고 할머니도 어쩌면 의외의 풍경이라 그냥 지나치지 못하고 호기심을 보인 것인지도 몰랐다.

"어쩐지……."

할머니는 오래전부터 나를 알아온 말투로 혀까지 차며 말했다.

"제가 언제 혼자 산다고 말했나요. 왜 그런 말씀을 하시죠?"

"니가 나더러 돗자리 깔라매. 내 말이 맞으니까 그런 소리 한 것 아니야? 누가 아픈 거야? 서방이야, 새끼야?"

닦달하듯 말을 던진 할머니는 능숙하게 담배를 피워 물고는 닿을 듯 솟은 맞은편 빌딩을 보았다. 환풍구에 비스듬히 몸을 기댄 채 툭툭 내뱉는 말투에서 답변을 하지 않으면 안 될 것 같은 묘한 권위가 느껴졌다. 평범한 노인인 것은 분명한데 손가락

사이에서 점멸하고 있는 꽁초에서조차 가볍지 않은 분위기가 풍겨나왔다. 마치 할머니의 허락을 구해야만 옥상을 벗어날 수 있을 것 같았다. 아무리 그렇다고 해도 노인의 알 수 없는 기운에 눌려 고분고분 대꾸를 해줘야 할 이유는 없는 터, 응대 차원의 질문을 하지 않을 수 없었다.

"그러시는 할머니는 왜 여기 혼자 계세요? 누가 아픈 거예요?"

어쩌면 담배 한 개비만 태우고 내려가기가 아쉬워 할머니 핑계를 댄 것인지도 모른다. 둘러보니 옥상에는 할머니와 나 둘뿐이었다. 할머니가 옆에 있긴 했지만 옥상이라는 영역이 비로소 내 완전한 자유 공간인 양 홀가분함마저 느껴졌다. 이 기분을 안고 그대로 내려갈 수는 없었다. 이 핑계의 여세를 몰아 주머니를 뒤져보았지만 주머니는 모두 비어 있었다.

"한 대 주랴?"

눈치채지 못할 정도의 움직임이었는데 할머니가 담배 한 개비를 쑥 내밀었다.

"그냥 피워. 너 지금 간절하잖아."

준다고 덥석 받기 뭣해서 할머니 얼굴이나 한번 똑바로 쳐다보려고 했는데, 순간 할머니가 먼저 옆구리를 쿡 찌르며 담배를 권했다. 내 간절함이 담배 연기보다 더 빨리 할머니에게 전달된 모양이었다. 할머니의 통찰력을 핑계로 흔쾌히 담배를 받아든 나는 불까지 얻어 피우는 대범함을 보였다.

"엄마 때문에 병원에 왔어요."

"무슨 병인데? 암이야?"

"암보다 무서운 병이 있어요."

굵은 담배 연기가 어두운 대기를 헤치고 반짝이는 불빛들을 쫓아갔다. 나는 한동안 아무 말도 하지 않았다.

"서방은?"

내 기분과는 상관없이 나에 대한 할머니의 호기심은 계속되었다. 남편 얘기는 피하고 싶었는데. 그놈의 남편 얘기만 나오면 이상하게 주눅이 들었다. 자유로운 삶에 대한 선택을 후회하는 대신 당당하게 살고 싶어서 싱글맘이니 이혼클럽이니 하는 모임에도 나가보았지만 그럴수록 나 자신만 확인하게 될 뿐이었다. 사실을 다른 의미와 언어로 표현하기보다 있는 그대로 받아들이는 것이 훨씬 잊기 쉽고 덜 허전하다는 것을. 그걸 깨닫고는 그런 모임에는 나가지 않게 되었다.

"이혼하고 혼자 된 친정엄마와 함께 살아요."

처음부터 뜸들이지 말고 말했어야 했다. 이제야 어려운 문제를 간단하게 푼 것 같아 속이 후련했다. 더는 말해줄 정보가 없었고 할머니 또한 더는 나에 대해 궁금한 것이 없을 것이었다.

한심하다는 듯 할머니가 대놓고 끙 소리를 내며 하늘 높이 담배
연기를 뿜었다.

"그럼, 무슨 일 해서 먹고사냐?"

"……노는 건 아니고요……. 기자라고 할 수 있죠."

"뭔 소리야? 기자라는 거야, 아니라는 거야?"

할머니가 바짝 다가와 물었다. 기자의 역할을 제대로 못하고
있는 것 같아서 바른 말을 한 것인데, 대충 넘어가자는 판단이
또 빗나가고 말았다.

"할머니도 참, 기자는 맞는데 한마디로 별 볼일 없는 한심한
기자라는 뜻입니다. 대충 넘어가지 꼭 그렇게 아픈 곳을 찔러서
확인해야 되겠어요?"

"그까짓 게 뭘 아프다고. 너 한참 살아봐야 진짜 아픈 게 뭔
지 안다. 네 사정 다 들은 것은 아니지만 아직 험한 꼴 보지 않고
살아 있으니 좆같은 인생이라고 단정 짓지는 말아라."

"욕도 잘하셔."

눈을 흘기며 말했지만 노인의 욕 한마디에 막혀 있던 무언가
가 쑥 내려가는 기분이었다.

"그러고 보니 할머니는 제 질문에 한마디도 대답 안 하셨네
요? 무슨 경우가 그래요. 보아하니 할머니도 영감님 때문에 속
깨나 끓이시는 것 같은데요?"

나 같은 위인이라면 모를까, 그 연세에 홀로 담배 피우며 심상치 않은 분위기를 연출한다는 것은 흔치 않은 일이었다. 크게 궁금한 것은 아니지만 왠지 내 이야기만 털린 것 같아 불공평한 느낌이었다. 노인도 내 의중을 읽은 듯 허공으로 피식 웃음을 날렸다.

"영감 좋아하네. 나 올드미스다."

"정말요?"

"안 믿기냐?"

"그럼 다른 가족이 아픈 거예요?"

"나는 가족하고 연락 끊은 지 사십 년 가까이 된다. 스무 살 넘어서부터 줄곧 혼자 살았으니 가족이 어디 있겠니. 지금 이 병원에 누워 있는 사람이 유일한 내 가족이다. 피를 나눈다고 다 가족은 아니잖니……."

말끝을 흐리는 노인은 또 다른 모습이었다. 추측해보자면 그녀가 부모 형제도 아닌 사람을 가족으로 만들어 살고 있으며 병간호까지 하고 있다는 뜻이었다. 나는 무슨 사연이 있어 그런 인연을 만들었는지 더는 묻지 않았다. 그녀와의 인연이 옥상을 벗어날 것도 아니면서 친절을 가장한 궁금증을 유발시키고 싶지는 않았다. 묻지 않아도 알아서 줄줄이 털어놓는 여느 노인들 같다면 호기심이 발동할 수도 있었을 테지만, 그녀는 평범해 보이면서도 어딘지 아무도 없는 옥상의 분위기와 잘 어울리는 사람이었다. 땅보다 허공이 잘 어울리는 사람이라면 적잖은 바람에 시달렸을 터, 평범한 일상을 꿈꾸는 나로서는 피하고 싶었다. 언제부턴가 나는 누구라도 속내를 과하게 드러내면 불편함을 느꼈다. 이야기를 들어줌으로써 좀 더 가까워지는 것이 아니라 상대의 짐을 내가 덜어줘야 할지도 모른다는 생각이 들면 마음의 거리가 생겼다.

"대단하시네요. 가족도 아닌데 밤새 간호를 하시다니."

"병든 어미 눕혀놓고, 저만 살자고 옥상으로 올라와 빠끔거리는 너보다는 당연히 내가 낫겠지."

우리는 어느새 오래된 인연처럼 얘기하고 있었다. 장소가 주는 호젓함과 초겨울의 알싸한 냉기 때문이기도 하지만, 그녀가 할머니라는 정서적 심리도 무시할 수 없는 부분이었다. 그녀와 대화하듯 엄마하고도 이런 시간을 가질 수 있다면 나는 좀 더 부드럽고 따뜻한 인간으로 살아가고 있을지도 몰랐다.

"할머니, 저는 그만 내려가볼게요."

그녀의 팔을 잡으며 말했다.

"나도 내려갈 거야."

그녀가 앞장서서 걸었다. 크고 곧은 그녀의 그림자가 내 발길을 방해하며 총총히 비상구로 사라졌다. 뒤따르던 나는 비상구 앞에서 잠깐 밤하늘을 올려다보았다. 별들이 모여들고 있었다. 너무 뜨겁거나 너무 차가운 별, 너무 무겁거나 너무 가벼운 별들이 옥상 위에 떠 있었다. 저 많은 별들 중 내가 살고 있는 세상과 닮은 별은 어느 별일까? 호흡하기 좋은 적당한 산소가 있고 산책하기 좋은 햇볕과 차갑지 않은 물이 있는 곳, 적당한 바람이 기분 좋게 얼굴을 스치는 그런 별은 어느 별일까? 내가 갈 수 있는 별이라면 비상구로 내려가는 발길이 훨씬 가벼울 텐데, 나는 별들에게 옥상을 내주고는 무거운 발걸음을 뗐다.

3

　전과 다르게 엄마는 이튿날 퇴원하지 못했다. 안전을 위해서 사나흘 더 있다 가라는 의사의 권고 때문이었다. 엄마는 못 들은 양 아무런 표정을 짓지 않았고 보호자인 나는 의사의 말을 거절할 자신이 없어 그냥 고개를 끄덕였다. 병원에 하루 더 있으나 열흘 더 있으나 엄마의 상태가 좋아질 일은 없었다. 내 입장에선 엄마가 집보다 병원에 있는 것이 더 편했다.

　덕분에 나는 자주 옥상으로 올라갔고 그때마다 그녀를 만났다. 낮에는 환자들이 더러 있어 가급적이면 저녁에 담배 두 개비를 들고 옥상을 찾았는데 공교롭게도 갈 때마다 그녀가 있었다. 그래봤자 세 번의 만남이었지만 그녀도 나도 처음 이야기를 나눴던 그 자리에서, 마치 서로 나타나기를 기다렸다는 듯 만나서는 자연스럽게 담배를 피우게 되었다. 그것도 일종의 동질감 같은 것인데 이상한 것은 그녀가 나에 대해서는 더 이상 아무것도 묻지 않았고, 내가 묻지도 않은 자신의 이야기를 털어놓기 시작했다는 점이었다. 우리 시대 대부분의 노인들 이야기라면 고된 시집살이 경험 아니면 못된 자식들 얘기라 별 흥미를 끌지 못했을 테지만, 미스로 늙어버린 그녀의 지난 이야기는 그런대로 흥미가 있었다.

"너 오키나와라고 알지?"

"일본에 있는 섬이잖아요. 동양의 하와이로 불릴 만큼 따뜻하고 아름다운 섬이라고 들었어요. 근데 거긴 왜요?"

"듣기만 한 걸 보니 가보지는 못했구나. 나는 오키나와를 스물한 살 때 갔다."

"지금이야 떼로 몰려가는 곳이지만 70년대면 쉽게 갈 수 있는 곳이 아니잖아요. 부잣집 딸이었나 봐요."

"그랬으면 얼마나 좋았겠냐. 부잣집 딸이라 관광하러 간 것이 아니라 찢어지게 가난해서 돈 벌러 갔었다."

그녀가 두 번째 담배를 피워 물었다. 가난이라는 말을 하는 그녀의 목소리에서 유난히 큰 파동이 느껴졌지만 나는 무심한 듯 어둠만 응시했다. 그녀에게 무슨 일이 있었던 걸까? 놀란 표정으로 그녀를 똑바로 바라보며 물어야 하는데 자신이 없었다. 잘못 건드리면 속엣것들이 우르르 쏟아져 나올 것 같았다. 하지만 그녀는 자신의 이야기를 받아낼 적임자를 만난 듯 내 부담 따위는 아랑곳하지 않았다. 아름다운 오키나와섬이 그녀에 의해서 조각나기 시작했다.

"섬은 정말 아름답더라. 하늘은 쏟아질 듯 낮고 푸르고 바다빛은 깊고 푸른 쪽빛이었지. 강원도 산골에서는 나무하고 날짐승만 봤지, 그런 예쁜 바다는 처음 보았단다. 길가의 나무들도 꼭 그림 같더라. 발등이 쩍쩍 갈라지도록 추운 겨울 막바지에 오키나와에 갔으니, 이곳이 천국인지 천당인지 헷갈렸지 뭐냐.

한 번도 강원도 산골을 벗어나본 적 없는 촌년들이 난리를 치며 좋아했단다. 중학교 동창인 영미랑 두 손을 잡고 오키나와에 오길 잘했다며 다짐하고 또 다짐했지. 이런 기회는 두 번 다시 없을 테니 우리 열심히 돈 벌어서 강원도로 돌아가 가족들 데리고 다시 놀러 오자고……. 순진한 촌년들이 효심은 깊어서 제 앞가림보다도 부모 형제를 먼저 생각했지."

그쯤에서 나는 속도를 내지 않는 그녀가 답답했다. 사람을 감질나게 하는 그녀의 말솜씨도 한몫했지만 뭔가 수상했다. 육십 대 중반으로 보이는 그녀가 보낸 이십 대라면 1970년대였을 것이다. 유신헌법이 단행된 시절이고, 강원도 무슨 탄광이 붕괴

되어 광부들이 매몰되어 죽은 큰 사고도 있었다. 이리역 폭발 사고와 판문점 도끼만행 같은 비극적인 사건이 있었던 그 시절, 그녀가 말하는 오키나와하고는 무슨 연관이 있는 것일까. 내가 알고 있는 오키나와는 오래전 '류큐'라는 왕국이었고, 태평양전쟁 당시 일본이 본토를 지키고자 방패막이로 이용한 섬이며, 현재는 한국인 관광객들이 선호하는 최고의 관광지라는 정도이다. 그 정도면 충분한 것 같은데, 그녀가 알고 있는 오키나와는 다른 듯했다. 하긴 역사의 수레바퀴 밑에 깔려 사는 삶까지 기억해주는 세상은 없었다. 그녀가 말하려는 이야기는 어쩌면 우리가 잊고 싶었거나 알리고 싶지 않은 사건인지도 몰랐다.

"오키나와로 돈 벌러 갔었던 거예요? 그때는 서울에 공장도 많았을 텐데, 왜 거기까지 간 거예요?"

"그때도 중학교 졸업장 가지고는 취직하기 어려웠단다. 상업고등학교 정도만 나왔어도 은행이나 종합상사 경리로 취직했을 텐데, 방직공장이나 가발공장 가기는 싫어서 그냥 집에서 놀았지. 황지에서 광부로 일하는 아버지 때문에 식구들이 그냥 저냥 먹고는 살았지만, 세상을 모르니 무엇을 해봐야겠다는 의지도 별로 없었어. 내 위로 있던 오빠도 간신히 중학교만 졸업하고 서울로 갔는데, 뚜렷한 기술 하나 없다 보니 한 끼 해결하는 것조차 처량 맞아서 도저히 버티지 못하겠더라고, 한 계절도 못 채우고 집으로 돌아왔지."

"서울 생활도 그렇게 어렵다는 걸 알았을 텐데 오키나와는 어떻게 갈 결심을 했어요?"

"내가 뭘 알아서 거길 가겠다고 했겠냐. 정선하고 봉평 장 구경이나 다닌 처지에 오키나와가 어디 붙었는지 알기나 했겠어. 부모님이 가라고 하니까 할 수 없이 간다고 한 거지."

"근데 부모님은 어떻게 오키나와에 일자리가 있다는 걸 알았죠?"

"그해 여름 강원도에 큰 장마가 와서 물난리가 났었다. 여기저기 산이 무너지면서 아버지가 일하던 탄광이 매몰되고 말았지. 아버지는 다행히 살았지만 각혈이 심해질 정도로 건강이 안 좋아져 몸져눕고 말았다. 당장 식구들 건사할 사람이 나자빠졌으니 집안 꼴이 말이 아니었다. 어느 날 이장이 무슨 서류 하나를 들고 와서는 누워 있는 아버지한테 내밀더구나. 무슨 국제기능개발협회라나 뭐라나 하는 곳이 있는데, 거기서 한국 노동자를 데려다 쓰겠다고 사람을 모집한다고 했어. 밖에서 가만히 듣자니 기술연수생이 어쩌고 한일수교가 어쩌고 하면서 노동청에서 만든 기구라 믿을 수 있다고 그러더구나. 기술연수생을 모집한다니 나는 당연히 오빠를 얘기하는 줄 알았지. 독일로 가는 간호사들 이야기는 들었지만, 나는 간호사도 아니고, 더구나 이름도 생소한 오키나와라고 하니 오빠를 위한 일자리라고만 생각했다."

"근데 왜 오빠가 아니라 할머니가 기술연수생이 된 거예요?"

"엄마 아버지가 오빠는 장손이라 타국에 보낼 수 없다고 못을 박는 거야. 게다가 그쪽에서 남자보다 어린 여자애들을 더 많이 모집한다고 했으니 다행이라는 생각이었겠지. 처음에는 나도 대답 안 했어. 장손이라는 명분으로 딸보다 아들을 더 챙기는 부모님에게 서운하기도 했고 서울도 아닌 일본으로 간다는 사실이 두려웠지."

"떠나게 된 결정적인 계기가 뭐예요?"

"이장이 여러 번 찾아와서 이것도 아무한테나 주는 기회가 아니라고 아버지를 꼬였단다. 다른 애들은 가고 싶어도 갈 수 없다고 하면서 수해당한 강원도 사람 자녀들한테 우선권을 줬다는 거야. 거기 가면 날씨도 따뜻하고 먹을 것도 충분하다고, 먼지 구덩이 방직공장에서 하루 종일 일하는 것보다 몇 배는 더 벌 수 있다고 사탕발림을 해대니, 엄마가 슬금슬금 등을 떠밀기 시작하더라. 마치 내가 오키나와를 가야만 부모 형제들 입에 밥이 들어갈 수 있다는 듯 뜻을 모으니 더 이상 안 간다는 소리를 못하겠더구나."

"아니, 무슨 일인데 어린 여자들을 데려간 거예요? 젊은 남자애들이 일을 더 잘할 텐데, 굳이 스무 살 전후 여자들을 모집해간 것도 이상하네. 도대체 무슨 속셈이었지?"

"오키나와에 있는 사탕수수 공장하고 파인애플 공장에서 일하는 거였지. 여자애들이 꼼꼼하고 섬세해서 잘할 수 있는 일이라고. 거기는 일 년 내내 날이 따뜻해서 그런 작물이 잘 자랐던 거지. 하루는 같은 동네 사는 중학교 동창 미숙이랑 오키나와에 갈지 말지 상의했단다. 미숙이네도 형편이 좋지 않아서 마냥 버티기는 어려웠던 모양이더라. 나보다 듬직한 미숙이가 결정적으로 한마디 하더구나. 야, 이참에 일본 가서 파인애플도 실컷 먹어보고 돈도 벌고, 일본이란 나라가 어떻게 생겨먹었는지 한번 보자. 지금이 왜정시대도 아니고 몹쓸 짓이야 시키겠니. 그러는 거야. 세상 바뀐 지가 언젠데, 가만히 생각해보니까 미숙이 말이 맞는 것 같더라. 그래서 가겠다고 했지."

"그런 말도 안 되는 이유로 여자들을 모집했단 말이에요? 예전에 그렇게 당해놓고도 젊은 여자들을, 그것도 노동력 송출이라고 내보내다니……. 그럼 그 친구랑 둘이서만 출발한 거예요?"

"아니야. 언제까지 김포공항으로 오라는 안내장이 와서 한 보름쯤 지나 정선군으로 나갔더니 서너 명의 애들이 더 있더구나. 아마 군 단위별로 몇 명씩 선발한 모양이야. 그 추운 정월달에 무슨 지랄로 한복은 입고 나오라고 해서 옥색 치마에 붉은 저고리를 입고는 달달 떨어가며 서울행 버스를 탔단다. 이장이 버스 타는 데까지 나와서는 무슨 삼부인사도 아닌데 나라의 명예를 위해서 열심히 일해달라고 당부를 하더구나. 그때는 내가 조금 중요한 일을 하기 위해서 일본으로 가는구나 하는 생각이 들었지만, 마음 한구석에는 깜박이 이장에 대한 알 수 없는 불신이 도사리고 있었지. 그놈이 하도 눈을 깜박거리며 말해서 도무지 속을 알 수가 없었어. 하지만 어쩌겠니. 버스는 출발했고 돌이킬 수 없는 일이 되고 말았지."

그녀는 잠시 숨을 가다듬고 다시 말을 이었다.

"김포공항으로 들어섰더니 무슨 일인지 기자 서너 명이 달려들어 막 질문을 해대는 거야. 나이는 몇이고 오키나와가 일본 어느 쪽에 있는 섬인지는 아느냐고. 국가산업의 역군으로 가는 심정은 어떠냐고, 돈을 벌면 어디에 쓸 거냐고. 새벽부터 버스에 시달려 죽을 맛인데다 비행기 탈 생각으로 가슴이 벌렁거려 정신이 없는데 자꾸 마이크를 들이대니 신경질이 나더구나. 그래서 내가 한마디 했단다. 우리가 소풍을 가는 것도 아니고 독립운동을 하러 가는 것도 아닌데 무슨 축하를 한다는 것인지 잘 모르겠습니다. 가야 한다고 하니 안 가면 안 될 것 같아서 가는 것입니다. 좋고 싫고의 기분은 가봐야 알 것 같습니다."

그녀가 다르게 보이기 시작한 것은 그 시점이었다. 그 시절 강원도 산골 처녀가 난생처음 공항에서 인터뷰라는 것을 했다는 말인데, 자신의 생각을 그토록 당당하게 말했다는 것이 놀라웠다. 국제기능개발협회라는 명분으로 해외노동력 송출을 담당했던 기구에 대해 그녀는 처음부터 믿음을 갖지 못했던 것이 분명했다. 일명 계절노동력 송출은 정치적인 국제관계에서 비롯되었을 것이다. 냉전시대 미국의 우방은 대만이었고 중국은 적국이었다. 그러나 미국과 중국의 관계가 정상화되고 중국이 국제연합에 가입한 다음 해 일본까지 중국과 국교를 맺으면서 사실상 대만만 낙동강 오리알 신세가 되었다. 그러니까 오키나와에서 일하던 대만 노동자들이 모두 빠져나가면서 한국 노동자들이 송출됐다고 봐야 한다. 계절노동자라는 성격상 탄광촌이 가장 적합한 대상으로 작용했을 것이고, 오키나와처럼 사탕수수와 파인애플 같은 기간산업 비중이 큰 섬으로서는 당연히 노동력이 빈약할 수밖에 없었을 것이다.

우리 사회 현실 또한 산업화가 시작되긴 했지만 젊은 일자리가 턱없이 부족했던 실정이라 파월과 파독이라는 인력 송출이 국가사업으로 중요시되던 때였다. 보도로만 접했던 오키나와 계절노동자에 대한 얘기를 직접 경험한 그녀를 통해 들으니 몇십 년 전의 역사가 내 앞으로 쑥 다가온 기분이었다. 그녀가 공항 인터뷰에서 말한 대로 그녀들은 즐거운 소풍을 가는 것도 아니고 나라를 위해 독립운동을 하러 가는 것도 아니었을 것이다.

누가 먼저랄 것도 없이 우리는 어느새 옥상 콘크리트 바닥에 내려앉았다. 그녀의 손에는 여전히 꺼지지 않은 담배가 들려 있었고 나는 중요한 인터뷰를 하는 양 그녀에게 집중해 있었다. 기지촌 정순 씨 기사를 끝으로 나는 한동안 기자라는 사실을 잊고 살았다. 전에는 스쳐가는 사람들의 이야기조차 흘려듣지 않았는데, 사회부를 떠나면서부터는 세상의 소리에 귀를 닫으려고 노력했다. 들으려 하지 않는 사람에게는 그 어떤 힘도, 역할도 주어지지 않을뿐더러 살고 싶은 의지마저 없어져버린다는 사실을 알게 되었다. 그렇게 흘려보낸 시간들에 대한 안타까움이 고개를 쳐들었던 것이었을까. 그녀의 오키나와 이야기가 생생하게 전해졌다.

"대단하세요! 본래 그렇게 말을 잘했어요? 카메라 앞에서 그렇게 말하기 어려운데."

"중학교밖에 못 다녔지만 또래들보다 책은 많이 읽었다. 모파상, 나쓰메 소세키, 카뮈 정도는 읽었지. 당시 옆 동네 사는 친구가 있었는데, 그 애 오빠가 서울에서 대학 졸업하고 큰 출판사에 다녔어. 그 집에 가면 사랑방에 책들이 꽉 차 있어서 얼마든지 빌려 읽을 수 있었거든. 그 애 오빠가 인물도 좋고 참 반듯했는데, 내가 책 빌리러 가면 들어오라고 해서 이 책 저 책 설명해주었지. 솔직히 나는 중학교에서 배운 공부보다 그 오빠한테 배운 공부가 더 많았다. 그 오빠가 추천해준 책들을 밤새 읽느라 영어책이나 수학책은 볼 새도 없었단다. 나도 그 오빠처럼 출판사에 다니고 싶었는데……. 이젠 다 지나간 일이 돼버렸다."

"어쩐지…… 그 오빠 짝사랑하셨죠? 그래서 어떻게 됐어요?"

"뭘 어떻게 돼. 어느 날 보니까 서울서 이쁜 색시 데리고 인사 왔더라. 친구까지 제 오빠 따라서 서울로 갔으니 그 집하고는 인연이 끝난 거지. 이후로는 보지 못했어."

"첫사랑이자 짝사랑은 거기서 끝났고…… 그럼, 김포공항에서 비행기 타고 맨 처음 어디로 갔어요? 그때도 오키나와까지 가는 직항이 있었나요?"

"한 번에 나하까지 가는 게 있었다. 사람이 많아서 전세를 낸 것인지는 모르지만 아무튼 한복 입은 내 또래 애들이 비행기에 꽉 찼으니까 삼백 명 가까이는 됐을 거다. 촌년들만 모아났으니 여기저기서 좌석 벨트 안 매진다고 아우성이지, 멀미 난다고 징징거리지, 비행기가 착륙할 때는 사람 살리라고 소리를 질러서 승무원들이 애를 먹었단다. 나라고 별수 있었겠니. 그 무거운 물건이 하늘 높이 떠 있다는 게 도무지 실감이 안 나더라. 버스 같으면 돌아가자고 생떼라도 부려볼 텐데 하늘에 떠 있으니, 꼭 독수리한테 잡혀가는 토끼들 같았단다."

"오키나와에 도착하자마자 바로 파인애플 공장으로 갔어요?"

"비행기에서 내려서 다시 배를 타고 한 시간쯤 갔다. 오래돼서 무슨 섬인지는 잘 모르겠고, 도착했을 때가 저녁나절이었는데 주변이 온통 파인애플 밭이더구나. 강원도 산등성이에 있는 감자 밭하고는 느낌이 달랐어. 단내 풍기는 노란 파인애플을 보니 실컷 먹을 생각에 좋기도 하고 신기하기도 해서 처음에는 좋았단다. 근데 솔방울처럼 생긴 자주색 꽃은 예쁜데 허리에 닿는 잎사귀는 톱처럼 생겨서 손가락 잘라먹기 딱 좋더구나. 그보다 그 섬에는 파인애플만 잔뜩 심어져 있고 사람들이 거의 없더라. 농장 주변으로 허름한 건물이 몇 채 있기는 했는데, 풍경만 다르지 사람 구경 못하기는 강원도 산골이나 크게 다를 바 없었어."

"비행기에 함께 탔던 사람들이 다 같이 그 섬으로 갔어요?"

"아니야, 나하 공항에 마중 나와 있던 일본 사람들이 몇십 명씩 나눠서 데려갔지. 아마 농장주들이 신청한 인원수를 챙겨 가는 것 같았어. 나중에 들으니 오키나와 주변 섬에 있는 파인애플 농장으로 다 흩어졌다는 게야. 내 친구 미숙이하고도 나하 공항에서 헤어진 뒤 지금까지 소식이 끊어졌단다. 서로 연락을 안 하고 있는 게 맞을지도 모르고……. 공장이라는 곳이 그렇게 생긴 곳인 줄 알았다면 아마 가지 않았을 게다. 말이 공장이지 비 가릴 정도로 낡은 슬레이트 건물 밖에는 파인애플이 산더미처럼 쌓여 있었다. 공장 안에는 백여 명 가까이 되는 여자애들이 긴 테이블 양쪽에 앉아 파인애플 껍질을 일일이 손으로 벗겨내는 일을 했단다. 서너 달만 일하면 봉제공장에서 일하는 애들보다 서너 배는 더 받는다고 했지만, 첫날 일하고 숙소로 돌아와서는 손이 쓰라려 밤새 울었다. 한 달에 오만 원이면 큰돈인 것은 분명하지만 한 계절 일할 때까지 손이 남아날지 자신이 없었다. 가족들을 위해서 참아야지 했던 마음이 무너지기 시작하더라."

"그럼 바로 돌아오지 그랬어요? 혹시 돌아오지 못할 이유라도 있었어요?"

"그건 아니야. 그래도 여기까지 왔는데 빈손으로 가면 안 되지 싶어서 하루 이틀 그냥 견뎠지. 문제는 작업이 끝나고 저녁나절에 물건을 가지러 섬으로 들어오는 사람들이었다. 낮에는 조용하다가 저녁 무렵만 되면 그 작은 섬이 시끄러워졌단다. 덕분에 가끔은 그 사람들이 가져온 색다른 음식도 먹긴 했지만 그 족속들은 처음부터 상대하지 말았어야 했어. 우리도 일이 끝나면 심심하니까 가끔 농장 밖으로 나가 놀곤 했는데, 말이 통하지 않다 보니 답답하기 이를 데 없었지.

한번은 저녁나절 친구 한 명이랑 근처 바닷가로 놀러 나갔었다. 따뜻하고 물이 깨끗해서 사는 것만 여유롭다면 진짜 좋은 곳인데, 내 사주에 그런 팔자는 없는 모양이니……. 때마침 낯이 익은 작업반장하고 한 젊은 놈이 실실거리며 다가오더니 같이 놀자는 거야. 말은 못해도 눈치가 이상해서 친구랑 벌떡 일어났지. 그랬더니 작업반장 놈이 친구를 붙들어 앉히고는 눈을 뒤집어 까며 소리치는 거야. 이거 사달이 났구나 싶어 내가 친구에게 눈짓해서 시키는 대로 잠깐 모래밭에 앉자고 했다. 공장에서도 성질 더럽기로 소문 난 놈이라 우리에게 무슨 해코지라도 할까 싶어서 그랬는데, 엉덩이를 다시 모래밭에 내려놓는 순간 나는 내 인생에서 가장 큰 씻을 수 없는 굴욕을 당하고 말았다. 그 새끼들을 물어뜯고서라도 그 자리에서 달아났어야 했는데, 후사가 두렵다고 당장 목숨 내놓은 어리석은 년이 됐으니……."

그녀가 무슨 말을 하려는 것인지 짐작이 갔다. 하지만 그녀의 표정은 바뀌지 않았다. 그녀의 말에는 감정이 모두 휘발되어 냄새와 색이 없었다. 거칠거나 격앙되어 나와야 할 말조차 우리를 둘러싸고 있는 소소한 밤바람을 방해하지 않았고, 눈앞으로 불러낸 오랜 기억에게조차 아무런 유감을 드러내지 않았다. 그저 담배 연기의 여운만 깊거나 길게 빨아올릴 뿐이었다.

홍분한 사람은 나였다. 나는 벌떡 일어나 끙끙거리며 발을 굴렀다. 담배 한 모금으로 해결 볼 일이 아니라는 걸 달아오르는 몸이 말해주었다.

"홍분하지 마. 여기서도 대접받지 못하는 여공들인데 그놈들 눈에는 웬 떡이냐 싶었을 것이다. 일이 고되고 힘든 것은 참을 수 있는데 수치심과 굴욕은 참기 어렵더구나. 세상 바뀐 지 한참 지났고 한일관계가 우호적이니 뭐니 해가며 관계부처들은 떠들어댔지만 그건 눈 감고 코끼리 만지는 격이었단다. 공장 애들 열에 서너 명은 일이 힘들어 그냥 돌아갔고 열에 한두 명은 나 같은 일을 당해서 기한까지 못 있고 그냥 돌아갔단다. 우리 부모님은 그놈들과 짝짜꿍인 사람들 말만 믿고 귀한 딸을 태평양 너머로 보냈으니, 첩첩산중에 갇힌 무지가 죄겠지."

"그래서 어떻게 했어요? 설마 그냥 덮은 건 아니겠죠?"

"산골에서만 살아 바다는 구경할 줄만 알았지 뛰어들 생각은 못했다. 우리가 당장 할 수 있는 일이라고는 파인애플 깎는 칼로 그놈들 배를 쑤셔놓는 것인데, 그럴 정도로 깡 있게 생겨먹질 못해서 겁먹은 채 바들바들 떠는 게 다였다. 그때 나는 처음으로 내 안의 진짜 나를 송두리째 빼앗긴 느낌이었다. 분명 무력으로 당한 것이라 나에게 책임을 물으면 안 되는데, 정신이 분열을 일으키면서 나를 사람이 아닌 개돼지로 느끼게 하는 게지. 아무리 닦고 씻어도 내 안의 구린내가 사라지지 않아서 사람들 근처에 갈 수도 없고 똑바로 쳐다볼 수도 없더라. 그렇게 무너져버린 내가 누구를 붙들고 칼을 갈아달라고 할 수 있겠니."

"그래서 어떻게 했어요?"

"어느 날 나보다 서너 살은 더 먹은 언니가 그러더구나. '돌이킬 수 없는 일이야. 우리만 입 다물고 있으면 오키나와에서 일어난 일을 누가 알겠니. 그냥 미친개한테 물린 셈 치고 잊어버리자. 제 날짜 안 채우고 돌아가면 더 이상하게 생각할 거야.' 그게 그럴 일이 아닌데, 그렇게 삭이고 참고 무마한다고 뼛속까지 스며든 분노와 굴욕이 녹아 없어질까. 차라리 칼을 들고 일어나 그놈들을 죽이겠다고 한 번쯤은 덤볐어야 하는데. 결국 세 명의 여공들이 바다에 몸을 던지고 말았지. 사람이 사람에게 당하는 능욕과 굴욕이 얼마나 무서운 일이면 자신을 버리겠니. 퉁퉁 불어 떠오른 그 여공들 시신을 보면서 내가 세상 밖으로 내쳐졌다는 걸 실감했다. 내가 살아갈 세상은 더 이상 따뜻하지 않을 거라고 체념했지."

"아무도 그놈들의 폭행을 알리지 않았어요?"

"여공들이 죽고 나니까 농장주도 겁이 났는지 그놈들을 내보내더구나. 그런다고 늑대들이 닭장을 포기하겠니. 닭장 주인이 애당초부터 제 닭장 속의 닭들을 지킬 마음이 없다는 걸 알았으니 지켜보고 있던 날짐승들은 얼마나 신이 났겠냐. 같이 일하는 놈들도 문제지만 저녁마다 근처 사탕수수 농장에서 건너오는 놈들 때문에 여공들이 칼을 들고 불침번까지 서야 했다. 칼을 들고 살 정도의 독기라면 오키나와가 아니라 내 나라 땅에서도 충분히 먹고살 수 있었을 텐데, 무슨 기능자로 만들겠다고 그 어린 여자애들을 거기까지 보내 다치게 한 것인지 알다가도 모르겠다."

그녀는 다시 담배를 물었다.

"그놈들이 그러더구나. '이년들아, 내 아버지와 할아버지가 그러는데 한국 년들은 돈벌이라면 가리지 않고 덤빈다더라. 지금도 한국에 가면 돈 많은 일본 남자들을 상대하려는 여자들이 수두룩하다던데, 네년들도 다 이런저런 생각으로 여기까지 온 거 아니냐?' 그놈이 하는 말을 정확히 이해한 것은 아니지만 되새길수록 천대당한 느낌을 지울 수가 없었지. 내가 오키나와에 간 것은 돈 벌러 간 거고 다른 이유가 있을 수 없는데, 그놈은 마치 내가 다른 속셈이 있어 두 팔 휘저으며 날아온 양 비아냥거리는 게야. 내가 그토록 치열하게 반항하고 저항을 했는데도 짓밟아놓고선 적반하장으로 말하니 기가 막혀 뭐라 말을 못하겠더라. 그놈들 나라 말이 짧아 내 해석이 틀렸을 수도 있지만 나불거리는 그놈의 세 치 혀보다 구린내 풍기는 그놈의 눈빛이 더 정확할 테니 똑바로 알아들은 거 맞을 게다.

모 일간지를 통해 일본인들의 기생관광 기사를 읽은 적이 있지. 일본 교통공사가 발행하는 관광안내서에는 '한국은 인간이 가질 수 있는 모든 욕망을 충족시키는 나라'라는 제목을 버젓이 달고 기생관광을 부추기기도 했어. 당시 일본은 경기가 좋아 한국을 방문하는 관광객이 오십만 명 이상씩 급증하면서 일본 남자들에게 기생관광은 매력적인 상품이었단다. 여대생들이 공항에 모여 피켓을 들고 반대운동을 벌였지만 정작 정권의 실세들은 이 또한 외화벌이의 한 축이라는 개념으로 묵인하는 작태를 보였지 뭐냐."

그녀가 다리에 통증을 느낀 듯 끙 소리를 내며 일어섰다. 그녀의 이야기를 아주 오랜 시간 들었는데 내용은 사라지고 가슴에 분노와 통증만 남은 듯했다. 여자의 노동을 순노동으로서의 기능으로 보는 것이 아니라 성이라는 서비스 상품으로 인식하고 취급했다는 사실에 놀라움보다는 막막함이 밀려왔다. 사십 년이 지난 지금도 어딘가에는 그녀와 똑같은 일을 당하고 있는 여자들이 있을 것이었다.

나는 그녀를 끌어안았다. 그녀가 내 품 안에서 잠깐 동안 가만히 있었다. 그녀의 쿵쾅거리는 심장 소리가 내게 고스란히 전해졌다. 오래된 분노가 다시 솟구치는 소리 같기도 했고 그녀의 딱딱해진 심장이 이제야 피돌기를 시작하는 소리 같기도 했다. 깊은 밤이었다. 가슴을 맞댄 그녀와 나의 심장 소리만 옥상 가득 울렸다. 어디선가 찬 국화 향기가 나는 듯했지만 불빛마저 희미해진 도시의 밤은 어디를 둘러봐도 차갑기만 했다.

"오키나와로 나갈 때는 요란하게 배웅을 해주더니 돌아오니까 아무도 반기지 않더라. 하긴 누가 쳐다볼까 무서워서 사람들을 똑바로 쳐다보지도 못했다. 마중 나온 사람도 없었지만 공연히 아는 사람이라도 만날까 고개를 푹 숙이고 공항을 빠져나왔지. 큰 잘못을 저지르고 쫓겨난 사람처럼 세상 눈치를 보면서 말이다. 그래도 몇 달 만에 돌아가는 고향이라 가족들 만날 생각을 하니 마음이 설레더구나. 그렇게 다시 돌아간 고향인데…… 엄마는 저녁 밥상을 차려주면서 날이 밝기 전에 다시 서울로 떠나라고 말씀하셨지. 무슨 소리냐고 물었더니, 오키나와에서 있었던 일들이 첩첩산중 정선까지 흘러들어 남부끄러워 못 살겠다고 하더라. 태평양을 건너온 소문이 무지와 만났으

54

니 다시 산을 넘어 집을 떠나라는 소리였다. 그 소릴 들으니 참담하더라. 굴욕과 능욕도 모자라 참담함까지 당하고 나니 밥숟가락 쥔 손이 저절로 풀리더구나. 상처투성이 새끼를 보듬지 않고 내치는 어미라니! 그 밤 엄마를 한참 노려보다가 집을 나왔다. 사람에 대한 내 그리움은 거기까지였다."

"그럼, 이후로 지금까지 혼자 사신 거예요?"

"너는 기자라면서 아직도 정리가 안 되냐. 그 정도 들었으면 책 한 권은 쓰겠다. 너는 내 잘못이 뭐라고 생각하냐? 거길 가지 말았어야 한 것이냐, 아니면 그놈들의 폭력을 막아내지 못한 것이냐? 아니면 우리 같은 사람을 호구로 본 놈들 잘못이냐? 분명한 것은 지금도 예전의 그 세상과 별로 달라진 것이 없다는 것이다. 바람 속 티끌 같은 게 인생이니 누가 억울해하고 누가 죽는다고 한들 표시가 나겠냐. 분노와 복수심 때문에 이런 말 하는 거 아니다. 나 같은 사람들이 많아지면 세상이 무너질까봐 그런다."

그녀는 흥분하지 않고 담담하게 자신의 인생을 털어놓았다. 아버지의 폭력에 감정을 빼앗긴 우리 엄마하고는 달랐다. 그러나 나는 그녀의 시니컬한 말투와 눈빛에서 그녀의 역사가 아직 살아 있음을 보았다. 엄마는 저항의 싹조차 발아시키지 못한 채 병들어버렸는데, 그녀에게선 독한 희망 같은 것이 읽혀졌다.

"그렇다고 나를 불쌍하게 바라볼 필요는 없다. 죽으면 썩어질 몸뚱이라 생각해 열심히 살았더니 시간이 가고 세월이 살아지더라. 저기 누워 있기는 하지만 혈육 같은 사람을 만나 정도 붙이고……. 참, 내 한 가지 부탁이 있다."

옥상에서 나눈 그녀와의 가장 긴 대화였다. 누구의 눈치도 안 보고 담배 한 대 맛있게 피울 수 있는 옥상 한구석에서 한 여자의 어두운 생과 조우하고 나니 그곳이 더 이상 안식처로 느껴지지 않았다.

"무슨 부탁이요?"

"내가 간호하는 환자인데, 한번 만나줬으면 좋겠다."

"제가요, 왜요?"

"살날이 얼마 남지 않은 노인이야. 실은 너 처음 만났던 날 그 언니한테 네 얘기를 했더니 너를 꼭 한 번 만나고 싶다고 하더구나. 그토록 간절한 눈빛으로 누군가를 찾는 건 처음 봤다. 나하고 십 년 이상 병원 들락거리며 살고 있는데, 그리 오래갈 것 같지는 않다. 자세한 이야기는 그 언니 만난 뒤에 해줄 테니까, 같이 가자."

그녀가 내 팔을 잡아끌었다. 거부할 수 없는 그녀의 손짓에 나는 주춤거리며 비상구로 향했다. 요양보호사인 그녀의 환자이고 죽어가는 노인이라는 이유 때문만은 아니었다. 왠지 옥상

위에 감춰져 있던 판도라의 상자를 그녀와 함께 열어본 기분이었다. 열어보고 실망하거나 허무했어야 하는데 나는 마치 숨이 끊어지지 않은 생명체를 발견한 기분이었다.

나는 그녀의 환자가 있다는 암 병동으로 향했다.

다른 층과는 공기의 무게와 소리부터 달랐다. 긴 복도를 따라 희미한 불빛들이 웅크리고 있고, 간호사의 슬리퍼 소리가 북소리처럼 느껴지는 곳이었다. 그녀가 굳게 닫혀 있던 병실 문을 열고 들어갔다. 병실의 찐득하면서도 후끈한 냄새가 코를 찔렀다. 엄마의 병실과는 다른 분위기에 일순 숨 조절을 하며 그녀를 따라 들어갔다. 그녀의 혈육 같은 언니는 들어가서 오른쪽 침대에 있었는데 우리가 들어올 줄 알았던 듯 등받이에 몸을 반쯤 기대고 앉아 있었다. 커튼이 꼭 닫혀 있는 옆 환자의 침상은 숨소리조차 들리지 않아서 아무도 없는 것처럼 보였다. 생명의 기운이 소리 없이 빠져나가고 있는 느낌이었다. 그녀에 대한 믿음이 너무 섣불렀던 것은 아닌지 후회가 되었다.

침대 위 노인이 그녀를 향해 소리를 냈다.

"민자 왔니?"

그녀에게도 민자라는 이름이 있었다. 민자라는 소리에 병실의 어둠이 살짝 걷혔다. 기운이 느껴질 정도의 소리는 아니지만 아직은 죽음의 냄새를 풍기고 싶지 않은 단아하면서도 정돈된

소리였다.

"순이 언니, 내가 말했던 그 기자 데려왔어."

그녀가 언니라고 부르는 노인의 이름은 순이였다. 흔적도 없는 역사의 한 귀퉁이 어디쯤으로 생각했던 두 노인은 서로를 민자와 순이로 부르고 있었다. 그녀가, 아니 민자 씨가 우리가 기억해야 할 혹독한 역사의 현장에 서 있었던 사람이라는 걸 알고 나서 그런지, 그녀가 소개하는 순이 씨 또한 남다른 느낌이었다. 그녀에 의해서 순이 씨와 대면하는 상황을 맞긴 했지만 목숨만 붙어 있는 듯 노인의 앙상한 목주름을 통해 밖으로 나온 소리는 분명 정갈한 여인의 소리였다. 마치 이 순간을 위해서 오랜 시간 준비하고 다듬어온 듯한 소리여서 순이 씨 턱 밑으로 밀어 앉히는 그녀의 행동을 거부할 수가 없었다.

"와줘서 고마워요. 민자한테 얘기 들었어요."

순이 씨가 팔을 뻗어 내 손을 잡았다. 아무것도 욕망하지 않는 따뜻한 손이었다. 피부가 이리저리 밀리는 순이 씨의 손가락에서 바르르 떨리는 의지가 느껴졌다.

"네가 기자라서 만나고 싶어한 것은 아니다. 기자는 많지만 딱 너 같은 기자가 없어서 그동안 입을 닫고 있었던 거야. 그러니까 너 순이 언니 만난 거 영광인 줄 알아야 돼."

그녀가 꼭 잡은 나와 순이 씨의 두 손을 바라보며 비아냥거리듯 말했다. 기자보다는 따뜻한 사람의 손길이 더 필요해 보이는 노인이라는 생각에 나는 더 이상의 호기심이 발동하지 않았다. 어느 누구라도 죽음을 앞둔 노인의 병실에서 건방과 교만을 가질 자신감은 없을 것이다. 나는 아무것도 묻지 않은 채 순이 씨 손을 잡고 있었다. 찬바람이 병실 창을 흔들어댔다.

"다 묻고 조용히 눈 감으려고 했어요……. 세상에 억울하지 않은 사람이 어디 있고 힘들지 않은 사람이 어디 있겠어요. 어쩌면 나도 그런 사람들 중 하나일 뿐이겠지요. 그런데 민자가 그 또한 이기적인 생각이라고, 나만 살다 가는 세상이 아니라고 하더군요. 나만 입 다물고 살다 죽으면 끝인 세상이 아니라고, 더 늦기 전에 용기를 내라고 했어요."

순이 씨가 내 손등을 가만가만 두들기며 말했다.

"제가 변변치 않은 기자라 도움을 드릴 수 있을지 모르겠습니다. 무슨 일인데요?"

"내가 아주 오래전에 겪은 일인데, 죽기 전에 세상에 알려야 할 것 같아서요."

무슨 부탁인지 들어보지도 않고 거절하기는 어려웠다. 그래서 적당히 둘러대고 자리를 모면할 생각이었는데, 순이 씨는 잡은 내 손을 쉽게 놓아주지 않았다.

"내 이름은 홍순이입니다. 나이는 여든아홉이고 고향은 천안역에서 가까운 대흥동입니다. 천안역 마당에는 높은 콘크리트 탑과 커다란 측백나무 한 그루가 있었습니다. 왜놈들이 지은 이층집도 있었고 자전거도 있었고 시커먼 자동차도 있었습니다. 나는 양대 여학교에 다녔습니다. 내 꿈은 나쓰메 소세키 같은 소설가가 되는 것이었습니다. 다케시는 참 훌륭한 선생님이었습니다. 열일곱에 집을 떠났고 지금껏 돌아가지 못했습니다. 천안은 능수버들이 많습니다. 엄마 이름은 양순남, 아버지 이름은 홍백기입니다. 나는 홍순이입니다."

좀 전하고는 다른 모습이었다. 순이 씨는 기억을 토해내려 안간힘을 썼다. 천안역을 설명할 때는 바로 눈앞의 풍경인 듯 구체적이었다. 순이 씨의 간절한 표정에서 나는 그곳이 그녀의 비극의 출발점이라는 것을 짐작할 수 있었다. 쇠약한 노인의 기억이라고만 단정할 수 없는 것이 순이 씨는 그 이야기를 하는 내내 있는 힘껏 내 손을 잡고 있었다. 행복한 이야기라면 그토록 손에 땀이 솟지는 않았을 것이다. 순이 씨의 심상치 않음을 눈치챈 민자 씨가 내게 눈짓했다.

"자신이 누구라는 걸 잊지 않으려고 가끔 저래."

순이 씨가 꼭 잡았던 내 손을 풀고 자리에 누웠다. 내 손을 그토록 꼭 잡고 얘기한 사람이 있었던가? 어릴 적 문방구 여자와 순이 씨가 유일했다. 누군가의 손을 땀이 나도록 잡아준 적이 있는 사람이라면 적어도 남의 운명에 피해를 줄 사람은 아니었다. 피해를 주기는커녕 자신의 불행한 운명을 구원받고자 소원하는 사람일 것이다.

"잘했어, 언니. 쉽지 않은 일인 줄 나도 알아. 그래서 지금까지 한 번도 그 얘기 꺼내지 않았잖아. 근데 얘는 왠지 그 일을 해낼 수 있을 것 같아. 내가 사람 보는 눈은 있잖아. 시원찮은 사내 놈보다 억지가 세서 저기 정글에 갖다 놔도 살아올걸."

"나를 얼마나 안다고 그래요?"

"다 아는 수가 있단다."

그녀와 나의 자분자분한 말씨름에 순이 씨가 살며시 웃었다. 어찌 되었든 죽음과 싸우는 한 노인의 입가에 번진 웃음을 목격하니 나쁜 일을 한 것 같지는 않았다.

"오늘은 그만 됐어. 나머지 얘기는 내가 알아서 할 테니까 언니는 그만 자."

눈인사를 건넨 뒤 나는 순이 씨의 병실에서 나왔다. 엘리베이터가 있는 복도를 따라 걷자니 뭔가 긴 시간을 경험하고 돌아가는 기분이었다. 옥상에서 그녀와 담배를 피우고 암 병동에 들러 순이 씨를 만난 것뿐인데, 마치 오랜 시간을 거슬러 올라갔다 온 느낌이 들었다. 쿵쿵 발소리까지 유난히 비현실적으로 들렸다. 아주 먼 곳에서 올 누군가를 기다리는 듯 엘리베이터 버튼을 누른 나는 벽에 몸을 기대고 서서 그리운 발자국 소리에 귀를 기울였다. 따뜻한 것도 같고 답답한 것도 같은 마음이었다.

엘리베이터 문이 열렸다. 언제 나타난 것인지 그녀가 나보다 먼저 엘리베이터 안으로 쑥 들어갔다.

"무슨 생각을 그리 하고 있냐?"

"……?"

"이거 받아라. 가져가서 읽어봐."

민자 씨가 내게 작은 손가방 하나를 덥석 내밀었다. 붉은 나일론 실로 짠 조개무늬 가방이었다. 내가 망설이자 그녀는 마치 잠시 맡아두었던 내 가방을 돌려주는 양 자연스럽게 내 손에 쥐여주었다. 싫다 좋다 할 새도 없이 내 손에 들린 가방은 보기보다 무거웠다. 처음부터 내게 가방을 맡기자 작정하지 않고서는 그토록 자연스럽게 내 손에 쥐여줄 리 없었다. 이해할 수 없는 것은 바로 돌려주면 그만인 가방을 나는 그냥 손에 들고 있었다. 무슨 생각인지 가방 든 손이 꼼짝하지 않았다. 그사이 엘리베이터는 엄마가 있는 병실 층에 도착했고 문이 열리자 그녀는 기다렸다는 듯 내 등을 엘리베이터 밖으로 밀어냈다.

"너 기자잖아. 한번 해봐."

엘리베이터 문이 닫히며 그녀가 사라졌다. 가방은 여전히 내 손에 들려 있었다. 가방 주인이 사라진 이상 내가 가방을 책임

겨야 할 필요는 없었다. 민자 씨와 보낸 옥상의 휴식 시간은 나쁘지 않았지만, 그녀를 다시 만나 가방을 돌려주자는 의지는 생기지 않았다.

엄마는 여전히 눈을 감고 있었다. 나는 컴컴한 병실 안을 둘러보고는 보조 침대에 몸을 뉘었다. 피곤이 몰려와 집으로 돌아갈 엄두가 나지 않았다. 한 일도 없고 딱히 해야 할 일도 없는데, 풀어야 할 숙제가 쌓여 있는 듯 잠이 오지 않았다.

문득 순이 씨가 했던 말들이 떠올랐다. 순이 씨의 절절한 이야기가 마치 내 이야기 같았다.

"나는 종로구 옥인동이 고향입니다. 좁은 골목에는 기와집들이 빽빽이 들어서 있고, 바로 옆에는 인사동과 탑골공원이 있습니다. 나는 집 근처 풍문여고를 다녔고 친구들과 창덕궁과 경복궁에 자주 놀러 갔습니다. 나는 신문방송학을 전공한 뒤《대한신문》사회부 기자가 되었고, 일흔다섯 된, 아버지의 폭력으로 모든 감정을 상실해버린 엄마와 함께 사는 이혼녀입니다. 그리고 나는 기지촌 여성의 인권문제를 기사화하려다 보수언론의 제지에 굴복했습니다."

4

엄마의 퇴원 수속을 마친 나는 병실로 가는 대신 옥상으로 가는 버튼을 누르고 말았다. 옥상은 새벽녘 뿌린 비로 흥건했다. 바람이 세차게 불어 담뱃불 붙이기가 쉽지 않았다. 난간 아래로 몸을 수그리고 담배에 불을 붙이는데, 누군가 빗물을 튕기며 가까이 다가왔다.

"며칠 안 보여서 담배 끊은 줄 알았더니, 너도 참 의지 약하다."

민자 씨였다. 그녀는 전처럼 같은 종류의 담뱃갑을 오른손에 들고 있었다. 내가 오랜만에 나타난 것까지 아는 것을 보면 그녀는 매일같이 옥상에 있었다는 소리였다.

"그나저나 너, 내가 준 우리 언니 가방 열어봤냐?"

"오늘 퇴원하니까 집에 가서 볼게요."

그녀에게 미안했다. 보지 못한 미안함 때문에 가방을 열어보고 나서 그녀를 만나길 바랐는데, 아니 내가 말하기 전까지 그녀가 묻지 말아줬으면 했는데, 가벼운 인사 대신 미안한 작별을 고하게 되었다.

"어미가 아프니 그럴 경황이 없겠지. 하지만 시간이 별로 없다. 우리 언니도 상태가 점점 안 좋아지고 있어. 네가 우리 부탁을 꼭 들어줄 거라고 믿는다."

"근데 무슨 부탁인데요?"

"읽어보면 알겠지만 지금 와서 언니가 그놈들한테 복수하겠다는 것은 아니고, 잘못했다는 소리 한마디는 들어야 편안히 눈을 감겠다는 거야."

"그러니까 내가 들어줘야 할 부탁이 뭐냐고요?"

"한 놈이라도 찾아서 언니한테 데리고 와."

"그게 누군데요?"

"어떤 놈들인지는 거기 써 있을 것이다."

"내가 무슨 슈퍼맨도 아니고······. 기자가 무슨 힘이 있다고."

"읽고 나면 슈퍼맨이 될지도 모르지."

"읽어보고 주말에 와서 말씀드릴게요."

미안함과 귀찮음이 섞인 어정쩡한 내 태도를 읽은 그녀가 묘한 표정으로 말했다.

"너도 여자로 살면서 느꼈을 거야. 하느님이 여자를 얼마나 불리하게 만들어놨는지. 다른 생물들은 제 편리한 대로 잘도 바꾸며 사는데, 여자는 태생적으로 그렇게 할 수 없게 만들어졌다는 거 너도 알 거다. 하느님이 그렇게 만들었으니 이제 와서 다시 만들어내라고 할 수도 없고. 우리가 방법을 찾아가며 살 수밖에."

그녀는 더 이상 가방에 대한 이야기는 하지 않았다. 자신은 볼일을 끝냈으니 먼저 내려가겠다며 손을 흔들었다. 나도 마음이 급하다 보니 그녀와 맞닥뜨리자 경황이 없었다. 게다가 담배를 빨리 태우고 내려가야 한다는 생각뿐이어서 그녀의 발길을 붙잡지 않았다. 그녀가 옥상을 내려간 뒤 나는 홀가분한 마음으로 마지막 담배를 피웠다. 무거운 하늘 탓인지 마음과 달리 담배 맛이 전 같지 않았다. 그녀의 마지막 말이 걸려서인지, 순이 씨의 삶이 통째로 들어 있다는 그 가방이 점점 부담으로 다가와서인지 이유를 알 수 없었다. 하늘의 일기(日氣)만큼이나 변화무쌍한 것이 삶이라고 하니 아흔이 다 된 순이 씨에게 기록과 기억은 내가 알고 있는 것 이상의 역사가 있을 것이 당연했다. 그것이 무슨 기록이고 기억이든 내가 순이 씨를 위해서 해줄 수 있는 것은 아마 따뜻한 위로의 말이 전부일 것이다. 그 엄청난 시간의 간극을 내가 어찌 꿰맞춰 흔적을 없애주겠다고 말할 수 있을까. 지금의 나를 순이 씨와 민자 씨가 이해 못하듯 나 역시 그녀들이 살아온 시간을 온전히 이해하기는 어려울 터였다. 하지만 그녀와 한 약속을 저버리지는 않을 생각이었다.

순이 씨에 대한 일은 일단 그 정도로 정리하고 넘어갔다. 꽁초를 버리기가 무섭게 기찬에게서 전화가 왔다.

"온 거야?"

"좀 전에 왔어. 선배 뭐 해? 저녁 같이 먹을까? 내가 그 자식 끝까지 쫓아가서 인터뷰 따왔지. 그 새끼 그거 완전 또라이더구만. 나한테 미끼를 던지면서 잘 써달라고 하는 거야. 어린 놈의 새끼가 벌써부터 지 아버지 빽 믿고 세상 무서운 줄 모르더라고. 선배, 그런 애들 보면 솔직히 슬프다. 역사관은 그만두고 자신의 뿌리조차 모른다니까. 명품 구두하고 잘나가는 여배우 이름은 줄줄이 꿰면서 서산이 어디고 거제도가 어느 나라에 있는지도 몰라. 영어 공부만 했으니 뭘 알겠어. 선배, 보고 싶다. 빨리 만나자."

기찬 역시 《대한신문》 사회부 기자이고 대학 후배였다. 그냥 후배만은 아니라고 떼를 쓰는 쪽은 기찬이지만 나 역시 그를 완전히 거부하는 것은 아니어서 우리는 뭐라 단정 짓기 어려운 사이였다.

그는 며칠 전 H그룹 셋째 아들을 만나기 위해 뉴욕엘 다녀왔다. 모 여배우를 폭행하고 출장을 핑계로 출국한 그를 《대한신문》에서 단독으로 포착해 기찬이 뒤쫓은 것이다. 폭행당한 여배우가 평소 알고 지내던 기찬에게만 제보를 해주어 사건을 맡았는데, H그룹 셋째 아들의 평판은 오래전부터 안 좋게 나돌아 새삼스러운 이슈거리는 아니었다. 하지만 이번에는 배우의 상태가 심각할 만큼 폭행의 정도가 심했고, 성폭행까지 당했다고 고백해서 전처럼 쉽게 넘어갈 일은 아니었다.

그런 사건에 누구보다 예민한 기찬이 자청을 해 뉴욕까지 쫓아갔으니 결과가 나쁘지는 않을 것이었다. 나를 대할 때 빼고는 지극히 이성적인 그가 H그룹 셋째 아들의 회유와 협박에 기가 꺾일 리 없었을 테니, 나한테 큰소리치며 승전보를 전하는 것은 당연했다.

"악어한테 물렸으니 그놈도 참 재수 없게 됐다. 제대로 터트려봐. 그리고 밥은 다음에 먹자. 엄마 죽이라도 쒀줘야 해."

악어는 내가 기찬에게 붙여준 별명이었다. 한번 시작하면 끝까지 파헤치는 그의 근성과 웃을 때 입이 악어 입처럼 크게 벌어지는 모습이 재밌어 부르기 시작했는데, 별명이 맘에 드는 듯 기찬은 볼 때마다 보란 듯이 더 크게 웃었다.

"잠깐이라도 보자. 선배 보고 싶어 죽는 줄 알았단 말이야."

능청스럽게 애교 떠는 기찬의 모습이 눈에 선했다. 같이 일하며 가끔 밥을 먹고 속내를 털어놓는 정도인데, 그는 나를 연인처럼 대했다. 누가 봐도 그는 나와 어울리는 짝이 아니었다. 나이도 한참 어리고 삶의 무게도 너무 차이가 컸다. 기찬과 진짜 연애라도 하는 날에는 사람들의 곱지 않은 시선이 모두 내게 쏠릴 게 뻔했다.

"야! 징그럽게 왜 이래. 아무튼 일이 잘됐다니 축하하고, 나중에 연락할게."

만나자고 조르는 기찬의 말을 자르고 내가 먼저 전화를 끊었다.

엄마는 여전히 입을 굳게 닫고 있었지만 표정은 그리 어둡지 않았다. 지긋지긋한 집일 텐데, 그래도 병원보다는 집이 좋은 모양이었다. 엄마와 나는 병원 앞에서 바로 택시를 탔다. 마지막 안식처를 찾아가는 가난하고 고단한 여행자들처럼, 엄마와 나는 나란히 앉아 차창 밖을 바라볼 뿐 아무 말도 하지 않았다.

꼬불꼬불한 골목마다 허름한 한옥이 들어서 있는 곳이 옥인동이다. 자전거조차 마음대로 속도를 낼 수 없는 비좁은 골목 끝에는 마을버스 종점이 있고, 그 뒤로 하얀 바위투성이 인왕산이 누렇게 물이 빠진 채 버티고 있었다. 사람들은 개발이 빗나간 서촌의 풍경에 정겨움을 느낀다지만 이십 년째 벗어나지 못한 채 살고 있는 옥인동의 한옥은 내게 여름에도 겨울처럼 살아가야 하는 궁색한 거처일 뿐이었다. 담은 있지만 소리의 경계가 없고, 앞집과 뒷집의 사생활이 그대로 드러날 수밖에 없는 곳이었다. 대문 밖에는 언제나 같은 얼굴들이 앉아 있었고, 이쪽 골목으로 돌고 저쪽 골목으로 돌아도 낯선 얼굴을 찾기 힘든 풍경들이 내게는 정감이 아니라 골목과 함께 늙어버린 기억으로만 보였다.

저 뒤틀리고 비틀린 골목을 벗어나기 위해서 엄마와 나는 하루에도 몇 번씩 도주를 감행했지만 아버지한테서 빠져나올 수 없었다. 매번 좁은 골목에 갇혔고 매번 막다른 골목 어귀에서 아버지의 손아귀에 잡히고 말았다.

내게 옥인동의 낮은 담장들은 이웃의 불행을 좌시하지 않는 정겨움으로 통하는 것이 아니라 멸시와 방관과 풍문이 쉽사리 넘나드는 허술한 경계에 불과했다. 그러한 골목을 달리던 소녀가 뜻밖으로 명문대학에 입학을 하고 중앙일간지 기자가 되자 사람들은 여자가 얼마나 기가 세면 기자를 하겠냐며 혀를 찼다.

나는 그 말이 틀렸다는 걸 보여주고 싶었다. 기회가 주어지지 않는다면 모를까, 우리 사회가 그 정도로 형편없다는 생각은 하지 않았다. 그러나 나는 기찬을 만나고 사회부 기자로 일하면서 기회라는 것이 옥인동 골목의 문방구 같은 곳이 아니라는 걸 깨닫기 시작했다. 동전 몇 푼만 손에 쥐고 가도 마음에 드는 것을 살 수 있는 그런 문방구는 옥인동에서나 통한다는 사실을 알고 나니, 내가 쥐고 있는 동전의 액수가 형편없이 초라하다는 것을 깨닫게 되었다. 그렇다고 당장 기죽어 지낸 것은 아니었다. 어쨌든 나는 골목의 무자비한 폭력에서도 살아남았으니 포기는 아직 일렀다. 여전히 이 골목에 살고 있기는 하지만 기회를 포기한 것은 아니었다.

집으로 돌아온 엄마는 또다시 텔레비전 드라마에 빠져들었다. 엄마에게는 시간이 더 필요할 것이었다. 언제가 될지는 모르지만 엄마가 옥인동 골목의 상처를 잊는 날 나도 어쩌면 그 기회라는 것을 잡을 수도 있었다.

한밤의 여유는 엄마가 잠이 든 후에야 주어졌다. 습관처럼 손을 씻고 나온 나는 복숭아 향이 나는 크림을 손에 듬뿍 발랐다. 기사를 쓰거나 원고를 읽기 전 나름의 예의 같은 것이었다. 손이 깨끗하지 않으면 집중이 안 되고 오타가 심하게 났다. 손이 건조하면 기계에 기름을 안 친 듯 빡빡해서 손가락이 유연하지 못했다.

기찬은 내게 복숭아 향이 나는 핸드크림을 선물했다. 손등에서 달콤한 복숭아 향이 나니 기분이 좋아졌다. 스탠드 불빛을 조절한 나는 병원에서 가져온 쇼핑백을 열었다. 입원실에서 쓰던 휴지와 물통을 꺼내자, 맨 아래 민자 씨가 건네준 순이 씨의 손가방이 들어 있었다. 왠지 남의 일기장을 들춰보는 기분이었다. 수첩의 모양새는 심상치 않았다.

수첩은 A4용지 사 분의 일 정도의 종이를 묶은 것이었다. 수첩이 아니라 메모지 묶음인데, 앞표지와 뒤표지에 붉은 천이 붙어 있어 핸드메이드 수첩처럼 보였다. 표지에 붙어 있는 붉은 천은 비단이나 실크 같은 고급 천이 아니라 광목천이었다. 게다가 붉은색의 얼룩이 심했다. 담배가 간절한 순간이었다. 죽어가고 있는 순이 씨의 마지막 부탁이라는 말을 떠올리자 수첩의 무게가 더 무겁게 느껴졌다.

나는 붉은 수첩을 열었다. 빛바랜 글자들이 나를 보았다. 나와 눈을 맞추기 위해서 기다린 글자들, 슬픈 눈동자 같았다. 어디서부터, 아니 누구부터 어떻게 눈을 맞춰야 할지 몰라 나는 잠깐 눈을 감았다 떴다.

5

1942년 1월 10일

여기는 중국 길림성의 장춘이라고 했다. 한국말이 서툰 중년의 여자와 늙은 일본 남자가 하는 얘기를 들었다. 일본 남자는 어제도 세 명의 내 또래 여자애들을 데려왔다. 모두 중국인이다. 남자가 내 옆방에 그 애들을 밀어넣은 뒤 밖에서 자물쇠를 걸어 잠그자 곧바로 통곡 소리가 들려왔다.

나는 판자로 된 벽에 바짝 붙어서 그 애들의 울음소리를 들었다. 알아들을 수는 없었지만 중국말이 확실했다. 그 애들도 우리가 처음 잡혀왔을 때처럼 한참 동안 겁에 질려 울다가 저희들끼리 뭐라 소곤거렸다. 아마, 울지 말고 정신 차려야 여기서 살아 나갈 수 있다고 서로를 위로하는 소리였을 것이다.

화장실조차 허락을 받아야 갈 수 있는 이곳에서 도망치려면 정신 차리고 기회를 엿봐야 했다. 엊그제만 해도 나는 갈래머리 여학생이었고 양조장집 귀한 막내딸이었다. 하느님의 실수가 아니고서는 내가 왜 이 끔찍한 지옥 구덩이로 떨어졌는지 이해할 수 없다. 아무 이유도 모른 채 중국 땅으로 끌려와 처참한 꼴로 뒹굴고 있다니! 옆방의 중국 애들 역시 나와 같은 생각을 하며 솟구치는 분노를 꺼이꺼이 뱉어내고 있었다. 그녀들의 비명 소리를 들어가며 이 글을 쓰고 있는 것은 내가 더 이상 고통에 무뎌졌거나 견딜 만해서가 아니다. 나를 버리지 않기 위한 최선의 방법이고 혹시라도 내가 죽음을 선택했을 때, 이놈들이 내게 무슨 짓을 했는지 기억하기 위해서다.

그날, 나는 경자와 함께 천안역 부근에서 놀고 있었다. 천안역은 여학교에서 멀지 않았고, 주변에 일본인들이 운영하는 빵집과 옷가게 같은 신식 물건을 파는 상점이 여러 곳 있어 여학생들이 심심치 않게 찾는 곳이었다. 우리는 기찻길 근처 공터에 앉아 역을 오가는 사람들을 구경하기도 하고 기차가 지나가면 손을 흔들어주기도 했다.

기차가 역으로 들어올 시간이 되면 역 광장은 금세 사람들로 붐볐다. 구루마를 타고 오는 사람은 지체가 있는 일본인이고 자전거를 타고 나타나는 조선 사람도 평민은 아니었다. 꾀죄죄한 차림으로 큰 보따리를 이거나 손에 들고 기차에 오르는 사람들은 대개 경성이나 평양 또는 만주로 가는 사람들이었다. 우리 동네 사는 박 씨처럼 개성으로 장사를 하러 가는 사람도 더러 있긴 하지만 천안은 일본인들 빼고는 외지인들이 많지 않아서 마을 사람들의 이동은 잦지 않은 편이었다.

그날도 나는 경자와 학교에서 나와 기찻길을 따라 역 쪽으로 걸었다. 교장선생님으로부터 창씨개명을 서두르지 않으면 학교생활에 지장을 줄 것이라는 엄포를 들었기 때문이다. 순이라는 내 이름은 증조부가 지어준 것이고 호적에까지 올라 있는데, 일본 이름으로 바꾸라니 말도 안 되는 소리라며 아버지는 굽히지 않았다. 아버지 뜻이 그러니 왜놈들이 운영하는 상점에서 내 이름을 사다 쓸 수도 없고, 누구나 순이야! 순이야! 하고 부르는 멀쩡한 이름을 구멍 난 신발짝인 양 버릴 수도 없었다.

풀이 죽어 교실로 돌아온 경자와 내게 담임인 다케시 선생님이 말했다. "힘들겠지만 너희들이 잘돼야 힘이 생긴단다. 너희들이 우리보다 힘이 세져야 우리를 이길 수 있단 말이다." 칠십이 넘은 다케시 선생님은 국어를 가르쳤는데, 가끔은 시를 읊어주다가 뒤돌아서 울기도 했다. 나는 다케시 선생님이 다른 일본인 선생들과 다른 사람이라는 걸 알고 있었기 때문에 선생님의 감정을 이해할 수 있었다. 사람들은 다 똑같은 왜놈들이라고 했지만 다케시 선생님은 진심으로 우리를 생각했고 조선이 잘되길 바라는 사람 같았다.

다케시 선생님은 특히 이십 대에 요절한 이시카와 도쿠보쿠의 시를 즐겨 읊었다. 듣기에는 대단한 의미가 담겨 있는 것 같지 않아서 선생님의 감정이 지나치게 낭비되는 것은 아닌가 생각되기도 했다. 하지만 지금 선생님이 읊어주던 "동해 바다의 자그마한 갯바위 하얀 백사장, 나는 눈물에 젖어 게와 벗하였노라"가 계속해서 입안에 맴도는 걸 보면 쏟아지는 내 눈물의 원천이 어디인지 알 수 있었다. 그 모든 것들이 꿈결인 양 느껴져서 더 깊은 절망에 빠지게 되지만 그래도 나는 이시카와의 짧은 시를 반복하면서 고통을 견디고 있는 중이다.

경자와 나는 기찻길을 따라서 흘러가는 구름을 바라보거나 우스꽝스런 차림으로 역사에 나타나는 일본 여자들을 구경했고, 서로 울적한 시선을 교환하다가 우리 또래의 남학생이라도 나타나면 공연히 깔깔거리며 불안한 미래를 애써 외면했다.

엄마는 그날도 내 늦은 귀가가 경자네서 놀다 오기 때문이라고 생각하고 있을 것이었다. 그런 일이 자주 있어 큰 걱정은 안하지만 그래도 저녁 먹기 전까지 돌아오지 않으면 엄마는 저녁

아궁이 불단속을 해놓고는 곧장 서낭당이 있는 마을 고갯마루에 올라서서 마냥 나를 기다렸다.

다른 날보다 조금 더 늦었지만 그래도 엄마가 기다리고 있을 거라는 생각에 경자와 나는 그만 자리를 털고 일어나 빠르게 걸었다. 철길 주변은 아직 지지 않은 붉은 장미와 해국이 찬바람을 견디고 있었다. 수상한 시절에 철없이 피어 있는 그것들에게 시선이 붙들려 도쿠보쿠의 시를 입안에 머금고 있었다. 멀리 히노마루기가 칸칸이 꽂혀 있는 기차가 천안역으로 들어오고 있었다. 경자와 나는 멀찍이 물러서서 기차가 지나가기를 기다렸다. 그러나 귀청이 따갑도록 경적 소리를 내며 다가오는 기차로부터 우리는 쉽게 멀어지지 못했다.

어쩌면 철길 가까이에 가지만 않으면 위험할 일이 생기지 않을 거라는 생각에 그 낭만적이면서도 이국적인 풍경을 무시하기 어려웠던 것일 수도 있었다. 우리는 저녁노을에 흠뻑 취한 기찻길 국화들처럼 붉은 노을 속으로 사라지는 기차를 감상하고 돌아설 참이었다. 잠시 후, 순식간에 도착한 기차가 엄청난 굉음과 함께 우리 앞에 멈춰 섰다. 그리고 굉음에 놀랐던 정신을 차렸을 때는 거대한 쇳덩이가 경자와 내 앞을 가로막고 있었다.

기차는 전쟁에 쓰일 물자를 나르는 수송선이었다. 이별을 아쉬워하는 차창 밖 손길은 보이지 않고 시커먼 전쟁물자만 가득 실린 기차였다. 순간, 경자와 나는 당황한 눈길을 교환했다. 역사 뒤쪽으로 뒤돌아가야 하는 우리는 괴물처럼 나타난 기차에 앞길을 차단당하고 말았다. 조금만 일찍 서둘렀더라면 건널 수도 있었을 텐데 하는 후회와 덜컥 내려앉은 가슴을 쓸어내리며 나는 우리 앞을 가로막은 기차를 올려다보았다. 경자와 나의 열일곱 생이 멈춘 순간이었다.

기차는 매우 거칠고 위협적이었다. 경자와 나는 손을 꼭 잡고서 멈춰 선 기차가 다시 평화롭게 지나가기를 기다렸다. 그러나 철길 너머에서 나를 기다리고 있을 엄마를 생각하는 순간, 닫혀 있던 기차 문이 열렸고, 어깨에 총을 멘 대여섯 명의 군인들이 차례차례 철길로 낙하하듯 뛰어내렸다. 곧바로 나와 경자를 에워싼 군인들은 영문을 몰라 눈만 동그랗게 뜨고 있는 우리의 입을 틀어막더니 순식간에 기차로 끌어올렸다. 엄청난 힘을 가진 기계처럼 경자와 나를 번쩍 들어올렸다가는 화물칸 바닥에 내동댕이쳤다. 엉덩이가 깨질 듯이 아팠다. 너무 아파서 화물칸의 사물을 분간할 겨를도 없었다. 그냥 높은 낭떠러지에서 떨어진 느낌이었다. 그러다 나는 가까이에서 들려오는 비명과 흐느낌, 역한 냄새에 정신이 번쩍 들었다.

캄캄하기만 했던 화물칸의 사물들이 희미하게 눈에 들어왔다. 기차는 계속 달렸다. 나는 경자와 부둥켜안은 채 주변을 살폈다. 우리와 비슷한 모양새로 앉아 우는 수십 명의 여자애들이 있었다. 여자애들은 저쪽 문에서 이쪽 문까지, 둘 또는 셋씩 엉겨 붙은 채로 바들바들 떨고 있었는데 모두 나와 경자 또래였다.

새로운 곳을 향해 떠나는 사람들이 설렘 가득한 표정으로 앉아 있어야 할 기차가 아니었다. 경자와 나는 우리 어깨 위로 겨눠진 총구를 의식하며 눈물을 삼키자고 눈짓했다.

군인들이 출입문만 지키지 않았다면 문을 열고 곧바로 뛰어내렸을 텐데, 우리는 사방이 철벽인 우리에 갇혀 꼼짝달싹할 수가 없었다. 가까이 느낄 수 있는 것이라고는 경자의 손뿐이었다. 나는 행여 그 손을 놓칠세라 꼭 잡고는 죽은 듯 웅크리고 있었다.

기차가 멈출 때마다 어떤 기회가 생기지 않을까 해서 온 신경을 집중해보았지만 군인들은 한시도 우리 곁에서 떨어지지 않았다. 천안역을 출발한 기차는 이후에도 서너 번 멈춰 섰다. 어느 역인지는 모르지만 기차가 멈출 때마다 우리와 비슷한 또래의 여자애들 대여섯 명이 경자와 나처럼 군인들에 의해서 화물칸으로 끌려왔다.

아무도 우리를 어디로 끌고 가는 것인지 말해주지 않았다.

그들을 향한 분노가 꾸역꾸역 치밀었지만 무서워서 물을 수가 없었다. 얼마쯤 지났을까? 기차가 서른 번을 멈춘 것도 같고, 마흔 번을 멈춘 것도 같았다. 시간을 가늠할 수 있는 빛과 풍경은 그 어디에서도 찾을 수가 없었다. 깊은 밤인 것도 같고 새벽인 것도 같았다. 창을 가리고 있는 시커먼 천 조각조차 우리를 감시하고 있었다.

군인들은 다른 칸의 군인들과 자주 교대를 해 줄지 않았고 항상 같은 자세로 서 있었다.

… (중략) …

지키고 있던 군인이 옆 칸으로 가는 문을 열자, 두 명의 군인이 이쪽 칸으로 넘어왔다. 한 명은 커다란 대바구니를 들었고, 또 한 명은 뚜껑이 덮여 있는 통나무 통 하나를 들고 있었다. 천안에서 출발한 뒤 두 번째 보는 군인들이었다. 대바구니 속에는 주먹밥이 들어 있었고 뚜껑이 있는 나무통은 변소로 쓰기 위한 것이었다. 그들이 나타나야만 요기를 할 수 있었고 오줌과 똥을 눌 수 있었다.

천안을 떠난 뒤 두 번째 먹는 끼니였다.

주먹밥은 딱딱해서 잘 씹히지 않았고 절인 무는 너무 짜서

혀가 아릴 정도였다.

어느 때는 꽁꽁 언 주먹밥을 던져주어 바로 먹을 수도 없었다. 경자는 어느 순간부터 울음을 뚝 그치더니 주먹밥을 으드득 으드득 씹어 먹기 시작했다. 독기 가득한 눈빛으로 주먹밥을 씹으며 나더러 얼른 먹으라고 했다. 도저히 씹을 수 없다고 고개를 흔들자, 그녀는 내 손에 들려 있던 주먹밥을 뺏더니 억지로 내 입에 물렸다.

"버티려면 먹어야 해……."

나는 눈물을 쏟으며 주먹밥을 먹어야 했다. 다른 애들 역시 시간이 지나면서 처한 상황을 받아들인 듯 악다구니를 쓰지 않았고, 작은 천 쪼가리 한 장이 겨우 가리고 있는 나무통에 가 오줌을 누고 똥을 쌌다. 먹은 것이 없어 자주 볼 일은 없었지만 확 터진 공간에서, 그것도 수십 개의 눈이 지켜보는 곳에서 오줌똥을 눌 때면 그 순간 차라리 시뻘건 불이 기차를 확 덮어버렸으면 싶었다. 몸이 부끄러운 것보다 냄새와 흔적을 함께 공유해야 한다는 사실이 사람이 아닌 소 돼지처럼 느껴졌다. 우리에게서 한순간도 눈을 떼지 않는 일본 놈들은 본래부터 구린 것에 무감각한 것인지 울고불고할 때는 당장이라도 죽일 듯했지만 오줌 똥을 눌 때는 눈썹 하나 까닥하지 않고 지키고 섰다가 나무통이 가득 차면 얼른 들고 나갔다.

그렇게 춥고 더럽고 무서운 기차칸에서도 시간은 흘렀다.

창밖의 바람 소리가 점점 거칠어지면서 기차 안의 한기도 갈수록 심해졌다. 몇몇 애들은 그사이 감기에 걸려 쉴 새 없이 기침을 해댔다. 아무리 입을 틀어막아도 터져나오는 기침을 참을 수 없는지 어떤 애는 옆 친구 가랑이에 얼굴을 묻고 숨넘어갈 듯 캑캑거렸다. 경자와 나는 잠깐씩 눈을 붙일 때조차 잡은 손을 놓지 않았다. 우리가 가질 수 있는 한 가닥 희망이라고는 서로의 손뿐이었다. 경자의 손가락 하나하나에서 느껴지는 온기가 내가 아직 견디고 있음을 주지시켰다. 모든 것이 꿈인 것만 같았다. 분명 꿈일 거라고 믿고 싶었다. 잠을 자다 어느 순간 눈을 뜨면 거짓말처럼 경자와 나는 학교를 마치고 집으로 돌아가는 마을 어귀에 서 있을 것이다. 우리는 아름드리 미루나무가 서 있는 갈림길에서 잠시 헤어짐을 아쉬워하며 늙은 다케시 선생님이 읊어주던 시를 장난스런 표정으로 기억해낼 것이다.

다케시 선생님이 희고 가는 손가락으로 흰머리를 쓸어올리는 순간 시는 절정에 이르렀다. 나는 선생님의 나직한 음성이 전해주는 절절함에 빠져들었다. 나타샤가 안 올 리 없다고 말하던 다케시 선생님과 시인의 절망이, 집으로부터 점점 멀어져가는 내 심정과 다르지 않았다. 시를 읊는 다케시 선생님은 일본인도 아니고 조선인도 아닌 따뜻하고 정의로운 사람일 뿐이었다. 백석의 시를 서툰 우리말로 들려주던 선생님의 굽은 등에서 나와 우리들은 잠시나마 불온한 세상을 잊을 수 있었다.

내 품에 간신히 의지해 잠을 자던 경자의 숨소리가 흰 당나귀의 울음소리처럼 들려 막막하고 서러웠다. 나는 덜컹거리는 쇳소리와 바람 소리, 악마의 발정 소리 같은 기적 소리를 떨쳐내려 한여름의 미루나무를 떠올렸다. 어른 두어 명을 품고도 남는 미루나무 아래에는 송진 냄새가 진한 소나무 평상이 놓여 있어 낮에는 어른들의 쉼터가 되고 저녁 무렵엔 청년들의 회의 장소가 되었다.

영희 오빠가 징용으로 끌려가던 곳이었고, 독립운동을 하다 죽은 두숙이 아버지 상여가 오랫동안 머물다 떠난 곳도 그 미루나무 앞이었다. 어느 때는 떡과 정안수가 놓여 있고 또 어느 때는 통곡과 노란 리본이 매달려 있었다. 경자 말대로 버티면 다시 미루나무 곁으로 돌아갈 수 있을까. 한없이 내려앉는 마음을 달래며 눈을 감으려는데, 기차가 속도를 늦추기 시작하면서 쇳소리가 귀청을 울렸다. 그 소리에 놀라 주위를 살펴보니 우리를 지키고 있던 군인들이 저희들끼리 뭐라 소곤거렸다. 종착역인지도 몰랐다. 군인들이 널브러져 있는 애들을 총구로 흔들어 깨웠다.

"경자야, 일어나."

놈들의 총구가 경자에게 닿을까봐 내가 먼저 경자를 흔들어 깨웠다. 경자가 굳은 몸을 일으키며 주변을 둘러보았다. 기차 안은 여전히 희미한 어둠이 웅크리고 있었고, 정차를 시도하는 기차의 쇳소리가 유리창을 부술 듯 흔들었다. 다른 애들 역시 이 말도 안 되는 여행의 끝에 도달했다는 걸 예감한 듯 하나둘 몸을 추슬렀다. 이윽고 쇳소리의 마찰음이 끊어지면서 기차가 멈춰 섰다. 그러나 우리는 벌떡 일어나 나갈 수가 없었다. 군인 들의 감시는 계속되었고 아무도 우리의 종착역이 여기라고 말해주지 않았다.

경자와 나는 손을 꼭 잡고 문이 열리기만을 기다렸다. 잠시 잠깐 정차하는 곳이 아니라 종착역이기를 간절히 바라면서 군 인들이 지키고 서 있는 문 쪽으로 온 신경을 곤두세웠다. 출입 구를 지키고 서 있던 군인이 마침내 감시하고 있는 군인들에게 신호를 보냈다. 나와 같은 심정으로 출입구를 바라보던 애들의 입에서 참지 못한 탄성과 한숨이 바람처럼 새어나왔다. 지금 당 장 집으로 돌아갈 수만 있다면 기차에서 고생한 몇 날 며칠쯤은 기꺼이 잊을 수 있을 거라 기대하며 긴장한 호흡을 가다듬었다.

칼날 같은 바람이 먼저 기차 안으로 뛰어들었다. 문이 열린 게 확실했다. 군인들이 문 앞을 막고 있어 보이진 않았지만 바같 공기가 확실했다. 다른 게 있다면 바람의 세기와 강도가 내가 지금껏 경험한 겨울과는 비교가 안 될 만큼 춥다는 것이었다. 문이 열리기만 하면 당장이라도 뛰쳐나갈 듯 각오하고 있던 우리는 들이닥친 칼바람에 저절로 눈이 감겼다.

그런데 문제는 우리 모두가 나가는 것이 아니라 경자와 나 그리고 경자 옆으로 죽 앉아 있던 애들만 밖으로 나가라며 소리치는 것이었다.

무슨 영문인지 몰라서 서로를 바라만 보고 있자, 군인들이 우리를 향해 구둣발을 날렸다. 경자와 나는 얼떨결에 기차 밖으로 떨어지듯 내몰렸다. 열 명 남짓 되는 우리를 기다리고 있는 것은 예외 없이 대여섯 명의 또 다른 일본 군인들이었다. 두툼한 털모자가 달린 군복에 장갑까지 낀 군인들이 우리를 에워싸더니 한쪽 방향으로 몰아가기 시작했다. 시키는 대로 뛸 수밖에 없었다. 기찻길 주변은 넓은 논이었고 눈발이 세차게 휘몰아치고 있어 눈을 뜨기조차 어려웠다.

흰 옷고름이 저절로 풀어져 연처럼 날렸고 검정 치마가 제멋대로 펄럭여 어디부터 단속해야 할지 정신이 없었다. 우리를 벌판에 모아놓고 죽이려는 것인지도 모른다는 공포와 추위가 엄습하며 비명이 절로 터져나왔다.

기찻길로부터 한참을 끌려갔다. 너른 논 한가운데에 이르자

낟가리를 쌓아 만든 움집 형태의 초가가 보였다. 초가를 본 군인들이 괴성을 지르며 우리를 더 재촉했다. 놈들의 총부리에 등 떠밀린 우리는 벗겨진 신발을 주워 신을 새도 없이 초가를 향해 달려가야만 했다. 기차에서부터 한 번도 쉬지 못한 채 토끼몰이를 당하며 도착한 곳은 집이라고는 할 수 없는 이상한 공간이었다.

초가를 보는 순간 그런 생각이 들었다. 저곳에 우리를 가둬놓고 총으로 쏴 죽이려 할지도 모른다고. 다른 애들 역시 나와 비슷한 생각을 한 듯 공포 어린 눈길로 서로를 바라보았다. 한 여자애가 큰 소리로 울음을 터뜨렸다. 옆에 있던 군인이 우는 애의 옆구리를 걷어차 초가집 안으로 밀어넣었다. 나와 경자도 다른 군인들의 발길질에 짚더미가 깔린 집 안으로 나가떨어졌다. 추위와 겁에 질린 나는 볏짚 바닥에 웅크린 채로 숨죽여 울었다.

죽음이 목전에 걸리고 보니 부모님 생각이 더 간절했다. 부모님은 내가 죽은 줄도 모르고 마냥 기다릴지도 몰랐다. 도망칠 수도 없고 죽음을 알릴 방법도 없어 막막하기만 했다.

나는 두 눈을 꼭 감았다. 곧 총소리가 날 것이고 나는 죽을 것이었다. 그러다 어느 순간 나는 놈들이 우리를 죽이려는 것이 아니라 다른 짓을 하려 한다는 것을 알아챘다. 총소리에 곧 멈출 심장이 터져나갈 듯 쿵쾅거려 정신을 차릴 수 없던 그 순간 움막의 실체가 죽음을 묻기 위한 곳이 아니라 짐승들의 소굴임이 드러났다.

발길질에 나뒹군 우리가 몸을 일으킬 새도 없이 허물 벗은 짐승들이 우리를 향해 달려들기 시작했다. 놈들이 무슨 짓을 하려고 덤벼드는지 알았지만 너무 쉽게 드러난 아랫도리를 방어할 방법은 없었다. 추위에 굳은 손과 발은 지푸라기 하나 잡지 못했다.

내가 할 수 있는 일이라고는 시뻘건 눈으로 그놈들을 향해 소리치는 것뿐이었다. 다른 애들 또한 나와 똑같은 형국으로 소리를 질렀지만 놈들의 행태는 멈추지 않았다. 열일곱 내 인생이 어딘지도 모르는 허허벌판 한가운데서 사나운 짐승들에게 유린당하고 있었다. 희뿌연 대기를 타고 굵은 눈송이가 내게로 쏟아졌다. 나는 멀리 우우거리며 달려오는 짐승들의 소리를 들었다. 놈들의 광폭한 허기가 내 몸을 관통하며 모든 기억을 끊어놓았다. 쪼개지고 찢어진 몸이 마침내 폭발하여 흔적도 없이 사라져버리는 느낌이었다. 갈래머리 여학생은 더 이상 존재하지 않았다. 양조장집 고명딸 순이는 겨울 벌판 한가운데서 승냥이들의 달콤한 먹이가 되었다. 모든 것이 얼어붙어 정지된 느낌이었다.

우리는 다시 멈춰 있던 기차로 돌아왔다. 멀쩡히 돌아온 애들은 없었다. 눈동자는 풀려 있고 옷매무새는 찢기고 뜯겨나가 성한 곳이 없었다. 분명 큰 사고를 당했건만 아무도 자신에게 무슨 일이 있었는지 말하지 못했다. 굳어버린 입에서 나오는 소리들은 한결같이 엄마, 엄마였다. 엄마 소리가 벌판의 바람 소리처럼 들려 아무도 알아들을 수 없었다. 차라리 어둡고 냄새나는 기차가 더 아늑했다. 나는 사라져버린 듯 감각 없는 아랫도리를 내동댕이치듯 바닥에 내던졌다. 죽음이 눈을 감는 일이라면 그리 무서울 것 같지 않았다. 눈을 감을 수도 없고 몸을 움직일 수도 없는 상황이 죽음보다 더한 고통이라면 나는 기꺼이 죽음을 선택할 것이었다. 한동안 나는 귀를 찢는 기적 소리에 사로잡혔다. 정신이 번쩍 든 것은 경자의 가랑이를 타고 흘러내리는 붉은 피 때문이었다. 끈적끈적한 피비린내가 더러운 기차칸을 가득 채우고 있었다. 대체 무슨 일이 있었던 것일까?

경자가 흐느끼며 말했다.

"순이야, 우린 이제 끝장났어."

끝장이라는 말은 내 아버지와 삼촌들이 사랑방에 모여 조심스럽게 했던 말이다. 누군가 죽었거나 누군가 붙잡혀갈 때마다 아버지는 이제 끝장났다며 혀를 찼다. 숟가락과 놋그릇을 강탈해가고, 훈장집 둘째 아들이 느닷없이 징용으로 끌려갔을 때도 삼촌은 우리에겐 더 이상 희망이 없다며 끝장이라고 말했다. 그러니까 끝장이라는 말은 그렇게 최악의 순간에 쓰는 말인데, 눈빛이 달라진 경자가 그 말을 뱉어냈다. 죽음보다 못한 것이 끝장이었다. 경자의 끝장은 내 끝장이고 우리의 끝장이기도 했다.

"어떻게 하지? 이제 집으로 가기는 틀린 것 같다."

"나도 무서워 죽겠어."

"시집가기는 틀렸다."

"시집은 안 가면 그만이지만 부모님 얼굴은 어떻게 보냐."

"순이야, 우리 어떻게 하지?"

"경자야, 정신 차리고 도망갈 기회를 엿보자."

"못하겠어. 아랫도리가 부서진 것 같아."

"나도 그래. 울지 마."

정신을 차리고 보니 내 아랫도리에도 피가 흥건했다. 몸은 죽창을 맞은 듯 통증이 몰려왔다. 놈들이 우리 몸에 칼과 창을 대지 않고도 피를 흘리게 만든 것이었다.

꿈속에서 잔뜩 일그러진 엄마가 보였다. 여자의 몸은 임금의 옥체와 같으니 잘 간수하라던 엄마가 이 사실을 알아버린 게 분명했다. 경자에게는 끝이 아니라고 했지만 모든 게 끝이었다. 쉬쉬하며 돌던 소문이 내게는 사실로 닥친 것이었다. 방직공장으로 일하러 간 춘희도 그렇고, 어느 일본 경찰 간부 집에 식모

살이하러 갔다는 덕순이도 그렇고, 군수공장으로 끌려간 미자도 쉬쉬하는 소문만 무성한 걸 보면 경자와 나처럼 이런 꼴을 당한 것이 틀림없었다. 돈을 벌기 위해 갔으면 의당 선물꾸러미를 손에 들고 환하게 웃으며 집으로 돌아와야 마땅한데, 동네에서 그 애들을 다시 봤다는 사람은 아무도 없었다. 나도 어쩌면 다시는 고향으로 돌아가지 못할 수도 있었다. 그것은 엄마와 아버지를 볼 수 없다는 뜻이고, 경자 말대로 삶이 이렇게 끝난다는 뜻이었다. 하지만 나는 끝없이 추락하는 중에도 나를 버려서는 안 된다는 걸 깨닫기 시작했다. 살기 위해서는 어떻게든 견뎌야 한다는 소리가 내 안의 깊은 곳에서 들려왔다.

기차는 몇 시간 간격으로 멈춰 섰고, 그때마다 나와 경자 아니면 다른 애들이 순서대로 밖으로 끌려 나갔다. 눈물과 비명조차 상실한 듯 우리는 넋이 나간 얼굴로 놈들이 시키는 대로 따라야 했다. 밖으로 나가지 않겠다고 반항을 하거나 큰 소리로 울기라도 하면 놈들은 가차 없이 발길질을 해댔다. 몇몇 애들은 개머리판으로 정수리를 맞아 잠깐 기절하기도 했는데, 상태가 심각한 것 같으면 어디선가 위생 가방을 든 남자가 나타나 애들의 상처 부위에 약을 발라주고 사라졌다.

추위와 통증으로 굳어버린 몸은 돼지와 다르지 않았다. 같은 자리에서 먹고 똥을 싸고 있으니 돼지보다 나을 것이 없었다.

그런 돼지우리에서도 눈이 감기는 것은 어쩔 수가 없었고 우리를 감시하는 군인들 역시 피로에 지친 듯 선 채로 꾸벅꾸벅 졸았다. 기차는 한동안 멈추지 않고 달렸다. 다행이라는 생각이 들면서도 한편으로는 더 큰 불안감이 밀려왔다.

"우리를 어디로 데려가는 걸까?"

모로 누워 몸을 동그랗게 만 경자와 나는 코가 닿을 정도로 붙어서 속삭였다.

"만주로 가는 것 같아. 기차가 천안에서 경성 쪽으로 향했으니까 이렇게 계속 북쪽으로 달리다 보면 만주가 나올 거야."

일본의 간도협약에 대한 이야기를 아버지로부터 들은 적 있었다. 간도는 백두산의 북쪽 지역에 있는 만주 지역 일대로 중국의 훈춘과 연길 등을 말했다. 일본이 남만주 철도 부설권을 얻기 위해서 청나라와 간도협약을 맺었다는 것이다. 아버지는 간도 땅이 원래 조선 사람들이 개척해 만든 땅이라고 했다. 함경도 사람들이 간도로 가 일궈놓은 땅을 청나라 놈들이 빼앗은 뒤 조선 사람들을 내쫓고 일본 놈들에게 넘겼다고 분개했다. 전쟁에 광분한 일본이 간도협약을 이유로 만주까지 철도를 놓아 물자수송에 열을 올린다는 얘기였다.

아버지는 자주 양조장 뒤꼍 대추나무 아래서 처음 보는 사람들과 심각한 이야기를 나누었다. 번듯한 집 안으로 손님을 들이

지 않고 양조장 뒷문으로 나가면 있는 대추나무 아래에 술상을 봐놓고는 알아듣기 어려운 이야기들을 나누었다. 지나치게 허름한 차림이거나 신식 복장을 한 남자들은 내가 들고 간 술 주전자를 차례로 돌려 마셨다. 심상치 않은 그 손님들을 살피면서 나는 아버지가 아무 생각 없이 술이나 만들고 퍼 마시는 사람이 아니라는 걸 알았다. 양조장의 뒤켠은 아버지가 다른 모습으로 바뀌는 세계였고, 나도 집 안보다 담배 연기 가득한 그곳에 호기심이 생겼다.

"만주라고? 그럼 우린 어쩌지?"

입만 겨우 살아 있는 듯 눈동자조차 정지된 경자의 말소리가 내 입으로 들어왔다.

"놈들이 장춘이라고 하는 소릴 들었어. 거의 다 온 모양이야."

나라고 여기서 빠져나갈 무슨 방법을 알고 있는 것은 아니었다. 나를 의지하고 있는 경자의 마음은 알지만 그녀를 위로할 대답은 알지 못했다. 하지만 나는 처음과 달리 놈들이 나누는 소리에 귀기울일 정도로 정신이 돌아왔다. 정확히 쓸 줄은 모르지만 학교에서 배운 가락이 있어 놈들이 하는 말 정도는 알아들을 수 있었다. 놈들은 우리가 아무것도 듣지도 말하지도 못하는 줄 알고 저희들끼리 시시덕거렸는데, 대부분 입에 담기도 싫은 욕지거리였다. 특히 옆 칸으로 가는 문 앞을 지키고 선 놈이 가장 심했다. 그놈은 가운데 앉아 있는 어떤 애를 쳐다보며 연신 돼지 같은 년이라고 했다. 우리는 돼지우리 같은 곳에 갇혀 있는 것이지 돼지는 아니었다. 그런데 놈들은 우리를 진짜 암돼지로 생각하고 있었다.

"이년들은 너무 더러워! 그 속도 분명 시궁창일 거야."

내 뒤에 서 있는 놈들이 나누는 얘기였다.

"더러워도 맛은 있는 모양이야. 우리 친구들이 좋아하는 걸 보면."

"그건 그래."

"그래도 조센진들은 너무 천박해."

"천황폐하의 군대를 위하는 일에 필요한 애들이니 너무 함부로 대하지 마."

"저 계집애들은 알까 몰라. 자기들이 얼마나 큰일을 하고 있는지."

"황국신민으로 맹세를 했을 테니 천황폐하를 위한 일을 하는 것은 당연한 거야."

"근데 만주는 너무 추워!"

"저 계집애들이라도 끌어안고 있으면 따뜻할 텐데……."

"우리에게도 곧 기회가 올 거야. 그때까지만 참고 기다리자."

여물지 않기는 그들이나 우리나 비슷했다. 제복을 입고 총을 메고 있었지만 그들 역시 우리와 비슷한 또래가 분명했다. 어울리지 않는 군복을 입고 있어 그런지 그들은 스스로를 자랑스러워하고 있었고, 군복을 입혀준 천황폐하의 나라에 충성을 다하려는 듯 보였다. 그렇다면 우리는 누구를 위해서 이 지경으로 끌려온 것일까. 저들은 그토록 충성을 맹세하는 천황이 있어 자발적인 힘을 발휘하는데, 우리가 맹세하고 충성해야 할 주인은 도대체 누구이기에 저들의 야만을 보고만 있는 것인지 분노가 일었다. 우리에게도 저들처럼 자랑스러워하는 군주가 있었다면 같은 또래의 발길에 무참히 짓밟히는 수모는 당하지 않았을 텐데, 나는 시커멓게 멍든 경자의 얼굴을 보며 제발 시간이 멈추길 바랐다.

····· (중략) ·····

1942년 3월 16일

뒷산에서 밤새 총소리가 들려 잠을 잘 수가 없었다. 새벽녘부터 잦아들긴 했지만 언제 다시 시작될지 몰라서 신경이 곤두섰다. 조금 있으면 날이 밝아올 텐데, 총소리도 무섭지만 날이 밝는다는 사실이 더 끔찍했다. 이곳으로 온 지 한 달 가까이 된 것도 같고 그보다 더 오래된 것도 같았다.

이곳은 중국 장춘의 초평마을 근처라고 했다. 그날 기차에서 내리기까지 경자와 나는 두 번 더 밖으로 끌려나가 미친개 떼들에게 물어뜯겼다. 무엇을 잘못 먹지 않고서는 한겨울 벌판에서 그런 미친 짓을 할 리가 없었다. 기차가 멈추기 전 나는 잠깐 기절했다. 손발이 굳고 정신이 아득해지는가 싶더니 그대로 뒤로 넘어갔다. 한참 후에 정신을 차리고 보니 경자가 나를 품에 안고 울고 있었다. 내가 죽으면 안 되는 것인지 군인 한 놈이 뜨거운 물 한 대접을 떠다 주면서 마시라고 했다. 구수한 숭늉은 아니었지만 목구멍으로 뜨거운 물이 넘어가니 숨이 쉬어졌다. 굳어 있던 몸이 녹으면서 배 속까지 풀어지는 느낌이었다. 나는 물을 남겨 경자에게도 마시게 했다. 그 뜨거운 물 한 모금이 경자와 나의 마지막 만찬이 되었다.

어느 순간 기차가 멈추자 군인들이 우리를 모두 밖으로 내보냈다. 나는 그곳이 우리의 종착지인 장춘이라는 것을 알았다. 조금은 안심이 되었다. 설마 기차보다 못한 곳은 아니겠지 싶었다. 뻣뻣한 다리를 풀어가며 일어나 문이 열리기를 기다렸다. 이윽고 마지막 굉음을 울린 기차가 완전히 멈추면서 밖으로 나가는 기차칸 문이 열렸다. 총구를 겨눈 군인들이 우리를 기차 밖으로 내몰았다. 우리와 가장 먼저 대면한 것은 추위였다. 숨조차 얼어붙게 만드는 맹렬한 기세였다. 우리는 서로를 품으며 오들오들 떨었다. 주변이라도 살펴봐야 할 것 같아서 눈치껏 고개를 돌려보았다. 군인들 뒤로 허름한 일본식 건물 두 채가 있었는데 사람들의 흔적은 보이지 않았다. 다른 주변은 모두 꽁꽁 얼어붙은 흙길과 벌판으로 말라죽은 억새와 잡초들만 칼바람에 몸부림쳤다. 늑대의 울음 같은 북풍이 사방에서 달려들었다.

간도의 북풍에 이가 다 빠졌다는 말은 거짓이 아니었다. 나는 바람을 등진 채 고개를 푹 숙이고 순간이 지나기를 바랐다. 얼마 후 우리가 서 있는 곳 뒤에서 네 대의 군인 도라쿠(트럭)가 크게 원을 돌며 나타나더니 우리 바로 앞으로 와 멈춰 섰다. 우리는 깜짝 놀라서 서로를 부둥켜안았다. 이번에는 기차가 아닌 도라쿠인 듯했다. 반항해봤자 소용없다는 것은 알지만 그래도 우리는 부둥켜안고 울부짖었다.

"제발 우리를 집에 가게 해주세요!"

"도대체 왜 이러는 거예요? 우리도 사람이에요!"

"너희들도 여동생이 있잖아. 어떻게 이런 짓을 할 수가 있니?"

"엄마, 어떡해!"

놈들이 우리말을 알아들을 리 없었다. 총과 칼을 쓰는 놈들에게 말은 한낱 귀찮은 소리에 불과할 뿐이었다. 우리는 떨어지지 않으려 필사적으로 서로를 끌어안았다. 경자가 일그러진 얼굴로 말했다.

"순이야, 꼭 잡아. 나하고 떨어지면 안 돼."

"걱정하지 마. 꼭 잡고 있을게."

도라쿠에서 내린 군인들이 우리 곁으로 다가오고 있었다.

"순이야, 혹시라도 나랑 떨어지면 나 꼭 찾아야 해."

"걱정 마. 우리 안 떨어져."

어떤 순간이 와도 경자와 떨어지지 않을 작정이었다. 나는 두 손으로 경자의 허리를 꼭 끌어안았다. 경자가 옆에 없었다면 버티지 못했을 것이다. 우리는 두려움과 절절함이 가득한 눈으로 서로를 바라볼 뿐이었다. 다른 애들 역시 떨어지고 싶지 않은 아이들끼리 점점 더 서로를 파고들었다. 이윽고 도라쿠에서 내린 군인들이 우리 곁으로 바싹 다가와 이리저리 애들을 살펴보았다. 그중 한 명의 군인이 들고 있던 긴 나무 봉으로 뭉쳐 있던 애들을 사 등분으로 갈랐다. 얼핏 성호를 긋는 것 같기도 했는데, 그것은 네 대의 도라쿠에 태우기 위한 방법이었다. 명령이 떨어지기 무섭게 우리를 지키고 있던 군인들이 움직이기 시작했다. 사 등분된 애들을 각각의 도라쿠로 몰아 태우려는 수작이었다. 이를 눈치챈 우리는 더 꽁꽁 뭉치기 위해서 안간힘을 썼다. 잡고 있는 친구의 손과 허리춤을 놓치지 않으려고 옷고름이 떨어져나가고 고무신이 벗겨지는 줄도 몰랐다. 하지만 놈들 또한 보고만 있지 않았다. 놈들의 개머리판이 차례대로 우리의 어깨를 찍어눌렀다.

소녀들의 비명 소리가 간도의 겨울 들판을 울렸다. 개머리판에 어깨를 맞은 나는 풀썩 주저앉으며 그만 경자의 손을 놓치고 말았다. 어쩔 수 없었다. 결국 우리는 사 등분으로 나뉘어 각각의 도라쿠에 실리는 신세가 되었다. 도라쿠에 올라타 정신을 차리고 보니 경자는 옆에 없었다. 공포에 질려 있는 낯선 애들뿐이었다.

들판을 벗어난 도라쿠는 한참을 달려 산길로 접어들었고 중간중간에 두 명 또는 세 명의 애들을 내리게 했다. 함께 있던 애들의 수가 줄어들면서 남아 있는 애들의 두려움은 더 커졌다. 기차에서부터 내내 울음을 멈추지 않던 한 아이는 무슨 일인지 더 이상 울지 않았다. 그냥 표정 없는 얼굴로 차 바닥만 내려다보았다. 울어봤자 소용없다는 걸 깨달은 것 같지도 않았다.

나는 그 아이에게서 눈을 떼지 않았다. 초점을 잃어버린 채 불안정하게 흔들리는 눈빛도 그렇고, 가끔 혼잣말을 하며 배시시 웃는 표정이 왠지 제정신이 아닌 것 같았다. 우리 동네 선희 언니도 우물에 몸을 던지기 전 그런 표정으로 마을을 떠돌아다녔다. 여학교 선배인 선희 언니는 인물이 좋아서 동네 총각들은 물론이고 부인이 있는 일본 순사까지 욕심을 낸다는 소문이

파다했다. 그런 선희 언니가 어느 날부터 미쳐서 밖으로만 돌았다. 일본말은 물론이고 영어까지 잘해서 똑똑하다는 소리를 들었던 언니가 왜 미쳤는지는 모르지만, 아무튼 선희 언니 엄마는 큰 굿도 하고 광 속에 가둬놓기도 했지만 언니의 증세는 차도가 없었다. 그러던 어느 날 언니는 동네 우물 속에서 퉁퉁 부은 모습으로 건져올려졌다. 죽기 며칠 전 미루나무 아래서 마주친 언니의 눈빛 역시 어디를 향하고 있는 것인지 모를 정도로 불안하고 초조해 보였다.

나는 무서웠다. 차라리 고래고래 소리를 지르며 울어야 할 그 애가 입은 꼭 닫고 초점 흐린 눈망울을 하고 있어 그 옛날 순희 언니처럼 잘못되는 것은 아닌가 불안했다. 열 명이 넘었던 애들은 중간중간에 거의 다 내렸고, 도라쿠에는 나까지 네 명만 남았다. 장춘 역에서 내려 꼬박 사흘째 달리고 있었다. 기차에서처럼 우리는 놈들이 주는 주먹밥과 약간의 물로 끼니를 때웠고 볼일이 생기면 두 명의 군인이 도라쿠 근처까지 따라붙어 감시했다.

도라쿠 덮개 틈으로 보이는 바깥은 꼬불꼬불한 산길이었다. 엄청난 크기의 바위와 나무들을 휙휙 지나쳤다. 간간이 총소리가 들리는 걸로 보아 부대가 가까이 있는 것도 같았다. 한참을 달려도 깎아지른 암벽과 거대한 숲만 나타났다. 나는 잠시 나를 잊고 바깥 풍경에 집중했다. 지나온 기억을 떠올릴수록 나 자신을 지키기 어려웠다. 내 옆에서 바닥만 내려다보고 있던 그 아이도 나처럼 자신을 지키기 위해서 바깥 풍경을 보려는 줄 알았다. 우리를 감시하는 군인들도 오랜 이동에 지친 듯 총을 든 채 꾸벅꾸벅 졸고 있었다. 나는 그 아이가 바깥 풍경을 제대로 볼 수 있도록 자리를 비켜주며 덮개까지 살짝 열어주었다. 순간, 그 아이가 도라쿠 아래로 풀썩 뛰어내렸다. 바람에 종잇조각 하나가 휙 하고 날아간 느낌이었다. 도라쿠는 멈추지 않았고 밖에선 악! 소리조차 들리지 않았다.

그 아이는 어떻게 되었을까? 나는 그 아이가 절벽 아래로 오래오래 떨어지고 있는 상상을 했다. 그 아이를 괴롭히는 것은 이제 사람이 아닐 것이었다. 협박과 폭력도 이제는 그 애와는 상관없는 일일 것이다. 그 애는 절벽 아래 폭신한 소나무 숲에 누워서 영원히 평화로운 시간을 보낼 것이다. 그 아이가 부러웠다. 그 아이와 함께하지 못한 것이 야속했고 경자와의 약속을 지키지 못한 것이 못내 서럽기만 했다.

이곳은 깊은 산중으로 관동군 부대 근처라고 했다. 밤에 도라쿠를 타고 와서 여기가 어디쯤인지 산을 어떻게 벗어나야 하는지 전혀 감이 잡히지 않았다. 우리는 만들어진 굴 같기도 하고 자연적으로 생긴 굴 같기도 한 곳에서 생활했다. 굴 안은 나무판자로 만들어진 토끼장 같은 방이 1호부터 11호까지 있었다.

방 한쪽 구석에는 물이 담긴 나무 물통과 세숫대야가 놓여 있고, 침상 옆 작은 선반 위에는 내리닫이 치마 옷 간단후쿠(원피스) 두 벌과 삿쿠(콘돔) 한 주먹이 놓여 있었다. 삿쿠는 아침마다 언니가 나누어주었는데, 일이 끝난 뒤 삿쿠가 남아 있으면 성실하지 못하다며 밥을 주지 않았다. 삿쿠의 개수가 많이 남을수록 처벌의 강도가 높아서 5호실 영실이는 엊그제 몸이 아프다는 핑계로 군인들을 받지 않았다가 밤나무 몽둥이로 실컷 두들겨 맞았다. 이곳에서는 언니가 대장이라 시키는 대로 해야 했다. 언니 말만 잘 들으면 가끔씩 맛있는 음식도 해주고 군인들로부터 사탕이나 과자 같은 군것질거리도 얻어주었다.

군인들은 굴 밖 저쪽 산중턱 여러 개의 막사에 있었는데, 포격 소리가 심할 때는 모두 나갔다가 잠잠해지면 막사로 돌아오곤 했다. 나는 놈들이 밤낮으로 전쟁을 하다 모두 죽어버렸으면 싶었다. 하지만 군인들의 숫자는 크게 줄지 않았다. 도대체 얼마나 많은 군인들이 산속에 있는 것인지 어느 때 보면 막사 여기저기에서 새까맣게 기어 나왔다. 언니 말로는 저 앞에 있는 소련인지 마적인지 하는 놈들과 전쟁을 하는 것이라고 했다. 소련 놈들이 덩치는 큰데 일본 놈들만큼 머리가 좋지 않고 무기도 달려서 매번 고전을 겪고 있다는 소리도 했다.

간도까지 와 있다는 사실도 믿기 어려웠지만 바로 앞에 소련 군이 있다는 것도 믿어지지 않았다. 결국 땅을 빼앗기 위한 군 인들의 전쟁인데, 왜 우리 같은 사람들이 끌려 다니며 수난을 당해야 하는 것인지 이해되지 않았다. 나는 밤마다 굴이 무너져 내리길 기도했고 전쟁하러 나간 군인들이 죄다 죽기를 바랐다. 그러나 이 지옥 같은 곳에도 어김없이 밤과 낮이 찾아왔고 성난 군인들은 하루도 빠지지 않고 굴 앞에 줄을 섰다. 오늘은 나도 쉬고 싶었다. 하지만 삿쿠를 한 주먹 쥐여주고 사라진 언니의 명령을 거절할 수는 없었다. 내가 언니 몫까지 일해야 했다. 아 무리 빼놓지 않고 606호 주사를 맞아도 병을 완전히 떨칠 수는 없었다.

이곳에서 가장 독하게 일하며 살고 있는 언니가 매독에 걸린 것은 솔직히 고소한 면도 없지 않지만, 나를 비롯해 다른 애들 이 언니 몫까지 일해야 하니 그건 죽을 맛이었다. 손에 들린 삿 쿠를 누구에게 몇 개라도 덜어주고 싶었지만 나하고 함께 온 두 애들한테도 언니가 제 몫을 나눠줬을 것이 분명했기에 그럴 수 없었다.

3호와 4호실에 있는 그 애들은 서로 자매 지간이었다. 두 살 터울의 자매로 함께 있게 된 것은 다행이지만 언니가 동생의 몫까지 일하느라 어느 때 보면 탈진해서 밥조차 씹지 못했다. 나는 삿쿠를 쥐고 3호실과 4호실 앞을 서성이다가 내 방으로 들어갔다. 오늘은 제발 사나운 놈들한테 걸리지 않길 바랄 뿐이었다.

··· (중략)···

1942년 7월 5일

오늘은 일요일이라 벌써부터 방문 밖이 시끄러웠다. 나는 판자로 얼기설기 붙여 만든 방문 틈새로 밖을 살폈다. 예외 없이 긴 줄이 방문 앞에 서 있었다. 비교적 앞줄에 서 있는 군인들은 벌써부터 군화 끈을 풀어젖혔고 뒤쪽에 서 있는 군인들은 부대에서 나눠준 표 딱지를 만지작거리며 초조한 눈빛으로 이쪽을 바라보았다. 그 광경을 보니 아랫도리에 통증이 밀려왔다. 시간이 되면 놈들은 차례차례 쉬지 않고 달려들 것이었다. 나는 이미 놈들이 가지고 노는 간단후쿠를 입고 있는 인형에 불과할 뿐이었다. 지저분한 인형에 미안해하는 사람은 없었다. 전쟁에 미쳐 있는 군인들에게 우리 같은 인형은 잠시 전쟁을 잊게 해주는 기구에 불과해서 싫증이 났다거나 더럽다고 생각되면 언제라도 패대기쳐질 존재였다. 놈들은 자주 더러워진 인형을 청소한답시고 우리를 발가벗겨 세워놓고는 하얀 가루약을 뿌렸다. 방독면을 쓰고 하얀 옷을 입은 군인 세 명이 우리를 빠져나가지 못하게 둘러싸고는 흰 가루가 든 약통을 쉬지 않고 펌프질해댔다.

우리는 두 팔로 가슴을 가린 채 머리를 깊이 숙이고는 제자리를 빙빙 돌았다. 제발 뒤쪽만 뿌려달라고 사정을 해보지만 놈들은 기어이 우리를 정면으로 돌려놓고선 가랑이까지 벌려가며 약을 뿌렸다. 군의관이 정기적으로 나와서 606호 주사를 맞혀주는데도 놈들은 우리 몸이 더럽다며 툭하면 약을 뿌리고 닦으라고 소리쳤다. 내 몸을 더럽게 만든 것은 정작 그놈들인데, 천성이 용모 단정이고 습관인 양 깔끔 떠는 걸 볼 때마다 그 이중성에 치가 떨렸다. 몸을 소중히 여겨야 한다고 했던 부모님의 가르침에 대해서는 더 이상 죄책감이 들지 않았다. 오히려 군인들의 막사에서 풍겨오는 따뜻한 밥 생각만 간절할 뿐이었다.

밥 한 사발보다 총알이 더 흔한 곳에서 죽지 못해 살아간다는 사실이 믿기지 않지만 그래도 나는 살아 있었다. 눈물과 비명이 통하지 않는, 널려 있는 죽음 끝에 매달려서 나는 자주 엄마를 떠올렸고, 아주 가끔은 훈장집 둘째 아들 종식이 오빠를 생각했다. 느린 듯 여유로운 걸음걸이로 항상 휘파람을 불며 걷던 그는 우리 동네의 유일한 고등학생이었다. 어릴 때부터 수재 소리를 들었던 터라 그를 연모하는 처자들이 한둘이 아니었다.

겨드랑이 사이에 돌돌 말린 신문지를 낀 그가 저만치에서 나타나면 나는 숨이 멎는 것 같았다. 차마 앞서 걸을 수가 없어서 그가 지나가길 한참 동안 기다렸다가 그의 커다란 발자국을 확인하며 걷곤 했다. 한번은 앞서 가던 그가 뒤돌아보는 바람에 눈길이 마주쳐 크게 멋쩍었던 적이 있었다. 내가 자신의 발자국에 정신이 팔려 있다는 걸 알고도 모른 척 그는 아무 말도 하지 않았다. 하지만 기분이 나쁘지는 않았던 듯 더 큰 소리로 휘파람을 불어가며 성큼성큼 걸었다. 황톳길에는 수백 그루의 능수버들이 운치를 만들어서 한여름 저녁나절 그 길을 걸으면 더없이 평화로웠다. 경자와 수도 없이 걷던 길이지만 그 길 위에는 어렴풋이 종식이 오빠에 대한 그리움이 노을처럼 퍼져 있었다.

나는 삿쿠 하나를 집어 손에 꼭 쥐고는 2호실 문을 열었다. 나보다 앳돼 보이는 키 큰 군인이 몸을 날리듯 들어와 매듭이 풀려 있던 군화를 털어냈다. 군화 한짝이 바로 옆 세숫대야 안으로 날아가 처박혔다. 그가 선심을 쓰듯 내게 표 딱지를 내밀었다. 군인들에게 표 딱지는 인형을 가지고 놀 수 있는 권리증이었고, 나에게는 밥을 먹을 수 있는 식권이었다. 나는 표를 받아 머리맡 작은 바구니 속에 집어넣고는 돌진하듯 다가온 군인의 성기에 삿쿠를 끼웠다. 그도 시간이 많지 않음을 아는 터라 몹시 조급해했다. 그가 내게 처음 왔는지 매번 왔던 사람인지는 알지 못했다. 나는 되도록 놈들과 눈을 마주치지 않으려 했고, 그들 역시 내가 누구인지는 아무 상관이 없었다. 그들의 관심사는 오로지 여자의 아랫도리뿐이었다.

이곳은 사람이 사는 게 아니라 짐승이 살기 때문이다. 죽거나 죽이는 것이 일상인 곳에서 사람다운 사람을 찾아보기는 어려웠다. 그런 짐승의 우리 같은 곳에서 기억은 사치였기에 나는 되도록 눈을 꼭 감고서 별도 달도 없는 캄캄한 그믐밤을 생각했다. 하지만 그중에도 취향이 독특하거나 폭력적인 놈들의 얼굴은 기억하지 않을 수 없었다. 오늘은 제발 그런 놈들이 날 찾아오지 않기를 빌 뿐이다.

…(중략)…

1943년 7월 17일

이곳은 산이 깊고 험해서 겨울은 몹시 춥고 여름은 시원했다. 전쟁은 여전한 듯 하루도 총소리가 들리지 않는 날이 없었다. 군인들이 유난히 많이 찾는 날은 큰 전투를 앞두고 있거나 전투에서 승리한 날이었다. 언니는 누구보다 부대 상황을 잘 알고 있었고, 언제쯤 작전에 투입되었던 군인들이 돌아오는지도 훤히 꿰고 있었다. 157부대의 장교는 물론 그 윗사람들까지 언니를 찾는 걸 보면 엄청 중요한 사람인 것도 같은데, 왜 우리와 똑같은 방법으로 돈을 벌고 있는 것인지 이해할 수 없었다. 전쟁이 끝나면 지금껏 번 돈을 가지고 무슨 공장을 차린다고도 했다. 그런 이야기를 털어놓을 때는 언니가 그래도 아주 나쁜 년은 아니구나 싶다가도 삿쿠를 한 주먹씩 쥐여주며 다 떨어질 때까지 방에서 나오지 말라고 할 때는 찰거머리처럼 보였다. 가랑이 벌리는 일로 돈 벌어 공장을 차리려면 도대체 얼마나 더 이짓을 하려고 우리를 가둬놓겠다는 것인지 치가 떨렸다.

오늘도 죽을 만큼 힘든 날이었다. 지난달에 157부대로 부임해온 사카이 마사토라는 군의관 때문이었다. 사카이는 키가 아주 작고 오른쪽 귀 밑으로 달걀만 한 혹이 있었다. 다리가 짧아 그런지 걸을 때마다 몸이 왼쪽으로 기우뚱거려 닭 같기도 하고 오리 같기도 했다. 사카이는 또 성질이 사나워서 조금만 비위가 틀려도 불같이 화를 냈다. 나쁜 새끼! 오늘도 기다란 쇠막대를 들고 나타나서는 내 간단후쿠를 건드리며 욕지거리를 하기 시작했다. 사카이가 유독 나한테만 그러는 이유는 그가 며칠 전 한밤중에 찾아온 일 때문이었다.

그날 나는 늦은 밤 그의 방문 이유가 궁금해서 밖으로 나갔다. 사카이는 다짜고짜 날 잡아끌면서 치료를 해야 하니 진료소로 가자고 했다. 606호 주사도 빼놓지 않고 맞았고, 그가 시키는 대로 약도 꼬박꼬박 먹었는데 무슨 일인가 싶었다. 술에 취해 막무가내인 그에게 끌려가면서 나는 어떻게든 도망칠 궁리를 했다. 진료소에 이르기도 전에 갑자기 걸음을 멈춘 사카이가 시뻘건 눈으로 날 노려보았다. 그러고는 느닷없이 풀밭 위로 나를 쓰러뜨렸다. 나는 소리치며 반항했다. 그는 더러운 년이라고 말하며 따귀를 올려붙였고, 그래도 분이 안 풀리는지 군홧발로 걷어차기까지 했다. 그러다 가까이에서 인기척이 들리자 사카이는 슬그머니 진료소로 들어가버렸다.

그는 자신들이 만든 규칙을 어겼고 이를 위반하면 벌을 받는다는 사실을 잘 알고 있었다. 기이하게도 군에서 폭력은 규칙 안에서 허용되었고 동시에 규칙에 의해 처벌받았다. 군의관도 예외 없이 우리를 취하려면 군에서 지급하는 표를 가지고 정해진 시간에 방문 앞에서 기다려야만 했다. 그날 잔디밭에서 자신에게 모욕을 보였다는 이유로 사카이는 내가 주사를 맞으러 갈 때마다 괴롭혔다. 오늘도 3호실 언니와 함께 진료소에 갔는데, 그는 나부터 진료를 한답시고 쇠막대로 치맛자락을 건드리며 어깻죽지를 사정없이 후려쳤다. 나는 죽을힘을 다해 쇠막대를 막다가 어느 순간 진료소 바닥으로 나자빠지고 말았다. 정신을 차렸을 때 언니는 보이지 않았고 나는 나무 의자 위에 누워 있었다. 사카이는 비열하게 웃으며 바지춤을 추켜올리고 있었고 내 치마는 가슴까지 올라가 있었다.

지독한 언니도 진료소에서 돌아온 내 꼴을 보고는 삿쿠를 주지 않았다. 사카이가 휘두른 쇠막대에 입술은 터지고 온몸이 멍들어 걸을 수조차 없었다. 나는 죽은 듯 누워서 한동안 울기만 했다. 저녁조차 입에 대지 않고 누워만 있으니 언니가 약봉지를 들고 나타났다. 먹지 않으면 개고생만 하다 죽을 것이니 어서 먹으라고 한바탕 욕을 했다. 그 약이 몸의 통증을 낫게 하는 약이 아니라 독약이라고 해도 나는 꿀꺽 삼켰을 것이다. 두려운 것은 사카이가 157부대를 떠나지 않는 이상 나는 적어도 일주일에 한 번은 그를 봐야 한다는 사실이었다.

3, 4호실 자매는 내가 불쌍하다며 계속 울었고, 8호실 중국 애는 주먹을 불끈 쥐고 눈을 부라리며 사카이를 죽이자고 했다. 똑같은 처지이다 보니 그새 정이 든 것인지 우리는 서로를 챙기기 시작했다. 그중에는 속을 알 수 없는 애들도 있었지만 대부분 비슷한 생각으로 하루하루를 버티고 있는 실정이라 말하지 않아도 대충 짐작할 수 있었다. 마음만 먹는다면 사카이를 죽일 방법이 없지는 않았다. 총과 수류탄이 지천인 이곳에서 그깟 사람 목숨 하나는 빵 소리 한 번이면 끝이었다. 하지만 우리는 자유롭지 못했다. 굴 밖으로 나갈 때는 언제나 감시하는 군인들이 따라붙어서 한 발자국도 마음대로 움직일 수가 없었다. 밖으로

도망친다고 한들 이 험한 산을 빠져나갈 방도도 없었다. 여기가 장춘이고 초평이라는 것만 알지 여기서 얼마를 더 가야 경성이 나오고 천안이 나오는지 몰랐다. 동쪽으로 압록강과 두만강이 흐른다는 것은 들어서 알고 있었고, 그 강을 따라가면 한강이 나올지도 모른다는 짐작은 하고 있었지만 두만강을 어떻게 찾아가야 할지는 막막했다.

엄마가 알아서 날 찾으러 와주면 얼마나 좋을까…….

…(중략)…

1943년 11월 19일

157부대는 갈수록 군인들이 많아지고 있었다. 소련과의 전투에서 계속 밀리고 있다는 소리도 들렸다. 군인들이 계속 들어왔고 지난주에는 나 같은 여자애들 다섯이 더 끌려왔다. 내가 이곳에 처음 왔을 때처럼 그 애들도 첫날은 울고불고 난리였다. 총소리와 군홧발 소리에 간이 쪼그라들었을 것이 분명했다. 9호실로 끌려온 애들은 피부색이 까맣고 몸집이 왜소한 것이 꼭 열 살 정도밖에 안 돼 보였다. 언니 말로는 필리핀 애들이라고 했다.

그 애들도 결국 울음을 그치고 언니가 시키는 대로 하지 않으면 안 된다는 걸 알게 되었다. 매를 맞거나 굶어야 하니 고분고분하지 않을 수 없었을 것이다. 그 애들을 처음 본 순간부터 나는 이곳의 상황을 설명해주고 싶었다. 시간을 오래 끌수록 몸만 상한다는 사실을 가르쳐주고 복종이 아니라 살기 위한 투쟁을 해야 한다고 말해주고 싶었다. 하지만 말이 통하지 않는 우리는 서로를 불쌍한 눈길로 바라볼 뿐이었다. 언니는 우리를 교육한다는 명분으로 매를 들거나 밥을 굶기는 방법을 썼지만, 그녀 역시 놀고먹는 것이 아니라 우리와 똑같은 일을 했기 때문에 무엇이 언니의 진짜 모습인지 파악하기 어려웠다.

며칠이 지난 뒤 언니는 필리핀 애들의 신상을 파악해서 내게 알려주었다. 157부대에서 언니만큼 중국말도 잘하고 영어와 일본어까지 할 줄 아는 사람은 없었다. 부대장조차 언니를 함부로 대하지 못하는 것은 그녀의 여러 가지 지식과 외국어 때문이었다. 별자리를 보며 점도 치고 어떨 때는 공자 왈, 맹자 왈까지 줄줄이 꿰었다. 잔인할 정도로 독한 성격인 반면 먹을 것을 챙겨줄 때는 전혀 다른 사람처럼 보이기도 했다. 어쨌거나 이곳에서는 군인들 다음이 언니였다. 어떨 때 보면 부대장조차 언니를 찾아와 심각한 이야기를 나누고 돌아갔다. 나는 언니가 뼛속까지 나쁜 년이 아니길 바랐다. 자신보다 어린 아이들에게 몹쓸 짓을 시켜 돈을 벌고 그 돈을 일본 놈들에게 갖다 바치는 악마 같은 년이 아니길 소원하면서 그녀의 눈을 바라보았다.

"쟤네들 고향은 필리핀 막탄이라는 곳이야. 이름 참 웃기지 않니? 막차도 아니고 막탄이 뭐니? 그곳은 일 년 내내 따뜻해서 겨울이 뭔 말인지도 모른대. 어쩐지 이 날씨가 춥다고 지랄을 떨며 울더라니……. 길가에는 사철 푸른 야자수와 달콤한 망고나무가 즐비하게 서 있다더라. 바닷속에는 형형색색의 산호들이 눈을 홀리고 물고기는 모래알만큼 많대. 하루 종일 낮잠을 자다가 배가 고프면 나무 위로 기어올라가 망고를 따 먹거나 물고기를 잡아 구워 먹으면 된다는 거야. 막탄은 정말 그런 곳일까? 너는 믿어지니? 만약 막탄이 그런 곳이라면 낙토가 분명해. 지금은 이렇게 살지만 나도 언젠가는 그런 낙토로 갈 거야. 근데 계집애들이 더럽게 게을러. 개새끼들이 냄새난다고 신경질 부린다니까……."

언니는 낮에도 자주 술을 마셨다. 술이 과하면 우리를 대하는 폭력의 강도가 더 심해져 무서웠지만, 멀쩡한 정신일 때는 은근 낭만적인 분위기를 만들어 옆에 있는 사람을 당황스럽게 만들었다. 언니가 나를 다른 애들과 조금 다르게 대하는 것은 자신의 말을 잘 들어서 그렇기도 하지만, 내 고향이 천안이라는 것 때문인 듯했다. 천안이 장춘하고 무슨 상관이 있는 것인지는 모르지만 내가 천안에 살았고 이동 양조장집 딸이라고 하자 잠깐 멍한 표정을 지었다. 내가 천안을 아느냐고 물었더니 그 이상은 말하기 싫은 듯 입을 꾹 다물어버렸다. 더 물어볼 분위기가 아니라서 나도 입을 닫았지만 나를 대하는 분위기가 전하고는 뭔가 다른 느낌이었다.

오전 열 시, 무라타 다케오가 첫 번째로 들어왔다. 군의관인 사카이 이상으로 나쁜 놈이다. 나는 무라타의 곱슬머리와 짙은 눈썹 그리고 눈 밑에 있는 검은 점을 훑어보고는 이내 자리에 누웠다. 들어올 때는 급하게 들어온 놈이 바지는 일부러 느릿느릿 벗었다. 내가 몸을 반쯤 일으켜 삿쿠를 끼우려 하자 그가 내 따귀부터 때렸다. 한 번에 끼우지 못하고 머뭇거린다는 이유였다. 침착하려고 애를 써보았지만 쭈글쭈글한 무라타의 몸이 삿쿠를 받아들이지 않았다. 무라타가 피우고 있는 담뱃불이 얼굴 가까이에 있어서인지 손은 더 떨렸고 그러자니 삿쿠가 잘 씌워지지 않았다. 간신이 삿쿠를 씌우고 다시 드러눕자 이번에는 무라타가 담뱃불을 가지고 장난치기 시작했다. 내 사타구니의 털을 모두 태워버리겠다며 실실거리더니 마침내 뜨거운 담뱃재를 가랑이 사이에 떨어뜨렸다. 내가 악 소리를 내며 벌떡 일어나자 이번에는 머리채를 잡아 흔들어 바닥에 내리쳤다. 밖에서 다른 군인들이 좃토! 좃토! 소리치며 빨리 끝내라고 판자문을 발로 걷어차는데도 무라타는 내게서 떨어지지 않았다. 무엇이 불만인지 모든 문제가 나 때문이라는 듯 온갖 패악을 부리다 일어나서는 그래도 분이 풀리지 않은 듯 내게 침을 뱉은 뒤에야 밖으로 나갔다.

무라타 다케오, 그를 죽일 수만 있다면 당장이라도 저승사자와 거래를 하고 싶다. 아무리 사람이 아닌 짐승을 상대하는 일이라고 마음을 바꾸려 해도 나는 아직 사람이기를 포기하지 않은 것인지 순간순간 치욕이 일었다. 생명을 지키는 일이 사람의 도리라고 하지만 생명을 버려서라도 지켜야 하는 것이 있는 것이다. 무라타는 매번 내게 그따위 생명을 버리라고 요구했다. 더러운 조센진은 살아야 할 가치가 없다고 했다. 나는 어찌해야 할까?

… (중략) …

1944년 3월 4일

기침이 떨어지지 않는다. 벌써 한 달째 기침을 한 탓에 목소리가 잘 나오지 않는데도 나는 진료소에 가는 걸 거부했다. 진료소에 가면 사카이를 봐야 하는데, 사카이 눈에 띄는 일은 죽기보다 싫었다. 차라리 기침하다 죽는 게 더 나았다. 사카이는 군의관이란 신분을 이용해 나는 물론이고 다른 애들까지 제멋대로 괴롭혔다. 157부대장조차 사카이를 말리지 못한다는 소리를 듣고서 우리는 그놈을 어떻게 죽일지 한참 동안 의논했지만 실행할 수 없다는 걸 다시 한 번 깨달을 뿐이었다. 언니 말대로 어떻게든 사카이의 기분을 맞춰주는 게 죽이는 것보다 쉬운 일일지도 몰랐다. 전쟁의 한가운데 있으면서도 우리는 맨손이었고, 부대 밖으로는 한 발자국도 나갈 수 없는 몸이었다. 총에 맞아 죽거나 부상당한 군인들이 셀 수 없을 정도로 많은 이곳에서 정작 우리의 죽음은 거부당하고 있었다. 사카이와 무라타 말대로 우리는 그들의 전쟁을 위해 필요한 물자일 뿐이었다.

나는 전쟁에 소비되는 물자일 뿐 보호받아야 할 인간은 아닌 것이다. 사카이는 말했다. 열등한 존재는 사라지고 우월한 존재만 살아남는 것이 전쟁이라고, 황국신민은 이번 전쟁으로 지구상에서 가장 월등하고 우월한 종임을 증명하게 될 것이라고. 나는 그가 휘두르는 쇠막대 아래 납작 엎드려 진료소 위로 지나가는 비행기 소리를 들었다. 비행기는 어떻게 중력을 견디며 하늘을 날까? 아무리 그래도 한 번쯤은 그 무거움을 견디지 못해 떨어져야 하는 것 아닌가. 격추든 추락이든 진료소 위를 날던 비행기가 떨어진다면 우월한 사카이와 열등한 나는 동시에 평등한 죽음을 맞게 될 터였다. 내 옆에서 피를 흘리며 죽어가는 사카이의 존재감을 확인할 수만 있다면 나는 웃으면서 생을 마감

할 수 있을 것이다.

나는 그런 날이 꼭 올 거라고 믿는다. 한번 터진 기침은 쉽게 멈추지 않았다. 덕분에 며칠 동안은 군인들을 받지 않았지만 언니가 더 이상은 봐주지 않을 것 같았다. 곧 큰 전투가 있을 예정이라 위안소를 찾는 군인들이 많아질 거라고 했다. 어찌 된 일인지 근래는 애들이 더 이상 들어오지 않았다. 도는 소문에는 머지않아 157부대가 이곳에서 철수한다는 얘기도 있었다. 그래서 이번 전투가 마지막이 될지도 모른다고, 그만큼 치열한 전쟁을 치러야 해서 군인들이 제정신이 아니라고들 했다. 무서웠다. 전쟁이 무서운 것이 아니라 전쟁에 나갈 준비를 하는 군인들을 어떻게 감당할지 무서웠다.

지난달에는 9호실의 필리핀 애들 둘이 총에 맞아 죽었다. 언니한테 자신들의 고향인 막탄에 대해 얘기했던 그 애들이었다. 언니는 그 애들이 도망치는 걸 알면서도 말리지 않았다고 했다. 막탄이라는 낙토에 살던 애들은 결코 이곳 생활을 견디지 못한다고, 언니는 그 애들을 욕하기보다 차라리 잘 죽었다는 식으로 말했다. 언니는 그 애들이 남기고 간 것이라며 색색의 조개껍데기로 만든 팔찌를 내게 주었다. 죽은 사람의 물건인데다 나와 친했던 사이도 아니어서 께름칙했지만 언니가 말한 그 낙토라는 곳에서 가져온 물건이라 생각하니 신기해서 버릴 수가 없었다. 그 애들은 검은콩처럼 작고 반짝거리는 눈빛을 가졌고 수줍음이 많았다. 나는 살이 빠져 가늘어진 팔목에 팔찌를 끼우고 노랗고 파란 조개껍데기들을 자세히 들여다보았다.

… (중략)…

1944년 10월 1일

아소 신타로 장교가 가장 먼저 들어왔다. 그는 두 달 전에 157부대로 왔고 다섯 번째 나를 찾아왔다. 장교는 아무 때나 자신이 하고 싶은 사람을 정할 수 있지만 일반 사병들은 군에서 지급하는 표를 가지고 줄을 서야 했다. 아소가 2호실 문을 걸어차고 들어오더니 내게 말했다.

"깨끗이 씻었나?"

나는 그렇다고 고개를 끄덕였다. 하도 씻어서 아랫도리가 닳아 없어질 지경인데, 놈들은 매번 청결을 부르짖으며 우리를 괴롭혔다. 어떤 놈들은 진짜 씻었느냐고 가랑이를 벌려 확인하며 냄새까지 맡았다. 그중에서 가장 심한 놈이 아소였다. 그는 처음 온 날부터 지금까지 자신이 보는 앞에서 다시 씻으라고 명령했다. 한여름도 아니고 시월의 산속은 세숫물에 살얼음이 얼 정도였다.

아소의 성질머리가 솟구치지 않기를 바라며 눈치를 살폈다. 그가 다시 씻으라고 소리쳤다. 그러잖아도 몸에 한기가 들어 잔뜩 움츠려 있던 나는 얼떨결에 아소의 등짝에다 연거푸 재채기를 하고 말았다. 그가 벌떡 일어나 주먹으로 내 얼굴을 세차게 내리쳤다. 나는 바닥으로 고꾸라지면서 울음을 터뜨렸다. 재채기만 안 했다면 무사히 넘어갈 수도 있었을 텐데. 아니나 다를까 매무새를 정리한 아소가 무서운 목소리로 말했다.

"너, 이따가 깨끗이 씻고 내 숙소로 와!"

아소의 장교 숙소로 불려가는 일은 죽기보다 싫었지만 명령을 따르지 않을 수 없었다. 그가 돌아간 뒤 나는 머릿속이 복잡했다. 아소의 숙소에 가면 온전한 몸으로 나오기가 어려웠다. 아무리 잘해줘도 그는 실컷 두들겨 패거나 걷지도 못할 만큼 괴롭힐 것이 분명했다. 저녁을 늦게 맞으려면 긴 하루를 보내야 하는데, 문틈으로 들이치는 가을빛이 야속했다.

아소가 나가자 다음 대기자가 신난 듯 휘파람을 불며 들어왔다.

"아소는 결벽증이 심하고 변덕스러워 모시기 힘들지만 작전 능력은 탁월해. 이번에도 그가 아니었으면 전투에서 졌을 텐데, 아소 덕분에 성공했어. 아소는 분명 큰 인물이 될 거야."

내 반응 따위는 상관없이 그는 혼자 떠들었다.

"더 이상 그들을 이길 수 없어. 얼마 안 있으면 157부대도 철수할지 몰라. 우리가 아무리 강하다 한들 소련군을 이길 수는 없다니까. 소련 놈들은 추위에 단련이 됐지만 나는 이놈의 추위가 전쟁보다 더 무서워. 우리가 아무리 비행기로 퍼부어도 이곳에선 저들의 기병부대를 당하지 못할 거래. 산등성이에서 얼어 죽기 전에 빨리 이곳을 떠나야 하는데 말이야……."

그는 다른 군인들처럼 사납게 굴지 않았다. 이래라저래라 명령하지 않았고 이상한 몸짓을 하라고도 요구하지 않았다. 제 할 일만 하면서 계속해서 떠들었는데, 가만히 듣다 보니 그는 전쟁에 대해 매우 회의적인 사람이었다. 다른 군인들은 대체로 천황에 대한 믿음이 컸고 전쟁에 참가한 것에 대한 영웅심과 군인정신이 강했다. 그가 볼일을 끝낸 뒤 바지춤을 올리고 나서는 주머니 속에서 사진 한 장을 꺼냈다. 시린 엉덩이를 언제 일으켜야 하나 기다렸던 나는 그의 빠른 행동에 얼른 몸을 일으켜 앉았다.

그가 보여준 사진 속에는 기모노를 입은 다섯 명의 사람들이 있었고 중년의 부부와 두 딸, 스무 살 남짓 돼 보이는 아들이 있었다. 무척 행복해 보이는 가족사진이었다. 아들로 보이는 사진 속 남자는 군인이 맞는 것 같았다.

"우리 누나들 참 미인이지? 우리 아버지와 어머니는 오사카에서 우동 장사를 해. 백 년이 넘은 우동집으로 오사카 성주도 칭찬한 훌륭한 맛이야. 특히 가쓰오부시 국물 맛은 증조부보다 우리 아버지 솜씨가 더 좋다는 평판이야. 제대하면 나도 오사카로 돌아가 우동을 만들 거야. 당연히 아버지보다 더 맛있는 우동을 만들 거라고."

"엄마 보고 싶지 않아요?"

미소 짓고 있는 사람은 엄마뿐이었다. 아버지는 무뚝뚝한 인상이고 그의 누나들은 한결같이 새침한 표정이었다. 그의 엄마만이 환하게 웃는 얼굴로 나를 응시하고 있었다. 내가 사진에 관심을 보이자 그가 허리를 굽혀 다시 사진을 보며 말했다.

"우리 엄마는 항상 웃고 있지. 죽을 때도 미소를 지으면서 갔으니까."

그가 웃으며 말했다. 사진 속 그의 엄마와 닮은 모습이었다. 이곳에서 내게 그토록 순하고 따뜻한 미소를 보여준 사람은 그와 그의 엄마가 유일했다. 두려움과 공포가 일상인 이곳에서 미소는 죽음을 부르는 주문처럼 조심스럽고 무서운 일이었다. 위로와 감동의 표현이 아니라 정신 빠짐의 표시이거나 허무의 상징일 뿐이었다. 나는 잠시 차가운 엉덩이를 잊고 그의 눈을 바라보았다. 나를 짓밟은 군인의 눈빛에도 엄마에 대한 그리움이 가득했다.

"군대에 오기 한 달 전에 엄마가 죽었어. 아직은 그 사실이 믿기지 않아서 집에 돌아가면 아마 엄마를 찾아다닐지도 몰라. 온천물을 받아다 발을 씻겨주던 엄마가 없으니 집 안이 이상할 거야. 전쟁이 빨리 끝나야 엄마를 보러 가는데……."

죽은 엄마의 이야기를 하면서도 그의 표정은 여전히 밝았다. 나는 그의 엄마를 한 번 더 쳐다보고는 그에게 사진을 돌려주었다. 그가 부러웠다. 내게도 엄마 사진 한 장만 있다면……. 왠지 엄마를 그리워하면 할수록 엄마를 잊어야 한다는 생각이 더 강하게 들었다. 엄마를 생각하며 버티는 것이 아니라 죽지 않으려면 엄마를 떠올리지 말아야 했다. 가족을 만나기 위한 일념으로 이곳 생활을 버티는 것이라면 나는 진작 포기했을지도 모른다. 이제 가족에게 나는 불편한 존재일 것이 틀림없다. 이런 몸으로 가족의 품으로 돌아갈 수도, 스스로 죽을 수도 없어 비겁한 시간에 나를 던지고 있을 뿐이었다.

그렇다고 엄마를 아주 잊어버린 것은 아니었다. 엄마를 잊는 것은 불가능한 일이기에 애써 떠올리지 않았고 슬픔이 차오를 때마다 나는 허벅지 안쪽을 긁어 생채기를 내곤 했다. 딱지가 생기면 또다시 긁어 생채기를 내는 일이 반복되자, 눈 밝은 군인들은 내가 몹쓸 병이라도 걸린 줄 알고 벌떡 일어나 도망쳤다. 그러나 군의관인 사카이는 내 상처에 대해 다르게 보았다.

"머지않아서 너는 미쳐버릴 거야. 폭력보다 무서운 게 자학이거든. 결국 너는 손톱이 아닌 칼로 네 허벅지를 쑤시는 날이 오고 말 거야."

그날 사카이에게 그런 말을 듣지 않았더라면 아마 허벅지 긁는 행동을 멈추지 않았을 것이다. 내 손으로 그런 종말을 맞고 싶지는 않았다. 아무리 비루하고 비겁한 삶이라도 스스로의 존엄까지 팽개치고 싶지는 않았다. 어쩌면 그날 이후 나는 조금 더 독해진 것인지도 모른다. 그가 내게 가족사진을 보여주지 않았다면 엄마를 떠올리지 않았을 텐데, 그의 엄마 사진을 보는 순간 나는 부풀었던 종기가 터진 듯 엄마에 대한 그리움이 아프게 솟구쳤다.

"나도 엄마가……."

그러나 나는 끝내 입을 닫았다.

"마사코도 엄마가 보고 싶겠다. 마사코는 누굴 닮았어? 여기 오기 전에는 뭐 했어?"

이곳에서 나는 마사코 또는 조선삐로 불렸다. 마사코는 언니가 지어준 이름이고 조선삐는 이곳으로 끌려온 조선 여자들을 부르는 이름이었다. 순이라는 이름을 상실하고부터 그 어떤 이름으로 불려도 상관은 없지만 마사코보다 조선삐라고 부르는 놈들이 더 무서웠다.

나를 마사코라고 부르고 자신의 가족사진을 보여주며 태연히 그 짓을 마친 놈 역시 사람의 거죽을 뒤집어쓴 짐승에 불과했다. 그럼에도 불구하고 나는 그의 단란한 가족사진을 보며 오랜만에 가슴 한구석이 따뜻해지는 걸 느꼈다.

"엄마 닮았어. 여학교에 다니고 있었고……."

그가 날 신기한 듯 쳐다보았다. 처음부터 군부대의 마사코 아니면 조선삐로만 생각했다는 뜻인지, 아니면 갑자기 자신의 폭력에 부끄러움이라도 생긴 것인지 이전과는 다른 표정으로 나를 바라보았다. 그제야 내가 그의 가족사진에 잠시 정신을 빼앗겼다는 사실을 깨달았다. 가족사진 뒤에 감춰진 그의 폭력이 언제 나를 공격할지 몰랐다. 나는 핏물이 밴 모포에서 몸을 일으켰다. 적어도 사오 일 동안은 쏟아지는 생리를 감당하면서 놈들을 받아야 한다. 나는 사람일까, 짐승일까? 내 몸 어딘가에 구멍이 뚫려 쏟아지는 피라면 차라리 축복일지도 몰랐다. 만일 그렇다면 피범벅으로 나뒹굴다 죽어도 지금보다는 덜 비참한 인생일 것이었다.

"그랬구나! 어쩌다가……."

그가 하고 싶은 말이 무엇인지 짐작할 수 있었다. 모두는 아니지만 그들 중 더러는 자신들이 무슨 짓을 하고 있는지 깨닫는 눈치였다. 미안하다고 말하지는 않았지만 적어도 자신들의 행동이 인간적이지 못하다는 것은 잘 알고 있었다. 그들이 입버릇처럼 말하는 개돼지만도 못한 인간이 아닐 테니, 어찌 인간적인 것에 대해 모를 수 있겠는가. 그들은 모르는 것이 아니라 인정하지 않았고, 그것이 그들을 그렇게 만든 절대 힘이라고 믿었다. 그런 무리들 속에서 내가 버티고 있는 것은 아직은 나 자신을 버릴 수 없기 때문이었다. 뭔가 더 말하고 싶어하는 눈치였지만 내가 얼굴을 돌리자 그는 더 이상 시선을 잡지 않았다. 나도 그렇고 그가 끝내 하지 못한 말들이 진실일 것이었다. 그는 좋은 사람도 나쁜 사람도 아닐 것이다. 좋은 사람이라고 하기에 그는 너무 어렸고, 나쁜 사람이라고 하기에도 너무 어렸지만, 어린 그가 저지른 국가에 대한 맹목적 복종과 본능적 폭력을 용서할 수는 없는 일이었다.

용서는 당한 사람이 마침내 평화로움을 느낄 때 성립되는 것이었다. 폭력의 가해자가 구할 수 있는 것은 용서가 아니라 폭력에 대한 진실을 죽을힘을 다해 온몸으로 비는 것뿐이었다. 손이 닳도록 빈다고 내 몸과 정신에 배어 있는 놈들의 폭력을 깨끗이 씻어낼 수는 없겠지만 그들이 제대로 무릎 꿇어 빈다면 나는 적어도 그들을 사람으로 대할 수 있게 해달라고 신께 기도해볼 것이다.

시를 읽던 여학생으로 돌아가고 동네 오빠를 사모하던 예전의 나로 돌아가지 않는 이상 내게서 용서라는 말을 구하지는 못할 것이다. 그러나 잠깐이지만 사진 속 그의 엄마가 내 마음 한 구석을 녹아들게 한 것은 사실이었다.

1944년 10월 2일

언니도 각오하고 가는 것이 좋을 거라고 했다. 어제 아소가 장교 숙소로 오라고 했는데, 명령을 거부했으니 가만있지 않을 것이라며 마음을 단단히 먹으라고 했다. 차라리 매를 맞는 게 나았다. 피가 나거나 부러지면 며칠 쉬면 그만이지만, 아소가 강요하는 이상한 행동과 말의 굴욕은 뼛속까지 녹아들어 나를 갉아먹었다. 나만 그런 것이 아니라 언니를 비롯해 다른 방 애들도 아소 얘기만 나오면 새파랗게 질렸다. 다들 아소의 폭력을 경험한 처지라 장교 숙소로 향하는 나를 보고는 몹시 안쓰러워했다. 5호실과 6호실 애들은 언덕 아래까지 쫓아오며 잘 버티라고 했다. 그러면서 아소와 절대로 눈을 맞추지 말라고 일렀는데, 그것은 아소한테 오른손 새끼손가락이 없기 때문이라고 했다. 자신의 새끼손가락이 사라졌다는 걸 아무에게도 들키고 싶어하지 않는다는 것이었다. 그러니 눈은 항상 바닥을 향해 있어야 하고 여의치 않은 상황에 처할 경우면 차라리 눈을 감고 있으라고 했다.

아소에게 오른손 새끼손가락이 없다는 건 157부대의 모든 사람들이 다 알고 있는 사실이었지만 아무도 입 밖으로 꺼내지 못했다. 나는 그 애들이 해준 충고를 단단히 기억하며 무거운 발걸음을 옮겼다. 가지 않을 수만 있다면 얼마나 좋을까, 수없이 기대해보았지만 오늘은 총소리 한 번 들리지 않았다. 하루에도 수십 번씩 오가며 굉음을 내던 폭격기도 오늘은 무슨 일인지 조용하기만 했다. 만일 전쟁이 끝난 거라면 좋은 일이지만 157부대가 멀쩡한 걸 보면 일본이 패한 전쟁이 아니라 이긴 전쟁일지도 몰랐다. 그렇다면 좋아할 일이 아니라 슬퍼할 일이었다.

어느 쪽이 이기든 내 처지는 달라질 것이 없지만 그래도 일본의 승리는 최악의 경우라고 각오해야 했다. 나는 도살장으로 끌려가는 짐승처럼 고개를 늘어뜨린 채 아소가 있는 막사로 갔다. 그곳은 수십 개의 막사 중 한가운데 위치해 있었고 주변에는 여러 명의 군인들이 지키고 있었다. 내가 다가가자 막사를 지키고 있던 군인이 비켜섰다. 이젠 피할 수 없었다. 나는 침을 한 번 삼키고 막사 안으로 들어갔다. 막사 안은 굴과 달리 따뜻했다. 한쪽 구석에는 시뻘건 장작불이 타오르고 있었고 김이 뿜어져 나오는 물주전자도 있었다. 순간 아소의 존재는 보이지 않고 주전자 속의 따뜻한 물 생각만 간절했다. 짙푸른 차 가루를 뜨거운 물에 타서 마시면 속이 편안해지면서 굳었던 몸도 풀리고 무거운 머리도 맑아졌다. 언니가 아주 가끔 녹초가 되어 널 브러져 있을 때 차 한 잔을 가져다주어 마셔본 적이 있었다.

눈치 빠른 아소가 특유의 갈라진 목소리로 말했다.

"뜨거운 차가 먹고 싶으냐?"

그제야 나는 아소와 마주하고 있다는 사실에 소스라치게 놀랐다. 쳐다보지도 대꾸하지도 말라고 했던 언니의 말이 생각나면서 몸이 다시 얼어붙었다.

"너희들은 품격이라는 게 없어. 먹을 것만 보면 꼬리를 흔드는 개하고 다르지 않지. 제 주인이 누구인지 따위는 상관없이 오로지 눈앞의 먹을 것에만 관심이 있단 말이야. 애당초 인간의 품격이라는 것도 종의 문제니까, 너희들이 조국이니 명령이니 하는 말을 알 리가 없겠지."

단지 뜨거운 차를 마시고 싶을 뿐인데 품격을 논하는 것도 이해가 안 갔지만, 우리가 먹을 것 앞에서 개처럼 꼬리를 흔든다고 하는 것은 더 잘못된 생각이었다. 아소의 눈에 우리가 개나 돼지처럼 보이는 것은 그들이 우리를 그렇게 만들었기 때문인데, 아소는 우리가 뿌리부터 그런 인종이라고 말하고 있었다. 삭이고 있던 억울함과 분노가 또다시 치밀었지만 여기가 아소의 막사라는 사실을 잊어선 안 되었다.

개처럼 먹이를 탐하는 아소가 지휘봉을 들고 내 주위를 맴돌았다. 한시라도 빨리 일을 치르고 돌아가고 싶은 마음뿐이었다. 타닥거리며 타는 장작불 소리가 막사의 공기를 점점 팽창시켰고 먹잇감을 희롱하는 아소는 여전히 여유로운 미소를 흘리며 종에 대해 떠들어댔다.

"그러니까 너희들의 운명은 처음부터 정해져 있었단 말이다. 정글에서 가장 우월한 유전자를 가진 최상위 포식자는 처음부터 제왕의 유전자를 가지고 태어났으니까 먹이사슬에서 가장 낮은 계급인 너희들이 먹히는 것은 당연하다, 그 말이다."

아소의 막사에 꼼짝없이 끌려와 처치만 바라고 있으니 호랑이와 토끼의 관계라고 해도 틀린 소리는 아닐 것이다. 그러나 사람은 잡아먹고 잡아먹히는 짐승이 아니었다. 할아버지는 사람만이 평등할 수 있는 존재라고 했다. 사람 위에 사람 없고 사람 밑에 사람 없다는 뜻이었다. 평등과 도리에 대한 이야기를 할 때마다 할아버지의 흰 수염은 초여름의 미풍처럼 평화롭게 흔들렸다. 설익은 보리이삭 냄새가 바람을 타고 쪽문으로 불어오면 나와 아버지의 오월이 시작되었다. 그 시간이 미치도록 그리웠다.

"깨끗이 씻어라!"

아소가 말했다. 오기 전에 씻었는데, 너무 씻어서 쓰리고 아픈데 또 씻으라니. 나는 아소가 가리키는 곳으로 들어갈 수밖에 없었다. 군용 천으로 만들어진 커튼을 열고 들어가자 허리 높이의 세숫대야와 커다란 양동이에 물이 담겨 있었다. 다행히 물은 따뜻했다. 나는 따뜻한 물속에 손을 담갔다. 갈라진 손등이 따끔거렸다. 아소만 없다면 양동이 물속에 몸을 담그고 싶었다. 내 몸의 더러운 흔적들을 씻어낼 수만 있다면 하루가 걸리든 열흘이 걸리든 물속에 있을 수 있었다. 그럴 용기만 있다면 물속에 코를 박고 숨을 멈추고도 싶었다. 커튼 밖에 호랑이 같은 아소만 없다면 따뜻한 이곳이 천국일 것만 같았다.

"세숫대야는 쓰지 말고 바가지에 물을 퍼 써라."

바가지로 물을 퍼 쓰리고 아픈 내 청춘을 닦아낸 나는 천천히 아소 곁으로 다가갔다. 긴 장총과 날카로운 검이 놓여 있는 그의 침대로 다가간 나는 잠시 그의 지시를 기다렸다.

"정말 깨끗이 씻은 거 맞아?"

"예……."

"어디 봐."

아소의 지휘봉이 날 침대 위로 넘어뜨렸다. 나는 두 눈을 꼭 감았다. 아소가 벌린 가랑이 사이에 하얀 약을 뿌렸다. 나는 두 눈을 더 꼭 감았다. 호랑이한테 물린 토끼처럼 눈을 감고서 그가 되도록 빨리 내 숨을 끊어주길 바랐다. 비겁하게 상처만 내지 말고 진짜 호랑이처럼 행동해주길 바랐지만 그는 자신의 말처럼 인간적인 품격도 용맹함도 없는 사람이었다. 달그락거리며 옷을 벗은 아소가 내 가랑이를 보며 말했다.

"제국이 우리를 위해 차린 성찬을 마다하는 것도 불충이다. 내가 널 취하는 것 또한 천황폐하에 대한 충성이니 너 역시 영광으로 알아라."

아무 소리도 들리지 않았다. 커다란 그의 몸이 내 심장을 압박하기 시작했고 댓진 내 풍기는 거친 숨소리에 정신을 잃을 지경이었다. 아무리 죽은 척 눈을 감고 입을 다물고 있으려 해도 나를 조약돌처럼 다루는 거구의 아소를 감당하기는 어려웠다. 나는 소리쳤다. 살려달라고, 제발 그만 좀 하라고. 아소는 멈추지 않았다. 살려달라는 소리에 그는 더 흥분해서 포효했다. 그러던 어느 순간 나는 헉! 하는 소리를 내며 정신을 잃었다. 아소가 내 젖가슴을 물어뜯던 순간이었을 것이다. 엄청난 통증이 몰려오면서 은하수가 긴 꼬리를 감추었다. 날카로운 호랑이 이빨에 물어뜯긴 가슴에서 피가 흘렀다. 삶이 무수한 별들 사이로 사라지고 있었다. 캄캄한 대기 어디쯤에서 엄마 모습이 번쩍 하는 것도 같았고, 시커먼 연기를 뿜으며 달리던 기차가 가뭇없이 사라져버린 것도 같았다. 두 팔과 두 다리가 힘없이 늘어졌다.

"왜 이래! 정신 차리지 못해!"

눈을 떴을 때 아소의 손은 공중에 올라가 있었다. 그의 커다란 물건이 덜렁거리며 여전히 날 위협하고 있어 어느 쪽으로 몸을 피해야 할지 몰랐다. 그의 자비만이 목숨만 겨우 붙어 있는 나를 구할 수 있었다. 나는 다시 눈을 감았다.

"일어나! 너희 것들은 그래서 안 되는 거야. 몸은 더러워도 정신력은 있어야 될 거 아냐. 가증스러운 것 같으니라구. 감히 내 홍을 깨다니……."

그가 허리띠를 채우며 연신 입을 놀렸다. 이제 볼일이 끝났는데도 나는 쉽게 일어나지 못했다. 무엇부터 추슬러야 할지 팔과 다리를 조금씩 움직여보았지만 마음처럼 되지 않았다.

"뭐야! 왜 안 꺼지는 거야?"

내가 침대에서 일어나지 못하자 뭔가 심상치 않음을 느꼈는지 아소가 주전자에서 물 한 잔을 따랐다. 아소를 지켜보던 나는 그의 오른손 새끼손가락 하나가 없다는 사실을 알았다. 컵을 쥔 그의 오른손 새끼손가락 하나가 분명 보이지 않았다. 소문이 사실이었다. 전쟁을 하다 부상을 당해 손가락이 잘린 것이 아니라 처음부터 없었던 듯 새끼손가락의 자리는 흔적조차 없었다. 징그러웠다. 보지 말았어야 할 걸 보았다는 사실을 깨닫는 순간 아소와 눈이 마주치고 말았다. 따뜻한 물 한 잔이 어쩌면 그가 내게 베풀 수 있는 마지막 자비 같은 것이었는데, 내가 그만 걷어차버린 것인지도 모른다.

"뭘 봐? 감히 날 비웃은 거야! 더러운 것 같으니라구. 어서 꺼지지 못해!"

그의 손에 들려 있던 물컵이 순간 내게로 쏟아졌다. 물벼락을 맞은 나는 아소의 침대 위에서 펄쩍 뛰어내렸다. 아직 살아야 할 이유가 남은 것인지 몸이 죽지 않고 반응했다. 물은 다행히 치맛자락 위로 쏟아져 크게 덴 것 같지는 않았다. 따뜻한 물한 모금이 간절했는데, 무엇이 날 구원한 것인지는 모르지만 나는 신발을 손에 든 채 아소의 막사를 빠져나올 수 있었다. 아소의 날카로운 이빨에 젖가슴을 물어뜯기긴 했지만, 나는 다시 두발로 걷고 있었다.

··· (중략)···

1945년 4월 23일

막 일어나려는데 언니가 들어왔다.

"일본이 패망할 거라는 소문이 있어. 그래서 부대가 철수할모양이니까 마음의 준비를 단단히 하고 있어라."

추위가 풀리고 있어 모처럼 단잠을 잔 터였다. 긴 겨울 내내혹독한 추위 때문에 두 다리 뻗고 편히 잔 적이 거의 없었다. 며칠 전부터 굴로 들이치는 바람은 맨발로도 견딜 수 있을 정도로 약해졌다. 언니의 긴장한 눈빛에 잠이 확 달아났다. 일본이 망할 거라는, 그래서 157부대가 곧 철수할 거라는 언니 얘기는 그러니까 어쩌면 여기서 벗어날 수도 있다는 소리였다. 지긋지긋한 이곳에서 탈출해 어쩌면 집으로 돌아갈 수도 있다는 얘기였다. 사카이와 아소, 무라타 다케오로부터 풀려날 수 있다는 소리였고, 조선이 일본으로부터 독립한다는 소리였다.

주위를 둘러보았다. 새벽 여섯 시, 아직 군인들이 찾아올 시간은 아니었다. 엊저녁 늦도록 울리던 총성도 멈추었고 비행기 소리도 들리지 않았다. 산 아래서 봄기운이 느껴지고 아직까지 별일 없는 새벽녘에 듣는 가슴 떨리는 소식이었다.

"언니, 사실이에요? 정말 부대가 철수한대요?"

"사실인 것 같아. 엊그제 잠깐 마을에 내려갔는데 일본인들은 벌써 이삿짐을 싸는 눈치더라. 우리도 살길을 찾아야 하니까 마음의 준비를 해야 할 것 같아."

"어떻게요? 도망쳐야 하는 거죠?"

언니가 굴 밖의 눈치를 살피며 다시 말했다.

"그래야 하는데 쉽진 않을 거야. 어쩌면 일본으로 데려가려고 할지도 모르고. 일단은 상황을 봐가며 신호를 보낼 테니까, 준비하고 있어."

툭하면 매질과 욕설로 우리를 괴롭히던 언니 모습하고 어딘지 달랐다. 삿쿠를 한 주먹씩 손에 쥐여주면서 방 밖으로 나오지 못하게 할 때마다 군인들보다 언니를 먼저 죽여야 내가 살수 있다고 생각했는데, 왜 갑자기 나와 같은 편 행세를 하려는 것인지 이해가 가지 않았다. 물론 언니도 군인들에게 나와 똑같은 취급을 당하며 살긴 했지만, 그래도 언니가 나와 같은 처지라는 생각은 들지 않았다. 언니는 마치 돈을 벌기 위해서 스스로 157부대를 찾아온 사람처럼 보였고, 한 번도 눈물을 보이거나 삿쿠를 내팽개치지 않았다. 언니는 마치 목숨을 부지하기 위해서라면 무슨 짓이든 할 사람처럼 늘 극성맞고 악착같았다.

"언니도 우리랑 도망칠 거예요?"

"그건 내가 알아서 할 거야."

언니는 더 이상 말을 아꼈다. 내게 뭔가 도움을 주려고 한다는 느낌은 확실한데 구체적으로 어떻게 하라는 지시가 없어 당황스러울 뿐이었다. 언니가 옆방으로 들어가는 걸 확인한 나는 널뛰는 가슴을 진정시키며 무엇을 어떻게 해야 할지 생각을 정리했다. 오늘 밤이 제발 이 글을 쓰는 마지막 밤이 되길 천지신령께 빌었다. 날 위해 새벽마다 정안수를 떠놓고 빌고 있을 엄마를 생각하면서 나도 무사히 여기서 빠져나갈 수 있도록 도와달라고 기도했다.

집으로 돌아가는 길은 생생하게 기억이 났다. 캄캄한 화물차

칸에 갇혀서 끌려왔지만 기차가 멈출 때마다 천안에서 얼마나 멀어졌는지 가늠해보려고 애를 썼다. 언니의 계획대로 잘만 하면 157부대를 탈출할 것이고, 몇 날 며칠을 걷다 보면 장춘 시내까지 가 기차를 탈 수 있을지도 모른다. 기차가 얼마 만에 다니는지는 모르지만 역 근처 어딘가에 숨어 있다 보면 언젠가는 기차가 올 테니 그때 달려나가 올라타면 될 것이었다. 그다음에는 사람들 눈에 잘 띄지 않는 구석 자리를 찾아가 천안에 도착할 때까지 죽은 듯이 앉아 있을 것이다. 혹시라도 나를 알아보는 사람이 있으면 안 되니까 되도록 고개는 숙이고, 배가 고파도 아마 몇 끼는 참아야 할지도 모른다. 언니 말을 듣고 저녁밥을 남겨 뭉쳐놓긴 했지만 그것으로는 오래 버티지 못할 것이다. 다행히 나에게는 며칠 전 어떤 군인이 주고 간 초콜릿 몇 개가 있었다. 먹고 싶었지만 귀퉁이만 살짝 맛을 본 뒤 보따리 속에 넣어두었다. 흔치 않은 간식이라 집에 돌아가 식구들하고 나눠 먹을 생각이었다. 언니가 한 말을 몇 번이나 곱씹은 뒤 잠을 청해보지만 영 잠이 오지 않는다. 내일 도망쳐야 하는데…… 잘해낼 수 있을까?

6

군위안부 집회는 수요일마다 일본대사관 앞에서 열렸다. 나는 한 번도 그 집회에 참석한 적이 없었다. 애써 변명하자면 내안 깊숙이 상처로 남아 있는 아버지의 폭력과 기지촌 여성에 대한 기억을 떠올리기 싫어서였다. 그들의 상처를 보면서 내 어머니의 등짝을 물들인 푸른 멍을 떠올릴까봐 두려웠고, 입술이 터져 울부짖던 문방구 여자를 회상하는 것도 싫었다. 기지촌 여성 박정순 씨의 처참한 죽음을 기억하면 할수록 내가 아무것도 할수 없다는 사실만 명확해졌고, 나 또한 언젠가는 그녀들이 당한폭력으로부터 자유롭지 못할 수도 있다는 두려움도 생겼다.

왜 하필 순이 씨의 수첩이 내게 전해진 것인지, 한쪽 다리가 커다란 바위 밑에 깔린 것만 같았다. 내 힘으로 바위를 치우지 않으면 이대로 죽음을 맞이할지도 모른다는 겁이 났다. 세상의 불빛은 화려했지만 바위 밑에 깔린 나를 구원해줄 이는 어디에도 보이지 않았다. 수첩을 덮은 나는 희미하게 깜박거리는 냉장고 불빛을 응시하며 생각을 정리했다.

민자 씨가 순이 할머니의 붉은 수첩을 내게 건네준 까닭을 모르지는 않았다. 민자 씨는 죽어가는 순이 씨의 마지막 소원이 무엇인지 내게 열 번도 더 말했다. 위안부 문제를 기사화해달라는 부탁 따위가 아니었다. 그 따위 기사는 천 번도 더 실렸지만 할머니들의 요구는 여전히 응답받지 못하고 있었다. 문제는 오래전에 파악했고 여전히 파악 중이어서 그녀들의 집회는 멈추지 않고 있었다.

나 따위 기자가 해결해볼 문제라면 지금까지 이어져온 그녀들의 집회는 진작 끝났을 것이다. 나 따위 기자가 나설 일이었다면 내 안에 폭력의 그늘 같은 상처의 흔적 또한 진작 사라졌을 것이다. 그렇다면 내가 무슨 방법으로 순이 씨의 소원을 들어줘야 하는 것인지 답을 찾아야 했다. 순이 씨의 수첩을 열어본 이상 모른 체할 수는 없었다. 순이 씨가 죽기 전에 고향 땅을 밟을 수 있도록 해주든지, 그녀의 못다 한 이야기를 들어주든지, 아니면 순이 씨의 남은 혈육이라도 찾아내 그녀의 마지막

길을 지키게 하든지, 아무튼 뭔가는 해야만 했다.

나는 한참을 뒤척이다 잠이 들었다. 꿈속에서 포탄이 쏟아지는 산길을 뚫고 한 소녀가 나를 향해 달려왔다. 소녀는 꾀죄죄한 저고리를 풀어헤친 채로 미친 듯 울부짖었다. 살려달라고. 나는 바위 뒤에 숨어 그 소녀를 지켜보았다. 피투성이 맨발로 나를 향해 달려오는 소녀를 구해줘야 하는데, 포탄이 쏟아지고 있어 꼼짝할 수가 없었다. 소녀를 구하려면 내가 위험을 무릅써야 하는데, 소녀보다 내가 먼저 죽을 수도 있다는 생각이 들었다. 나는 초조하게 바라만 볼 뿐 소녀를 향해 손을 흔들어주거나 뛰쳐나가 부축하려 하지 않았다. 꿈에서조차 나는 소녀를 구할 방법을 찾지 못했다. 비겁한 기억이 또다시 나를 옥죄며 그냥 그렇게 살라고 했다. 그게 맞을지도 몰랐다. 나조차 제대로 건사하지 못하는 형편에 누구를 위해 무슨 일을 할 수 있을까.

깔깔한 입안으로 밥숟갈을 밀어넣어보았지만 제대로 씹히지 않았다. 먹는 둥 마는 둥 하다 수저를 내려놓은 나는 서둘러 출근 준비를 했다. 하루 결근한들 아무도 신경 쓰지 않을 직장이지만 나가야 했다. 그래야만 엄마의 병원비와 생활을 책임질 수 있었다.

순이 씨의 붉은 수첩은 다시 가방 속으로 들어갔다. 민자 씨를 만나 가방을 돌려줄 생각이었다. 나와 민자 씨가 해결할 수 있는 문제가 아니었다.

안국역을 출발한 39번 버스가 경복궁을 지나고 있었다. 나는 차창 밖 한산한 거리를 내다보았다. 서촌과 북촌으로 이어지는 거리에도 사람이 적었다. 인사동부터 안국역 경복궁 일대까지 늘 북적이던 거리의 인파가 숫자를 셀 수 있을 정도로 적었다. 경복궁 입구에 줄 서 있는 외국인 관광객들을 바라보다가 토요일임을 알았다.

나는 서둘러 버스에서 내렸다. 순이 씨가 있는 한국병원은 신문사와 정반대 방향에 있어 버스를 갈아타야 했다. 그보다 병원 옥상으로 누군가를 만나러 가기에는 너무 이른 시간이었다. 다시 집으로 돌아갈 수도 없고……. 그때 고민하고 서 있는 내 앞을 누군가 가로막았다. 넘어지려는 몸의 중심을 잡고 보니 위안부 소녀상이 있었다. 버스에서만 바라보던 그 소녀상 앞에 내가 서 있었다. 그곳에 소녀상이 있다는 것은 알고 있었지만 소녀를 만난 것은 처음이었다.

단발머리에 치마저고리를 입은 소녀는 길거리에 홀로 앉아 있었다. 두 주먹을 다부지게 쥐었지만 맨발이었다. 금방이라도 눈이 쏟아질 듯 차갑고 무거운 날씨 속에서 소녀는 말없이 한 곳만 응시하고 있었다. 우연인지 이끌림인지 모를 혼란스런 머릿속으로 소녀상 얼굴에 순이 씨의 얼굴이 오버랩되었다. 열일곱 단발머리 여학생 순이 씨가 그곳에 앉아 있었다. 붉은 수첩 속에서 본 소녀, 순이가 분명했다. 당황스런 내 손길이 나도 모르게 소녀상의 어깨를 보듬었다. 사카이 마사토 군의관에게 유린당한 순이가, 장교의 채찍에 맞아 기절한 순이가, 무라타의 병적인 행동에 피멍이 든 순이가 그곳에 앉아 있었다.

아니, 그럴 리 없었다. 소녀는 순이 씨가 아니었다. 나는 차디찬 소녀의 어깨에서 손을 거두었다. 소녀상과 순이 씨는 다른 사람이었다. 내가 책임져야 할 일도 아니고 죄책감을 느낄 일도 아니라고 생각하며 한참을 걸었다. 무겁던 하늘에서 눈이 쏟아지기 시작했다. 첫눈이었다. 첫눈에 대한 설렘과 기다림을 한번도 가져본 적 없는 나는 고개를 숙인 채 걸었다. 눈송이들이 와글와글 길바닥으로 내려앉았다. 첫눈에 환호하는 소리가 여기저기에서 들려왔다. 작년에도 첫눈이 왔고 재작년에도 왔을 첫눈, 십 년 이십 년 전에도 내렸을 첫눈을 생애 처음 보는 눈인 양 호들갑 떠는 사람들 사이를 뚫고 전진한 나는 한 카페로 불쑥 들어갔다. 카페는 사람들로 가득했고 오래전부터 첫눈을 기다려온 듯 모두 창밖을 내다보고 있었다. 나는 화장실로 가는 구석자리 테이블에 가 앉았다.

카페의 소란스러움이 오히려 편했다. 휴대전화에는 기찬의 번호가 여러 번 찍혀 있었다. 지금이 그를 만나야 할 때였다. 나는 기찬에게 전화를 걸었다.

"어딘데 전화를 안 받는 거야?"

그의 짜증 섞인 목소리가 불쑥 튀어나왔다.

"종로인데 나올래?"

기찬에게 지금의 내 심정을 말하고 싶었다. 그냥 내게 이런 일이 있었는데 내 영역 밖인 것 같다고 말하며 순이 씨와 민자 씨에 대한 감정을 희석시키고 싶었다. 그래야만 그녀들에게 덜 미안해질 것 같았다.

"바로 갈 테니까 기다려."

기찬이 바로 나오겠다는 것은 만난 지 오래돼서이기도 하지만 그의 급한 성격 탓이 컸다. 내게는 고분고분한 편이지만 다른 사람에게는 까칠하고 너그럽지 못한 사람이었다. 내게는 의외의 말과 행동으로 자주 장난기를 발동하지만 사회부 기자 김 기찬은 전혀 다른 인물이었다. 동양건설 대표 아들이면서 한 번도 누구의 아들이라고 밝히거나 거들먹거리지 않는, 깐깐하고 정의로운 사람이었다.

기찬은 커피가 식기 전에 나타났다. 나도 모르게 손을 번쩍 들어 기찬을 향해 흔들었다. 곱슬머리에 눈송이를 매단 그가 환하게 웃으며 내게로 걸어왔다. 반가웠다.

"얼마나 됐다고."

그가 두 손을 내밀었다. 망설이다가 나는 악수를 하듯 그의 손을 잡았다. 언제까지 서 있게 할 수 없어 손을 잡은 것인데 순간 기찬이 날 세차게 끌어당겼다. 탁자를 사이에 두고 있어 완전한 포옹은 아니었지만 그의 격한 조우에 나는 또다시 당한 표정으로 헛웃음을 지었다.

"선배, 나 보고 싶었지?"

"커피 마실래?"

"끝까지 대답 안 한다 이거지?"

"쓸데없는 소리 말고 커피나 마셔."

"토요일인데 웬일이야? 일부러 날 만나러 나왔을 것 같진 않고, 뭐야?"

커피를 받아 든 기찬이 무슨 일이냐고 물었다. 그를 불러냈으니 반가운 척을 해주든지 무슨 일인지 털어놓든지 해야 하는데, 입이 가볍게 열리지 않았다.

"뭐야, 무슨 일인데 뜸을 들이고 그래?"

첫눈의 기세는 점점 더해갔다. 바람까지 불면서 넓은 유리창은 휘몰아치는 눈발로 어지러웠다. 첫눈의 흥분이 가신 사람들은 더 이상 창밖 풍경에 매달리지 않았다. 모든 것은 아주 잠깐의 현혹에 불과하고 잊히거나 기억하거나일 뿐이라고, 지금 중요한 것은 나와 당신의 세상일 뿐이라는 듯 사람들은 스마트폰과 서로의 열기에 빠져 있었다.

순이 씨 이야기는 기찬에게 못할 이야기도 아니고 뜸 들일 정도로 어려운 이야기도 아니었다. 세상에 없던 이야기도 아니고 처음 듣는 이야기도 아니었다. 오래전부터 알고 있었고 오래도록 기억해야 하는 일이었다. 더구나 기찬은 유능한 사회부 기자였다. 그와 내가 속해 있는 《대한신문》이 보수 일간지라는 사실은 아무 상관없었다. 기찬과 내가 나눠야 할 이야기는 보수와 진보의 이야기가 아니고 전쟁과 폭력, 여성에 관한 문제였다. 그에게 대단한 걸 기대해서 그 이야기를 꺼내겠다는 것이 아니라 그냥 함께 이야기해보고 싶었다. 그에게 순이 씨와 민자 씨를 만난 사실을 털어놓으려는 것뿐이었다. 그럼에도 나는 기찬의 눈치를 보고 있었다.

"엄마가 입원해 있던 병원에서 한 노인을 만났어. 군위안소에 끌려갔던 할머니야. 그 할머니가 건네준 수첩을 읽었는데, 그냥 모른 척할 수가 없어. 그 할머니를 간호해주고 있는 또 다른 할머니가 나한테 도와달래. 문제는 도와줄 힘이 없다는 걸 알면서 할머니의 수첩을 읽기 전처럼 마음이 편치 않다는 거야."

나는 수첩을 꺼내 탁자 위에 올려놓았다.

"대단하시네! 그 와중에 어떻게 일기를 쓰셨지?"

기찬이 탁자 위의 수첩을 가져가 펼쳤다. 그런 기찬을 바라보고 있자니 어떤 기대심리가 생겼다. 기찬이 기자로서의 호기심과 순이 씨에 대한 애정이 생겨 발동만 걸어준다면 뭔가 방법이 있을지도 모른다는 기대 같은 것이었다. 첫 장과 가운데 장, 마지막 장을 펼쳐 읽은 기찬이 슬그머니 수첩을 내려놓았다.

"어때?"

나는 조심스럽게 물었다.

"선배, 고민이 많았겠다. 근데 이걸로 우리가 할 수 있는 일은 없어. 이십 년 넘게 싸웠는데도 달라진 게 없잖아. 대통령이 나서도 안 되는 일을 우리가 어떻게?"

기찬이 심드렁하게 말했다.

"뭐야, 그 태도? 아무 감정도 안 생기니?"

"우리가 나서서 될 일이 아니니까."

"그럼 계속 지켜보기만 할 거야?"

"그게 아니라 이건 정치적인 문제야. 우리가 개입해서 될 일이 아니라니까."

"혹시 남자라서 크게 와 닿지 않는 거야?"

"비약하지 마. 이 문제는 일반적인 폭력이 아니잖아."

"특수한 폭력이라 더 모른 체해야 된다는 거야?"

오래전 옥인동 골목이 불쑥 떠올랐다. 옥인동 사람들도 그랬다. 엄마와 내 비명이 골목을 휘젓고 다녀도 아무도 도와주지 않았다. 칼을 치켜든 아버지가 두려워 피 흘리며 쫓기는 나와 엄마를 못 본 척 대문을 닫아걸었다. 그때 누군가 나서서 아버지를 막았다면, 엄마와 나는 지금과는 다른 모습으로 살아가고 있을지도 몰랐다. 기찬은 순이 씨 수첩을 읽기 전의 내 모습이었다. 그가 나쁜 사람이고 폭력에 무감각해서가 아니라, 위안부 문제를 대사관 앞 수요집회로만 생각하기 때문일 것이었다. 나 역시 지금까지 비겁한 구경꾼으로만 바라보았다.

"어두운 역사라 묻어버리고 싶다는 거야? 보수적인 남자들더러는 이 문제에 대해 부끄럽거나 망측하게 생각하는 것 같더라. 자신들의 어머니가 당한 일이고 딸들이 당한 일이여도 과연 그렇게 생각할까? 아니면 개인이 아닌 역사와 국가의 문제라고만 생각하는 걸까? 정치적으로 보자는 게 아니라 같은 인간에게 당한 짐승 같은 폭력을 얘기하는 거야."

"선배, 작정한 사람처럼 왜 그래? 어제오늘 일이 아니잖아."

"너처럼 생각하는 인간들 때문에 이런 일이 자꾸 반복되는 거야."

그가 얼굴을 붉히며 불편함을 드러냈다.

"그럼 어떻게 해야 되는데? 그 새끼들이 증거 없다고 하잖아. 자발적인 선택이었다고."

"야, 때린 놈이 언제 시인하는 거 봤냐. 우리가 그렇게 좋은 세상에 살고 있다고 생각해? 이 문제는 전쟁과 국가의 문제 이전에 여성의 폭력에 관한 거야. 만일 네가 누구한테 아무 잘못도 없이 죽을 만큼 얻어맞았다고 해봐. 네 아버지가 가만히 있겠니? 자식이 이유 없이 맞고 들어왔는데 한 가장인 아버지가 가만히 있을까? 네 아버지는 아마 지구 끝까지 쫓아가서라도 그놈에게 복수하려 할 거야. 자식에 대한 부모의 심정은 그래야 하는 거 아니야? 순이 씨가 외계인도 아니고 우리 딸이고 형제고 금쪽같은 우리 국민이잖아. 그런 순이 씨가 저렇게 시름시름 죽어가고 있는데 그냥 보고만 있어야 하는 거니? 내 자식 그렇게 만든 놈 찾아가 묵사발을 만들어놓을 아버지 같은 사람은 정말 없는 걸까? 누가 국민을 보호하고 지켜야 하는지 잘 생각해보란 말이야. 이게 매번 어물쩍 넘어갈 일이냐고? 때린 놈이 제발로 걸어와서 죽을죄를 지었다고 엎드려 사죄해도 쉽게 용서할 일이 아닌데, 뭐 증거가 없다고? 너는 이게 말이 된다고 생각하니? 용서란 가해자가 잘못을 인정하고 빌 때 피해자가 할 수 있는 최고의 관용이고 은혜야. 용서라는 말은 가해자가 할 수 있는 말이 절대 아니지."

기찬이 만만한 상대라서 그렇기도 했지만 그의 입에서 증거라는 말이 튀어나오는 순간 나도 모르게 참고 참았던 억울함이 쑥 올라오고 말았다. 엄마와 나는 아버지의 폭력을 누구에게 말하지도 내보이지도 않았다. 없어지지 않는 내 등짝의 혁대 자국과 엄마의 정수리 상처는 우리 둘만 알고 있는 비밀이었다. 이모에게조차 숨기고 살아야 했다. 그 어리석은 비밀 때문에 엄마의 가슴은 화석처럼 굳어버렸고 그런 엄마를 지켜보며 산 내 인생 역시 한 번도 삶이 희극이라는 생각을 해보지 못했다.

나는 끝까지 아버지를 용서하지 않았다. 아버지가 엄마와 나에게 용서를 빌었지만 우리는 받아들이지 않았다. 누군가의 평생의 한과 멍을 용서라는 한마디로 면죄부를 주는 것은 너무 가벼운 처벌이었다. 아버지가 그토록 허망하게 죽지 않았다면 나는 내 기억 속의 어둠이 완전히 걷힐 때까지 아버지를 용서라는 감옥에 가두어놓았을 것이다.

순이 씨가 당한 폭력은 내가 아버지로부터 당한 폭력이 아니라 전쟁으로 인한 것이었다. 그것은 집단적이고 조직적으로 이루어진 불가항력의 폭력이었다. 그 불가항력의 폭력을 행사한 집단과 조직을 상대할 사람은 국가이고, 그녀를 보호하고 지켜야 하는 것 역시 국가였다. 기찬이 이런 사실을 나만큼 모를 리 없는데, 공연히 핏대를 세운 것 같아 적이 민망했다. 내 흥분이 가라앉기를 기다리는 듯 기찬은 여전히 밝은 표정을 바꾸지 않고 내 이야기를 들어주었다.

"알고 있어. 그래서 열심히 노력하고 있잖아. 개인의 문제가 아니니까 시간이 걸리는 것뿐이야."

"뭐라고? 누가 열심히 노력하고 있는데? 뭘 어떻게 노력하고 있는 건데? 너 웃긴다. 우리가 《대한신문》 밥을 먹고는 있지만 가끔은 솔직해지자. 기자의 본분은 잊지 말아야지."

"선배가 무슨 말이 하고 싶은 건지는 알겠는데, 우리가 할 수 있는 한계라는 것도 있잖아. 도저히 받아들일 수 없다면 가서 몇 놈 잡아다가 확실한 증거를 대든지. 그 할머니 수첩 속에 있는 새끼들 잡아다가 자백을 받아내면 되겠네."

기찬이 다리를 꼬며 심드렁하게 말했다. 그 얘기를 듣는 순간 심장이 쿵쾅거리기 시작했다. 왜 진작 그 생각을 하지 못한 것일까.

"그거 좋은 생각이다! 그러면 되겠다!"

"선배, 그냥 해본 소리야. 설마 그게 가능하다고 생각하는 거야?"

순이 씨와 민자 씨가 원하는 것도 바로 그것이었다. 해답을 찾은 듯한 내 태도에 기찬이 당황하는 눈치였다. 그가 농담처럼 뱉은 말을 듣는 순간 나는 꽉 막혀 있던 문제의 열쇠를 찾아낸 기분이었다.

"불가능할 게 뭐야. 독일은 나치 전범들 끝까지 찾아내 법정에 세우는데, 우리라고 못할 게 뭐냐고. 우리도 하면 되잖아."

기찬이 놀란 눈으로 날 바라보았다.

"설마! 그냥 한번 해보는 소리지?"

그의 정색에 나는 남은 커피를 들이켜고는 창밖으로 잦아드는 눈발을 바라보았다. 거리에는 어느새 첫눈이 소복하게 쌓여 있었다. 카페 안은 손님이 반으로 줄어 한산한 느낌마저 들었다. 옆자리에 나란히 앉아 비비적거리던 젊은 남녀도 보이지 않았다. 그보다 기찬의 말대로 내가 그런 일을 정말 해낼 수 있다고 믿는 것은 아닐까, 하는 또 다른 걱정이 생겼다. 당연히 그냥 해본 소리라고 하면 그뿐인데, 무슨 생각으로 기찬을 이해시키려 하는 것인지 알 수가 없었다.

"그냥 해보는 소리는 아니야. 위안부 문제를 해결하는 데 그 방법이 확실하다면 누군가는 나서야지. 할머니들이 모두 죽을 때까지 기다릴 수는 없잖아."

"선배 마음은 충분히 알겠는데, 그래도 우리가 나설 일은 아니야. 나는 선배가 다치는 거 보고 싶지 않아."

그는 대책 없이 도발적인 내가 자신이 생각 없이 내뱉은 말에 물불 안 가리고 덤빌까봐 우려했다. 나도 한편으로는 말이 안 되는 소리라고 기찬이 계속 말해주길 바랐다. 그의 말대로 정치적인 문제를 추락한 기자 나부랭이가 무슨 힘이 있어 날뛰겠는가. 기찬의 말이 백번 맞았다. 내 정의감은 어쩌면 아버지에 대한 기억과 기자로서 제 역할을 못하고 있음에 대한 열등감일 것이었다. 달려야 한다는 생각과 멈춰야 한다는 생각이 팽팽하게 맞섰다. 내 복잡한 머릿속을 꿰뚫어본 듯 기찬이 주섬주섬 내 가방을 챙겨 일어났다.

"첫눈도 오는데 골치 아픈 얘기는 그만하고 우리 나가요."

"이게 골치 아픈 문제라고?"

기찬의 말마따나 내 감정이 필요 이상으로 솟구친 것인지도 몰랐다. 내 힘으로 당장 해결될 일이라면 지금이라도 순이 씨와 민자 씨를 만나 한번 해보겠습니다, 라고 호기를 부려볼 수도 있겠지만 이 일은 감정과 용기로만 풀 수 있는 일이 아니었다. 가끔은 분노 조절이 필요한 나의 행동에 브레이크를 걸어주는 기찬을 핑계 삼아 나는 문제를 합리화시키거나 변명의 구석을 만들어 도망치고는 했다.

순이 씨 문제도 이런 식으로 피하려 했다. 불타는 내 의지를 누군가 꺾어서 실패했다고, 내 탓이 아니라 모두 세상 탓이라고 해야 문제로부터 자유로워질 수 있기 때문이었다.

기찬의 손에 이끌려 간 곳은 교보문고 뒤쪽에 있는 예전의 피맛골 거리였다.

좁고 냄새가 나던 골목 대부분은 사라지고 훤칠한 빌딩에 고급 음식점들이 들어서 있었다. 기름때가 덕지덕지 붙은 프라이팬을 하수구 바닥에 놓고 구워주던 고갈비를 먹으러 자주 찾던 곳이었다. 우리는 유명 프랜차이즈 식당들이 있는 건물 안으로 들어섰다.

한 이탈리아 레스토랑 앞에서 한참을 서성이다가 우리는 바로 옆에 있는 불고기집으로 겨우 합의를 보았다. 배도 고팠고 고기가 먹고 싶기도 했다. 불고기집은 밖에서의 느낌보다 훨씬 아늑하고 깨끗했다. 이른 시간이라 점심을 먹으러 온 손님은 우리가 유일했지만 젊은 주인 여자는 꽤 친절하게 맞아주었다. 표정 없는 종업원이 와서 메뉴를 물었다면 그냥 불고기 달라고 짧게 말했을 텐데, 주인 여자는 메뉴판에 적힌 음식을 친절하게 설명까지 해주었다.

메뉴판에는 400그램 기준 산지별 가격이 적혀 있었다. 400그램 한우 가격이 평창과 홍천, 홍성과 장흥, 양평과 개군 등 제각각이었고, 양념 불고기 아니면 구이였다. 원하는 산지 고기를 고른 다음 불고기로 먹을 것인지 구이로 먹을 것인지 요구하면 바로 준비해준다고 했다. 그런 고깃집은 처음인 듯 기찬도 호기심 어린 눈길로 주인 여자의 설명을 들었다. 메뉴판 맨 아래 산지별 고기 맛을 간략하게 써놓긴 했지만 주인 여자의 생생한 설명을 듣고 나니 선택이 한결 수월해졌다. 기찬과 나는 뭔가 통한 듯 동시에 개군 등심 어때? 라고 소리쳤다. 주인 여자가 메뉴판을 접으며 의미 있는 웃음을 지었다.

"개군 한우는 양평 쪽에선 유명하지만 손님들 대부분은 잘 모르세요. 오늘 한우의 신세계를 맛보실 거예요. 탁월한 선택이십니다."

주인 여자가 나간 뒤 우리는 서로를 마주 보며 눈을 찡긋거렸다. 진짜 신세계를 맛보거나 일 인분에 팔만 원이라는 가격을 되씹으며 맛의 지옥을 느끼거나 둘 중 하나일 것이었다. 그녀가 개군이 양평이라고 하지 않았으면 전혀 몰랐을 지역의 한우가 유명하다니 새로운 정보였다. 오랜 전통과 유명세를 타고 있는 고기들과 나란히 적혀 있는 걸 보면 만만치 않을 수도 있다는 생각이 드는 반면에 혹시라도 실험적 차원의 개발 한우일 수도 있다는 생각도 들었다. 아니면 다 같은 한우인데 다른 고깃집과 차별화를 하기 위해 산지만 구분해놓았을 수도 있었다. 고기 맛이란 고소한 기름 맛과 부드러움 그 이상은 아닐 것이라고 생각하며 달궈지고 있는 불판을 바라보았다.

"정말 맛있을 거 같지 않아?"

기찬이 잔뜩 기대에 차 말했다.

"글쎄, 먹어봐야 알지."

"고기 마니아의 촉으로 보면 말이지, 개군 고기 틀림없이 맛

있을 거야."

"네가 언제 고기 맛없다고 한 적 있냐?"

맛을 보기 전에는 인정할 수 없었다. 기찬과 함께 고른 메뉴지만 공연히 나까지 설레발치다가 고기 맛에 실망할까봐 나는 되도록 그의 기대에 동조하지 않았다.

"남의 일은 확실하게 주장하면서 자신의 일에는 왜 이렇게 확신이 없을까."

기찬이 삐죽거리며 말했다. 순이 씨 얘기를 빗대 한 말 같아서 그게 아니라는 설명을 해주려는데, 주인 여자가 나무 판에 올린 고기를 들고 나타났다. 고기 때깔이야 모두 비슷해서 그러면 그렇지 하는 눈길로 지글거리는 불판의 고기를 보았다. 고기 냄새가 작은 룸에 확 퍼졌다. 반찬으로 나온 명이나물과 굵직한 무생채에 자꾸 눈이 갔다. 그녀는 능숙한 솜씨로 고기를 구워 기찬과 내 접시에 올렸다.

기찬이 먼저 고기 한 점을 집어 입안에 넣었다. 나는 덥석 고기를 집어들지 않았다. 고기 맛을 본 그의 표정이 어떻게 달라지는지 궁금했다. 놀라움이든 실망이든 알고 난 다음에 먹어야 그 느낌이 더 확실해질 것 같아서 나는 배고픔을 참으며 지켜보았다. 고기 한 점으로는 부족했던 듯 기찬이 한 점 더 집어 입에 넣고는 지그시 눈을 감으며 웃었다. 초조해서 물었다.

"맛있다는 거야, 없다는 거야?"

"선배, 사람들이 왜 끊임없이 고기를 먹는 줄 알아. 욕구불만을 없애기 위해서야. 사람은 포만감을 느껴야만 행복해지거든. 포만감을 느껴야 욕구불만이 사라지고, 그래야만 화도 덜 내게 되고 욕심도 덜 내게 돼. 배가 부르면 더 이상 사냥하고 싶은 욕구가 없어지면서 전쟁이 무의미해진다는 거지. 인간들이 벌이는 무수한 사건과 사고, 전쟁은 그러니까 고기를 맘껏 먹지 못해서 생기는 욕구불만이라고 할 수 있지."

"고기 한 점에 영혼을 팔아먹기라도 한 거야? 무슨 헛소리가 그렇게 길어."

"만일 선배한테 이 고기를 안 주고 내가 다 먹었다고 가정해 봐. 배고픈 선배는 분명 득달같이 달려들어 날 넘어뜨리고서라도 고기를 빼앗을 거야. 결국 이놈의 고기가 문제라는 얘기지."

더 이상 기찬의 얘기를 듣고 있을 수 없었다. 나는 오랜 기다림 끝에 만난 연인처럼 조심스럽고도 설레는 마음을 감추며 얼른 고기 한 점을 집어 입안에 넣었다. 주인 여자의 추천 때문인지 고기 맛이 뭔가 다른 느낌이었다. 그냥 한우라는 생각만으로 먹었다면 전에 먹었던 고기 맛과 큰 차이를 느끼지 못했겠지만 개군이라는 낯선 이름과 월등하다는 소리를 들어 그런지 육즙의 고소함이 더한 것 같기도 했다. 기찬이 내 입을 빤히 쳐다보며 물었다.

"어때? 사랑과 행복이 마구마구 터지지? 매일 그 맛을 보기 위해서 사람들은 전쟁을 하고 구호를 외치며 분노하는 거잖아. 국가와 민족, 세계평화 같은 게 마치 한우의 특수부위 같다는 생각 안 들어?"

"세상에는 고기 맛을 모르고 사는 사람들이 더 많아. 한 끼 죽이 간절해서 사랑과 행복 따위는 애당초 뭔지도 모르고 최소한의 인간적인 생활조차 하기 힘든 사람들이 어떻게 너처럼 꽃등심 맛을 알겠어. 그러니까 괜한 고기 맛에 너 같은 1프로의 삶을 합리화시키지 마. 고기 맛은 다 똑같은 거야. 물론 자란 환경이 달라 약간의 차이는 있을 테지만 소는 소, 돼지는 돼지라는 관점에서 보면 소고기, 돼지고기일 뿐이야."

나는 파무침과 무생채를 번갈아 집어먹으며 기찬의 시선을 피했다. 개군 고기 맛을 근사하게 표현하며 환호해야 하는데, 그의 기대에 부응하기 싫어 나는 끝까지 맛있다는 얘기를 하지 않았다.

"거짓말하지 마. 맛있으면 그냥 맛있다고 해. 고기 먹으면서 무슨 불편함이 그리 많아. 그냥 웃자고 한 얘기야."

이 고기 정말 맛있다고 말하고 싶었다. 익숙하지는 않지만 호들갑스런 표정과 동작으로 고기 맛을 표현하고 싶은데 언제

부턴가 그런 감정들은 쉽게 솟구치지 않았다. 자신과 눈조차 마주치지 않으려는 내게 그가 넘치도록 맥주를 따랐다. 나는 말없이 술을 마셨다. 취기를 핑계 삼아 솔직한 나를 만나고 싶었다.

"고기 맛있지?"

맥주 한 병을 다 비울 때까지 나는 고기를 먹고 술을 마시는 동작만 반복했다. 그가 세 번째 맥주병을 따 술을 따르며 다시 물었다. 정신없이 먹은 고기 탓인지 슬슬 오르는 취기 탓인지 빡빡했던 엔진이 부드럽게 돌아가는 느낌이었다. 기찬이 나를 보고 웃었다.

"노을이 깔린 막탄의 해변에서 세 번째 만난 남자와 두 번째 키스를 하려 할 때 느껴지는 설렘, 그런 맛이야……."

기찬이 큰 소리로 웃었다. 내 빈 술잔을 급하게 채우고는 다시 몸을 뒤로 젖히면서 얼굴이 시뻘게지도록 웃고 또 웃었다. 내가 그토록 재밌는 이야기를 한 것인지는 모르겠지만 그가 뒤로 넘어갈 정도의 얘기였다면 나는 지금 행복한 게 맞았다. 고기를 먹어야 행복하고 그걸 위해서 사람들이 전쟁을 불사한다는 기찬의 말이 틀리지 않았다는 소리일 수도 있었다. 기찬이 다시 한 번 고기 맛을 말해보라며 내 옆으로 다가와 앉았다. 주인 여자가 추가로 시킨 고기와 맥주를 더 가져다 놓고 나간 뒤였다. 아니, 내가 맥주잔을 들다 흘리자 그가 손수건을 들고 다가온 것도 같았다.

"고기 맛이 어떻다고? 한 번만 다시 말해봐."

"내 말이 이상해? 너도 부장님처럼 내 문장이 개떡 같다고 욕하려는 거야? 김 부장 그 새끼 두고 봐. 언젠가는 꼭 한 방 먹일 거야. 지가 언제부터 나라 걱정을 했다고, 비겁한 놈……."

"내가 아는 기자 중에서 선배가 최고야. 선배만큼 기자정신이 투철한 기자는 없을 거야."

"그렇지? 나는 최소한 김 부장 그 새끼처럼 이쪽 저쪽 눈치 보면서 살지는 않는다. 김 부장 눈 봐. 가자미 눈도 아니고 홍어 입도 아니고 이상하잖아."

상 밑으로 흘러내리는 맥주를 닦던 기찬이 또다시 옆으로 넘어지며 웃었다.

"선배 말이 맞아. 김 부장 그 새끼 재작년 사회부로 옮기면서 더 이상해졌어. 근데 선배, 김 부장 얘기 말고 아까 그 막탄 얘기 또 해봐. 거기 가보기는 한 거야? 혹시 다른 놈이랑 여행 갔다 온 거 아니야?"

"어디선가 막탄에 대한 이야기를 들었는데……? 필리핀에 있는 어느 섬일 거야. 오늘이 행복한 사람들이 사는 곳이라고 했어. 왠지 그곳에 가면 나한테만 온전히 집중할 수 있을 거 같아. 그곳에서 이 고기 맛처럼 설레는 남자를 만나 노을 지는 해변에서 키스를 하는 거야. 달콤하고 고소한 그의 입술을 탐하며 나는 맘껏 사랑할 거야."

고기를 씹으며 뭐라고 한참을 떠들었다. 기억이 흐릿해지고 눈앞의 중심이 균형을 잃어갔다. 그러나 나는 여전히 건재했다. 내 안의 허기가 계속해서 고기를 먹어치우게 했다. 술잔을 들었다. 순간 기찬의 입술이 술잔보다 먼저 다가왔다. 당황하지 않았다. 처음이었고 한 번도 그를 좋아한다고 말한 적 없는데, 순간 나는 막탄의 어느 해변에서 저녁노을에 젖어들고 있었다. 작은 게들이 발끝을 간지럽히는 해변으로 바람이 불어왔다. 오월의 서풍처럼 불어온 바람이 나의 입술과 나의 가슴과 나의 배, 나의 두 다리를 휘감았다. 나는 두 눈을 꼭 감았다. 상상하고 그리워했던 그 막탄이었다.

꿈이었을까? 어느 순간 꿈에서 깨어난 나는 기찬의 뺨을 세차게 올려붙이고는 도망치듯 고깃집을 나왔다. 빌딩숲에 몰려 있던 찬바람이 확 달려들어 아무 생각이 나지 않았다. 기찬을 놓고 나온 일이 잘한 것인지, 잘못한 것인지는 분명하지 않은데, 내가 바보처럼 살고 있다는 생각은 분명했다.

7

　순이 씨의 수첩은 며칠 동안 내 가방 속에 있었다. 순이 씨가 있는 병원으로 찾아가 민자 씨에게 돌려주려던 당초 생각은 그날 기찬을 만나 술을 마시면서 잊어버리고 말았다. 내가 얼마나 많은 술과 고기를 먹었는지 그리고 내가 어떤 행동을 했는지 묻지도 않았지만 설령 그에게 어떤 실수를 했더라도 나는 술을 핑계로 아무것도 인정하지 않을 생각이었다.

　한편으론 부끄럽기도 했다. 술을 먹기 전에는 그토록 치열하게 순이 씨 이야기를 해놓고선 모두 잊어버린 양 기찬과 시간을 보낸 것이다. 내 이중적 태도는 솔직한 기찬보다 더 나을 것이 없었다. 분노라는 감정 뒤에 숨겨진 또 다른 내가 원하는 것이 무엇인지, 솔직히 뭐가 뭔지 머릿속이 복잡했다.

열한 시가 가까운 시간이라 거리는 한산했고 경복궁 앞은 중국인 관광객들로 붐볐다. 옥인동 좁은 골목까지 차지해버린 그들은 이제 서울의 익숙한 풍경이었다. 낡은 기와집들이 게스트하우스와 부티크 호텔이라는 이름으로 바뀌었고, 양꼬치와 연태고량주를 파는 식당들로 즐비해졌다.

중국어와 한국어에 능숙한 가이드가 경복궁에 대해 열심히 설명해보지만 그들의 관심을 끄는 것 같진 않았다. 그들은 한겨울 찬바람 부는 경복궁보다 어쩌면 자유시장경제를 맘껏 누리게 해주는 서울의 다른 모습에 더 관심이 있을지도 모른다. 여행객들에게 그 나라의 역사란 지루한 설명일 뿐 외형의 판타지만으로도 충분할 것이다. 세계문화유산인 앙코르와트에 대한 내 기억도 외형의 이미지가 주는 신에 대한 놀라운 상상력뿐이지 않은가. 오랜 시간 가이드로부터 들은 캄보디아의 역사는 기억나지 않고 거대한 탑들과 믿기지 않는 벽화만이 그곳을 기억나게 했다. 추위에 떠는 가이드의 입술을 외면한 채 수문장의 교대식에 환호하는 그들을 바라보다 발길을 돌렸다.

방향을 바꿔 간 곳은 수요집회가 있는 일본대사관 앞이었다. 가방 속에 들어 있는 순이 씨의 수첩이 나를 이곳으로 이끈 것인지도 몰랐다. 어린 여학생의 눈물과 남학생의 분노가 외치고

160

있었다. 노인과 젊은 여자와 남자가 한겨울 맨발의 소녀상을 붙들고 역사를 향해 절규했다. 나는 한 걸음씩 그들 속으로 들어갔다. 오랜 시간 외면했던 상처가 툭툭 터지며 더 이상 외면하지 말라고 소리쳤다. 비명과 눈물 섞인 외침이 딱딱한 시멘트 바닥과 차가운 대기를 울렸다. 당신들의 검은 역사를 그만 인정하고 사죄하라고, 당신들을 위한 속죄의 시간이 얼마 남지 않았다고, 짐승 같았던 당신들의 역사를 고백하고 사죄할 기회를 부디 내치지 말라고, 여드름투성이 남학생은 시뻘건 눈으로 소리쳤다. 단발머리 여학생이 그녀들의 눈물을 닦아주며 울었다.

전쟁과는 상관없는 사람들뿐이었다. 전쟁에 참가한 적도 없고 전쟁이 무엇인지도 모르는 이들이 끔찍한 전쟁을 얘기했다. 피해자만 있고 가해자는 없는 전쟁에 분노했다. 국가와 민족을 위해 산다는 이들은 없고 그녀들의 아픔과 함께하겠다는 내 어머니 같은 이웃들만 허공을 향해 피를 토해내고 있었다. 외치지 않을 수 없었다. 하루가 십 년처럼 달리고 있는 그녀들을 위해 우리가 할 수 있는 것이 외침과 분노뿐이라는 사실이 참담했지만, 한 장의 올바른 역사를 쓰기 위해서라도 멈출 수 없는 일이었다. 정의란 역사적 대의가 아니라 나와 우리가 겪은 부당함과 잘못을 바로잡는 것이다. 나는 기자로서의 정의를 외면하고 산 나 자신을 고발하듯 목청을 높였다.

"피해자의 인권이 무시된 합의를 철회하라! 잘못을 인정하고 용서를 빌어라! 대한민국은 누구를 위한 협상을 했나! 반성 없는 역사는 미래가 없다!"

집회장을 떠나지 못하고 있는 그녀들의 눈물을 뒤로하고 신문사로 향했다. 어떤 결심이 선 것인지 가방을 쥔 손에 힘이 들어갔고 첫 출근할 때의 느낌처럼 발걸음이 설렜다. 도전해야 할 목표가 생긴 것 같아 공연히 뿌듯했고 그 목표가 왠지 나를 굴욕으로부터 벗어나게 해줄 것 같았다.

집회 한 번으로 생긴 정의감이나 영웅심은 아니었다. 필연, 아니 숙명처럼 다가온 순이 씨와 민자 씨의 소원을 이뤄주고 싶었다. 어쩌면 그것이 내가 꿈꾸던 오랜 소망일 수도 있었다. 집회는 내게 그런 확신과 명분을 주었다. 나는 빠른 걸음으로 신문사로 들어갔다. 빠르게 돌아가는 회전문만큼이나 사건, 사고가 모이는 곳, 누군가는 희망을 보고 누군가는 절망을 느끼는 《대한신문》이었다. 누구의 편도 아닌 정직한 기사를 쓰겠다고 다짐했던 신입기자 이하림은 더 이상 존재하지 않았고, 생계를 핑계로 굴욕을 감수하며 살아가는 비겁한 인간만 있었다.

오늘이었다. 오늘이 예전의 나로 돌아갈 수 있는 마지막 기회일지도 몰랐다. 엘리베이터에 오른 나는 곧바로 십팔 층 부장실로 향했다.

광화문 사거리가 훤히 내려다보이는 곳이었다. 그의 사무실 방문은 사회부에서 좌천된 후 처음이었다.

부장은 다행히 책상 앞에 앉아 있었고 얼굴을 씰룩거리며 귀지를 파내고 있었다. 겨울 빛을 타고 부장의 귀지들이 풀풀 날렸다. 나는 귀지를 피해 오른쪽으로 방향을 틀어 부장에게 다가갔다.

"니가 어쩐 일이냐? 부른 적 없는데?"

"사표 내러 왔어요."

"사표?"

"네, 회사 그만두려고요."

그는 표정 하나 바꾸지 않고 심드렁하게 물었다. 예전 일이 떠올라 기분이 상했다. 대학의 부조리를 고발하며 맞서 싸우던 정의롭고 카리스마 넘치던 선배의 모습은 보이지 않았다. 나이 들어 튀어나온 똥배와 흰머리는 세월의 연민으로 보였지만 투지가 사라져버린 그의 눈빛은 안타까웠다.

"다른 회사로 가려고?"

그가 귀이개를 후 분 다음 책상서랍에 넣으며 물었다. 날아가지 못한 귀지들이 그의 입 바람에 다시 빛을 타고 날아다녔다.

"제가 하고 싶은 일을 해보려고요."

"니가 하고 싶은 일이 뭔데?"

"진짜 기자 노릇이요."

그가 처음으로 내게 적극적인 자세를 취하며 물었다.

"그러니까 그게 무슨 일이냐고?"

나는 잠시 망설였다. 그가 알아도 상관없고 몰라도 상관없는 일이지만 그녀들의 문제를 제대로 취재해보려고 한다면 그가 어떤 반응을 보일지 궁금하기도 했다.

"어떤 일인데 말을 못하는 거야? 너 설마 예전처럼 엉뚱한 짓 하려는 건 아니지?"

그가 말하는 예전 일이란 미군과 관련된 일들이었다.

"《대한신문》을 그만두는데 제가 무슨 자격으로 그런 일을 하겠어요? 그런 문제는 저보다 힘 있는 선배님 같은 분들이 해결해야 하는 거 아니에요?"

"너 아직도 그 일로 나한테 유감이 많은 거야? 조금만 참고 기다리면 다른 부서로 발령 날 거야."

그쯤에서 나는 회사로 들어오기 전 편의점에 들어가 쓴 사직서를 부장 앞에 내밀었다. 사직서를 써 주머니 속에 넣고 나니 구겨졌던 자존심이 회복되었다. 편의점 샌드위치와 커피가 그토록 맛있게 느껴진 것도 처음이었다. 그런데 부장이 다시 회복된 내 자존심을 건드렸다.

"선배님, 아니 부장님, 저 이 회사에 미련 없어요. 제가 아무리 뛰어난들 부장님처럼 될 수 있겠어요? 부장님처럼 되고 싶은 생각도 없지만요."

"너, 공연히 후회하지 말고 그냥 있어. 요새 젊고 팔팔한 애들 많아서 너 나가봐야 갈 데도 없어."

"그럼 뭐 좋은 세상 만들자는 집회나 하지요."

"흥! 놀고 있네. 까불다 다친다."

그는 일어나지 않았다. 자신을 동경해 기자가 되었고 올바른 기사를 쓰겠다며 악악거렸던 직장 후배가 더 이상 기자 노릇을 안 하겠다고 하는데도 자리만 지키고 앉아 비아냥거릴 뿐이었다. 그의 책상 위에 놓인 사표가 자랑스러워 보였다. 좀 더 일찍 부장과 헤어졌어야 했다. 그랬다면 어리석은 패기라 할지라도 나를 필요로 하는 누군가를 위해 더 좋은 일을 했을 것이다. 아주 늦은 것도 아니었다. 순이 씨와 민자 씨를 만난 지금이 부장과 헤어질 가장 적당한 타이밍이었다. 부조리한 세상을 고발하고 바로잡는 데 주저하지 말자고 목소리를 높였던 그는 이제 한때의 대학 선배로만 기억될 것이다.

"선배님이 바라보는 곳과 제가 바라보는 곳이 정반대라는 사실만 알아두세요."

"좋은 세상도 힘이 있어야 만드는 거야. 밑바닥에서 아무리 소리쳐봐야 안 들려."

그는 쉬지 않고 손가락 끝으로 책상을 두드렸다. 그것은 왠지 나에 대한 비웃음이라기보다 자신의 초조함을 표현하는 것만 같았다. 세상 돌아가는 일에 나보다 뛰어난 정보를 가지고 있는 그가 옳고 그름의 기준을 모를 리 없었다. 어쩌면 그가 나보다 먼저 언론에 대한 회의를 맛보았을지도 모른다. 나약한 사람들의 가장 큰 실수는 당당함을 어리석음으로 바꾼다는 사실이다. 그가 말한 대로 큰 목소리를 가지면 나약함을 덮을 수 있다. 그러나 세상을 움직이는 것은 언제나 작은 목소리와 행동이었다. 작은 것들이 모이고 모여서 질서를 만들고 정의를 만들어왔다. 더 커진 그의 목소리를 듣지 않고 돌아설 수 있어 다행이었다. 이제 마지막 말을 하고 돌아서야 했다.

"오래전의 선배님이 그리울 겁니다."

언젠가는 그와 다시 한 번 부딪쳐야 할지도 모른다는 막연한 예감이 들기도 했다. 혹시라도 그런 일이 생긴다면 그와 좋은 인연으로 조우하고 싶었다. 내가 사무실을 나간 뒤 그가 조금은 쓸쓸한 표정으로 광화문을 내려다보며 자신을 돌아본다면 훗날 우리의 조우가 불가능한 일도 아닐 것이다. 인연에 대한 환상은 언제나 일방적이라는 기대심리를 몰아내며 나는 신문사를 빠져나왔다.

치열함보다 무기력함으로 가득했던 첫 직장의 기억을 털어

내며 나는 지하철역으로 향했다. 머리보다 발길이 먼저 제 갈 길을 찾아가고 있었다. 순이 씨가 입원해 있는 병원이었다. 약속한 날보다 한참 늦게 나타난 내게 민자 씨는 어떤 반응을 보일까? 그사이 순이 씨의 건강이 더 나빠져 일을 치른 것은 아닌지, 내가 고민하고 갈등하며 시간을 보내는 동안 순이 씨는 죽고 민자 씨는 병원에서 사라졌으면 어쩌지, 하는 불안감이 몰려왔다. 만일 그렇다면 나는 순이 씨의 마지막 부탁을 거절한 것이고, 한 여성의 처절한 삶을 외면한 것이나 다름없었다. 또 나에 대한 민자 씨의 믿음과 신뢰를 저버린 것이니 비겁한 김 부장과 다를 것이 없었다.

지하철은 제 시간보다 늦게 도착했다. 앞차와의 속도를 조절하느라 역마다 정차 시간이 길었다. 택시를 탔어야 했다.

누군가를 위해 그토록 숨 가쁘게 계단을 뛰어오른 것은 처음이었다. 길고 가파른 계단을 이용하는 사람은 드물었다. 나처럼 후회할 일을 만들지 말아야 할 사람들이거나, 아니면 뭔가에 쫓기는 사람들일 것이다. 그리운 사람을 만나러 가는 이의 걸음은 그렇게 쿵쾅거리며 스텝이 꼬이지 않는 법이다. 나는 죽을힘을 다해 달렸다. 아버지를 피해 옥인동 좁은 골목을 내달렸듯 내 비겁함에 잡히지 않으려면 최선을 다해 달려가 그녀들을 만나야 했다. 순이 씨가 내민 손을 잡아주지 않으면 죽을 때까지 좁은 골목길을 달리던 기억으로부터 자유로울 수 없을 것이었다.

병원에 도착하기까지 나는 어둡고 칙칙했던 내 인생의 길고 긴 터널을 통과하는 것만 같았다. 멍투성이 문방구 여자 꿈도 꾸지 않을 것이고, 불행했던 내 유년 타령이 지겹다고 떠난 남편으로부터도 해방될 수 있을지도 몰랐다. 그리고 미군의 폭행으로 자살한 정순 씨의 환영한테도 더 이상 죄책감을 느끼고 싶지 않았다.

피로와 질병과 약품 냄새로 팽창된 병원 공기를 뚫고 곧바로 옥상으로 가는 승강기에 올랐다. 그곳에 민자 씨가 있을 거라는 확신은 없었지만 그곳이 아닌 병실에서 그녀를 다시 만나고 싶지는 않았다. 옥상에서 그녀를 처음 만났을 때처럼 오늘도 그렇게 우연히 만나면 민자 씨와 조금 더 가까워질 것 같았다.

전과 다름없는 옥상의 풍경을 돌아보면서 나는 오른쪽 구석에 있는 환기구 쪽으로 걸어갔다. 그곳은 환기구와 난간이 높아 옥상 출입구에서도 잘 보이지 않았고 바람을 피하기에도 적당했다. 그곳에 앉아 담배를 피우며 졸거나 책을 읽다 보면 언젠가는 민자 씨가 나타날 것이었다. 그녀가 담배를 끊었거나 병원을 떠나지 않았다면 분명 옥상으로 올 것이고 익숙한 장소에 대한 미련을 버리지 않았을 터였다.

그녀를 기다릴 생각을 하자 오히려 여유로운 기분이 들었다.

옥상 난간을 넘실거리는 겨울 햇빛과 알싸한 바람이 기분 좋게 와 닿았다. 불붙인 담배를 물고서 첫사랑의 장소인 양 환기구 옆으로 다가가는데, 누군가 벌떡 일어서며 소리쳤다.

"왔니!"

민자 씨였다.

"어떻게?"

"관심법이 통했구나. 이 시간에 나타날 줄 알았다."

"정말 그런 거 볼 줄 아세요?"

"지랄하고 있네. 보긴 뭘 봐. 어쩌다 맞은 거지."

"난 또⋯⋯."

"나타난 걸 보니 기자 노릇 제대로 해보겠다는 뜻인 거 같은데?"

민자 씨가 불씨만 남은 꽁초를 난간에 비비며 말했다. 며칠 전보다 눈꺼풀이 더 내려온 듯했고 얼굴도 푸석해 보였다. 손등의 힘줄은 금방이라도 튀어나올 듯 솟았고 손가락 마디도 툭툭 튀어나와 있었다. 요양보호사 가운만 벗으면 그녀도 누군가의 보호를 받아야 할 만큼 노쇠한 모습이었다. 그녀의 몸 중 나이를 가늠하기 어려운 부분은 말이었다. 소리의 강도와 단어의 정확성, 앞뒤 개념은 전직 기자인 나도 달릴 정도로 세고 간결해서 당황스러울 정도였다.

"아직 대답 안 했는데요……."

"야, 세상은 너 같은 사람이 바꿔야 해. 그 위에서 잘난 척하는 것들은 절대로 세상일에 힘 안 쓴다. 힘쓰는 척만 하는 거지. 그것들이 뭐가 아쉬워서 저승길이 코앞인 노인네들 일에 혈압을 올리겠냐. 그것들은 국민을 대변하는 것이 아니라 어떻게 하면 저희들 입장이 빛날까만 생각하는 놈들이야. 나는 정치도 모르고 외교도 모르지만 사람의 도리와 자존심이 뭔지는 안다. 너와 내가 도모한다고 이 문제가 해결될 거라고는 생각지 않아. 그래도 너 같은 애가 한 번쯤은 그런 시도를 해봐야 한다고 생각해. 니가 가서 한 놈을 잡아오든 두 놈을 잡아오든 허탕을 치고 오든 상관없다. 순이 언니가 아직 살아 있으니 어떤 노력이든 해보고 싶은 거야."

순이 씨 때문에 사직서를 냈다는 얘기는 하기 싫었다.

"어떻게 풀어나가야 할지 자신 없지만 한번 해볼게요."

그제야 민자 씨 얼굴이 달라졌다.

"나라님도 해결 못하는 일을 너한테 맡겨서 미안한데, 나는 왠지 니가 믿음직스럽다. 새끼를 낳아본 적이 없어 잘은 모르지만 너 같은 아들 하나 있다면 든든할 거 같아."

"내가 그렇게 사내다워요? 그렇게 여자다운 매력이 없냐고요?"

정색을 하며 덤비자 그녀가 소녀처럼 두 팔을 흔들며 웃었다. 쪼글쪼글한 입술과 누런 이가 열리고 닫힐 적마다 오래전 오키나와 파인애플 공장으로 돈 벌러 갔던 처녀의 미소가 부끄러운 듯 흘러나왔다. 민자 씨를 살아오게 한 힘은 그 미소가 아니라 그 미소를 잃게 만든 기억이었을 것이다. 그녀가 순이 씨를 위해서 한다는 이 일 역시 웃음을 잃어버린 자신에 대한 연민일 수도 있었다. 언제 꼭 닫힐지 모르는 그녀의 불안한 입술을 바라보며 나는 한 번 더 그녀를 위해 허세를 부렸다.

"저 인기 많아요. 성격 좋지, 미모 되지, 술 잘 마시지, 화끈하지, 어떤 남자가 싫어하겠어요?"

"하이고! 그래서 이혼당했냐?"

"그 자식은 내가 버렸어요. 결혼은 의리와 연민으로 하는 게 아닌데, 제 실수였어요."

"실패가 아니라 실수라고 생각하니 다행이다. 좋은 놈 만날 기회가 있을 거야."

다리가 아픈 듯 그녀는 바닥으로 내려앉았다. 내가 온다는 걸 알았던 것일까, 바닥에는 넓은 박스가 두툼하게 깔려 있었다. 아늑했다.

"순이 씨는 장춘 부대에서 무사히 탈출하신 거죠? 그다음엔 어떻게 사셨대요?"

171

순이 씨의 다음 이야기가 궁금했다. 수첩에는 157부대가 이동한다는 정보를 입수한 언니가 순이 씨에게 기회가 생기면 도망치라고 한 데서 끝이 났다. 순이 씨는 집으로 돌아갈 생각에 늦도록 잠을 이루지 못하며 고향을 떠올렸다. 순이 씨가 어떻게 그곳에서 도망친 것인지는 수첩에 기록되어 있지 않았다. 민자 씨는 깊은 한숨과 함께 입을 열었다.

"그 언니라는 여자가 아주 나쁜 년은 아니었던 모양이더라. 매질하면서 그놈들 받으라고 할 때는 악마 같았는데, 어떨 때는 전혀 다른 사람처럼 행동하기도 했대. 듣기로는 그 언니라는 여자도 어디선가 잡혀왔는데 영어랑 일본어를 잘하니까 그놈들이 위안소 관리를 맡긴 것 같다고 하더라.

하루는 순이 언니가 하도 몸이 아파서 죽으려고 한밤중에 몰래 산으로 올라갔는데 그 언니라는 여자가 숲속에서 울고 있더란다. 그 여자가 어찌나 구슬프게 울던지 순이 언니가 옷고름을 뜯어 나무에 목을 매려다 그만뒀대. 그 여자도 제 목숨 스스로 끊지 못해서 그렇게 독하게 살았던 모양이라고 하더라. 죽음보다 더한 고통을 겪어본 사람들은 다들 그럴 게야. 순간순간 구차하게 사느니 죽는 게 낫다고. 하지만 생목숨 끊는 게 어디 그리 쉽겠니. 그 여자도 아마 그랬을 거야. 무슨 사연으로 거기까지 끌려왔는지는 모르지만 제 여동생 같은 어린것들에게 매질을 하면서까지 그 짓을 시켜야 했으니 자신을 용서하기 어려웠을 테지. 순이 언니가 그 여자에 대해 조금 다르게 생각하기 시작한 것도 그때부터라고 하더라.

그러니까 순이 언니가 그 악마의 굴에서 빠져나올 수 있었던 것은 그 여자 때문이었어. 그 부대가 이동한다는 얘기가 돈 지 이틀 만에 분위기가 수상해서 보따리를 챙겨놓고 도망칠 준비를 했단다. 얼마나 가슴을 졸였겠니. 한숨도 못 자고 새벽까지 판자문 틈으로 밖에만 살피고 있었는데, 뿌연 안개 속으로 군용 도라쿠 한 대가 올라오더니 굴 앞에서 멈추더란다. 심장이 튀어나올 듯 쿵쾅거리는 걸 간신히 참고 있는데 옆방에서 똑똑 하는 소리가 들리더래. 무슨 신호 같은 예감이 들어서 보따리를 움켜쥐고 살그머니 밖으로 나왔다지. 다른 애들도 하나둘 움막에서 뛰쳐나와 도라쿠로 달려가더래. 순이 언니도 그때부터는 뒤도 안 보고 앞만 보고 뛰었다더라.

순이 언니가 막 도라쿠에 올라타려는 순간, 그 언니라는 여자가 달려오면서 순이 언니를 부르더란다. 그 여자는 늙은 일본놈이랑 함께 지내고 있어 쉽게 빠져나올 수가 없었던 모양이야. 도라쿠는 부르릉거리고 그 여자는 뛰어오고 애가 탄 순이 언니가 도라쿠 운전사에게 잠깐만 기다려달라고 소리쳤단다. 순이 언니 목소리가 얼마나 크고 무서웠던지 사복 입은 운전사가 대번에 고개를 끄덕거렸다지.

언니 평생 그토록 크게 소리쳐본 적은 처음이었대. 그동안
참았던 설움과 고통이 한꺼번에 터진 거겠지. 막다른 골목에 이
르면 생쥐도 고양이를 문다고 하잖니. 사람이라면 같이 가자고
소리치며 달려오는 그 여자를 그냥 두고 갈 수는 없었겠지. 다
행히 그 여자는 달려와 순이 언니의 손을 잡았고 도라쿠로 간신
히 끌어올렸는데 뭔가 이상하더래. 순이 언니가 앞쪽을 바라보
니 늙은 일본 놈이 총을 들고 굴 입구에 서 있더란다. 그놈이 도
망치는 그 여자를 향해 총을 쏜 거지. 결국 그 여자는 얼마 못 가
서 죽고 말았단다. 순이 언니가 죽을 때까지 그 여자를 안고 있
었는데, 죽어가면서 미안하다고 몇 번을 그러더래. 그러면서 허
리춤에 매고 있던 전대를 풀어 순이 언니한테 주면서 만주 어
디어디에 가면 이 아무개라는 사람이 있는데, 그 사람한테 이걸
꼭 전해주라고 했다는 거야.

안고 있던 사람이 죽었으니 순이 언니는 얼마나 무섭고 당황
스러웠겠니. 하지만 자신도 도망쳐야 하는 처지라 그 여자를 그
냥 바닥에 가만히 내려놓았대. 다른 애들도 울거나 안타까워하
는 기색이 아니었다고 하더구나. 왜 안 그렇겠니. 그 여자 눈도
못 감고 죽어서 순이 언니가 보따리 속에 있던 치마를 꺼내 덮
어주었다지."

민자 씨는 마치 자신이 겪은 일인 양 자세하게 말했다. 시종일관 같은 자세로 앉아 자신의 발끝을 바라보거나 나를 응시하면서 얘기했다. 때로는 감정이 격해져 목소리가 떨리기도 했고 때로는 차갑고 시니컬하게 말하기도 했다. 담뱃갑이 옆에 놓여 있는데도 그녀는 손을 대지 않았다.

각자 다른 시간을 살아왔는데, 순이 씨와 민자 씨, 우리는 어쩌면 다른 시간 속에 존재하고 있는 같은 이야기를 하고 있는지도 몰랐다. 불러내고 토해낸 기억의 핵심은 결국 원치 않는 시간이 가한 폭행이라는 사실이었다. 그 시간이 잊히지 않고 전해지고 또 전해져 내게까지 온 것이라면, 나는 민자 씨보다 더한 울분과 사명으로 또 다른 누군가에게 이 사실을 전해야 할 것이었다.

"부대를 빠져나온 도라쿠는 저녁 무렵이 다 돼서야 무슨 역 근처에서 멈추더란다. 그 여자 말만 믿고 도라쿠에 올라타긴 했지만 또 다른 부대로 데려가는 것은 아닌가 해서 한순간도 마음을 놓을 수가 없었대. 여자가 죽었으니 물어볼 수도 없고 달리는 도라쿠에서 뛰어내릴 수도 없고 서로들 눈동자만 굴리면서 겁에 질려 울다 졸다 했다는 거야. 순이 언니도 이제 죽거나 살거나 둘 중 하나라고 생각했단다. 여차하면 도라쿠에서 뛰어내려 죽을 생각까지 했다지. 그런데 그 도라쿠가 애들을 역에

다 내려놓더니 조용히 사라지더래. 처음에는 어디선가 군인들이 기다리고 있다가 총알 세례를 퍼붓는 것은 아닌가 해서 서로 얼싸안고 주변을 뱅뱅 돌며 떨기만 했단다. 한참을 그렇게 겁에 질려서 움직일 생각을 못하고 있는데, 때마침 저만치서 기차가 오더란다. 이제 살았구나 싶어서 무작정 기차를 향해 달렸다는구나. 순이 언니, 그 얘기 할 때는 픽하고 웃기까지 하더라. 그 얘기를 열 번도 더 들었는데 그때마다 자기가 그렇게 달리기를 잘하는 줄 몰랐다는 거야.

순이 언니 아버지도 걸음이 하도 빨라서 별명이 호랭이였다고 하더라. 양조장을 했으니 거의 매일 술을 마셨는데도 축지법을 쓰는 사람처럼 휙 하면 눈앞에서 사라지곤 했대. 한번은 읍내 술집서 친구들이랑 무슨 일을 도모하다가 누군가의 밀고로 주재소 순사들이 들이닥쳤는데, 순이 언니 아버지가 자전거를 타고 뒤쫓는 순사보다 더 빨리 도망쳐 화를 면했단다. 자신이 만약 아버지를 닮지 않고 어머니를 닮았더라면 죽었을지도 모른다고, 또 좋은 세상을 만났더라면 올림픽에 나가 금메달을 땄을 거라며 웃더라."

"그래서 무사히 그곳을 빠져나갔군요. 그럼 그 언니라는 여자가 마지막으로 한 부탁은 들어줬나요?"

"그 이 뭐시기라는 사람을 만주까지 가서 만났다는구나. 다행히 기차에서 그쪽으로 가는 사람들을 만나 동행하게 되었단다. 믿을 만한 사람들 같아 그 언니가 적어준 종이쪽지를 보여 줬더니 친절하게 가르쳐주더란다. 어린 처녀가 몰골이 수상하니까 먹을 것도 주고 옷가지도 주면서 고향으로 돌아갈 때까지 몸조심하라고 하더래. 그 말을 들으니 자신이 그동안 무슨 짓을 당하며 살았나 싶어 눈물이 쏟아지더란다. 나도 이리 치가 떨리는데 당사자인 언니는 오죽했겠니.

그 이 씨라는 사람은 학교 선생이더래. 작은 마을 안쪽에 벽돌로 지은 학교 건물이 있었는데 쫄쫄대는 남학생들만 우글우글했대. 나중에 알고 보니 일본과 싸우기 위해서 군사교육을 시키는 곳이었단다. 죽을 고비를 넘기며 찾아간 그곳에서 순이 언니는 고향 사람을 만났지 뭐니. 그 언니가 이 씨라고 소개해준 그 사람이 순이 언니랑 같은 천안 사람이었던 모양이야. 부모님을 만난 것처럼 반가워 이 씨를 끌어안고 또 한참을 울었단다. 그 사람도 순이 언니 얘기를 듣더니 한동안 분을 참지 못해 책상을 탕탕 쳤다더라.

순이 언니가 천안의 무슨 양조장집 딸이라고 자신을 소개했더니 이 씨 표정이 또다시 어두워지면서 어쩔 줄을 모르더란다. 그러면서 순이 언니에게 집으로 돌아가겠다면 천안까지 안전하게 데려다줄 테니 걱정하지 말라고 했대. 하지만 순이 언니는 집으로 돌아가지 않겠다고 했단다. 이 씨도 순이 언니가 왜 그런 대답을 할 수밖에 없는지 짐작하는 터라 더 이상 강요하지 않았고. 대신 그 무관학교에 딸린 방 한 칸을 내주며 못다 한 공부나 하며 지내라고 하더래. 거기서 학생들 밥도 해주고 빨래도 해주면서 살다가 해방이 되어 서울로 돌아왔다는 거야."

"무슨 학교라고요?"

"뭐라더라. 거기 졸업한 학생들 대부분이 독립운동을 했대."

"그 이 씨라는 사람은 그러니까 순이 씨 고향인 천안과 연관 있는 사람이었군요?"

"글쎄? 전에 들었는데 잊어버렸어. 아마 순이 언니 아버지하고 아는 사이라던데, 그럼 독립운동을 했거나 그 여자처럼 독립 자금을 도왔거나 그랬을 테지."

순이 씨 수첩 속에는 가끔씩 외지 손님들이 찾아와 양조장 뒤꼍에서 심각한 이야기를 나누고 떠났다는 얘기가 있었다. 그렇다면 그 외지 손님들이 순이 씨가 만난 만주에서 온 사람들일 가능성이 높았고, 장춘 위안소의 그 여자도 그들과 인연이 있다는 소리였다.

순이 씨의 기록이 그날의 역사를 생생하게 증명이라도 하듯 퍼즐처럼 맞춰졌다. 기억이 사실로 드러나고 진실이 규명되면 그 과거의 무게를 현재의 내가 온전히 짊어져야 할지도 모른다는 생각이 들었다. 겁이 났다.

"그럼, 순이 씨는 끝까지 천안으로 돌아가지 않은 거예요?"

"집이 그리워 한밤중에 두어 번 찾아갔다가 그냥 돌아왔대. 죄 지은 놈들은 멀쩡히 얼굴 쳐들고 다니고 아무 죄 없이 끌려가 만신창이가 되어 돌아온 여학생은 평생 죄인 아닌 죄인으로 사느라 부모 형제 얼굴도 못 보고 저리 병든 늙은이가 되었으니, 무슨 놈의 이런 세상이 다 있다니.

해방이 되자 순이 언니는 서울로 내려와 지금까지 바느질해서 먹고살았단다. 종업원을 대여섯 명씩이나 두고 무슨 양장점인지 옷 공장인지를 해서 돈은 많이 벌었단다."

"지금 상태는 어때요?"

"한을 못 풀어 그런지 금방 죽을 것 같지는 않다. 니가 다녀간 뒤 뭔가 기대하는지 전보다 정신이 더 또렷해졌어. 기력이 쇠약해져 바깥출입을 못해 그렇지 자신이 어떻게 살았는지는 지금도 생생하게 기억하고 있는 눈치야. 너도 언니가 수첩에 쓴 글을 읽어서 알 테지만 글 솜씨가 여간 아니잖니. 그런 시련만 당하지 않았더라면 큰일 했을 사람이다. 그 와중에도 글을 쓴 걸 보면 보통 사람은 아닌 게 분명해. 차라리 기억 못하면 더 편할 텐데, 혼자 멍하니 있다가 눈물을 주르륵 흘리는 걸 보면 참…… 기가 막힌 인생이지."

민자 씨는 참았던 듯 급하게 담배를 꺼냈다. 담배가 간절하기는 나도 마찬가지였지만 말없이 듣기만 한 공역으로 함께 피우자고 하기는 왠지 미안했다.

"제가 순이 씨의 한을 풀어주겠다고 장담은 못해요. 그건 할머니도 잘 아실 거예요. 제가 이 문제를 해결해보겠다고 하면 다들 미쳤다고 할 거예요. 장관도 아니고 국회의원도 아닌 한낱 전직 여기자 출신의 이혼녀가 무슨 개 풀 뜯어먹는 소리냐고요. 유엔이 말해도 무시하고 세계인권위가 설득해도 모르쇠 하는 놈들을 제가 어떻게 꺾을 수 있겠어요."

"그러니까 주제 모르고 날뛸 것 같은 너한테 그놈들 잡아오라고 하는 거 아니냐?"

민자 씨는 내게 담배 연기를 날리며 눈을 찡긋거렸다. 겸손을 치장한 내 의지를 그녀가 비웃는 것이었다. 그녀의 그런 배짱과 여유가 국가와 민족을 생각하는 사람들에게 조금만 있었다면 순이 씨의 불행이 그토록 긴 세월 동안 병실에 갇혀 있지는 않았을 텐데 말이다.

"진짜 사고 한번 크게 쳐볼까요? 그동안 못한 실력 발휘 제대로 해볼 테니까 할머니는 순이 씨나 잘 돌보세요."

"순이 언니 쉽게 안 죽을 테니 걱정하지 마. 나도 그놈들이 어떻게 생겨먹었는지 꼭 한 번 보고 싶다."

그녀와 나의 결의는 그렇게 맺어졌다. 얼마 남지 않은 순이 씨의 죽음 때문만은 아니었다. 우리에게는 꼭 한 번 속 시원히 밝히고 싶은 억눌린 감정이 있었다. 가슴에 묻지도 잊지도 못하는 울분을 가진 사람들은 대개 겉으로는 냉소적이지만 언제든 그 울분을 토하게 해줄 따뜻한 사람을 그리워하는 법이다. 민자 씨와 나는 운 좋게도 그걸 서로 알아본 셈이었다. 속된 말로 얘기하자면 고생을 많이 하며 살아온 사람들은 눈치가 백단이라 아군인지 적군인지 빨리 파악한다는 소리다.

그녀가 스웨터 주머니 속에서 무언가를 꺼냈다. 천으로 된 작은 파우치였다.

"이거 너 가져라."

"뭔데요?"

"돈이다."

"이걸 왜 나한테 줘요?"

민자 씨는 파우치 지퍼를 열더니 거꾸로 들어 바닥에 내용물을 쏟아놓았다. 화장품 샘플 몇 개와 손톱깎이, 면봉, 휴지 몇 장, 동전들이 어지럽게 흩어졌다. 그중 눈에 띄는 것은 통장과 도장이었다. 그녀는 붉은 인주가 묻어 지저분해 보이는 통장을 집어 내게 내밀었다.

"이거 가지고 가서 맘대로 써라. 하루 이틀 걸릴 것도 아니고 맨손으로 갈 수는 없잖니."

거기까지는 생각하지 않았는데, 그녀의 말을 듣고 보니 맨손으로 전쟁에 나갈 판이었다. 그렇다고 해도 그녀의 돈을 써가며 이 일을 하고 싶지는 않았다.

"저도 돈 있어요. 몇 푼이나 들어 있다고."

"너, 나 무시하는구나. 아마 너보다는 많을 거다. 당장 비행기 표 끊을 돈도 없지? 괜히 허세 부리지 말고 이 돈 갖다 써."

그녀가 억지로 내 손에 통장을 쥐어주었다. 그녀 말대로 비행기 값하고 숙박비만 해도 적잖은 돈이 필요했다. 모든 걸 카드로 결제한 다음에 돌아와서 생각한다고 해도 솔직히 내 능력으로는 버거운 일이었다. 더구나 순이 씨는 부자라고 했다. 혈육 같은 민자 씨에게 자신을 그냥 의지하지는 않았을 것이었다. 당당하게 받아 써도 된다고, 아니면 나중에 돈 벌어 갚으면 된다고 누군가 내 안에서 속삭였다.

"그럼, 나중에 돈 내놓으라고 하지 마세요. 이 돈 모두 찾아서 막 쓸 거예요."

쏟았던 물건들을 다시 파우치에 담으며 그녀는 혼잣말하듯 말했다.

"네 주제에 그럴 배짱이나 있을까 모르겠다. 돈도 써본 놈이 쓰는 거란다."

도대체 얼마나 들어 있기에 저리 큰소리를 치나 싶어서 통장의 마지막 인쇄 면을 열었다. 순간 숫자가 잘못 기재된 것은 아닌가 했다. 다시 확인해보았지만 통장 잔고에는 분명 억대의 숫자가 찍혀 있었다. 첫 장 첫 줄에 찍혀 있는 돈은 매달 몇만 원의 지출 이외에는 숫자의 큰 변화가 없었다. 수입만 있고 지출은 없는 통장이나 마찬가지였다. 그렇게 큰돈은 처음이었다. 공연히 가슴이 두근거렸다. 고작해야 몇천만 원, 아니 몇백만 원 정도 들어 있을 거라는 예상은 보기 좋게 빗나갔다.

"왜? 적으냐?"

"노인네가 무슨 돈이 이리 많아. 혹시 복권 당첨됐어요?"

"그래, 순이 언니가 내 복권이다."

그녀가 싱겁게 웃었다.

"그 돈으로 행복하게 살 수 있다면 얼마나 좋겠냐마는 순이 언니나 나는 그렇게 못한다. 돈으로 고통을 잊고 새사람이 될 수 있다면 참 편할 텐데, 순이 언니와 나는 그러지 못했다. 돈은 돈을 가져야 행복해지는 사람이 주인이 된단다. 돈보다 제 자신이 귀한 사람은 아무리 돈을 많이 가져도 행복해지지 않아. 나는 돈 때문에 한 번도 행복한 적이 없었어."

"돈보다 자존심이라? 가난해보지 않은 사람들은 그렇게 말할 수 있지만 대부분의 사람들은 그렇게 생각하지 않아요. 돈

없이는 문밖으로 한 발짝도 나갈 수가 없거든요."

"돈이 중요치 않다는 소리가 아니다. 돈으로는 행복을 얻을 수 없는 사람들이 있다는 뜻이야."

그냥 해보는 소리가 아니었다. 그렇지 않다면 병원에서 만난 내게 거액이 들어 있는 통장을 통째로 맡기지는 못할 것이다. 그녀와 순이 씨의 삶을 맨손으로 만지는 기분이었다. 그녀들이 꿈꾸는 간절함이라는 것은 과거에 대한 복수나 사죄보다 순간만이라도 행복해지는 것이었다. 두 사람의 그 행복추구권에 대한 소임을 내가 맡은 거라면, 그리고 일말의 책임을 느끼는 사람이라면 그녀들에게 그 행복을 돌려줘야만 했다.

민자 씨에게 도로 통장을 내밀었다. 그녀는 두 손을 주머니 깊숙이 찔러 넣고는 요지부동이었다.

"그런 배짱도 없으면서 그놈들을 무슨 수로 잡아온다는 거야? 자신 없으면 포기하든지……."

아무리 그래도 그런 큰돈은 받기가 겁이 났다. 민자 씨를 만나 호기롭게 한마디 하고는 바로 떠날 작정이었다. 그녀에게 가난한 내 생활이 들통난 것 같아 힘이 빠졌다. 이제껏 누구한테 고기 한 번 사주지 못한 내 처지를 미뤄보면 솔직히 맘 놓고 쓰라는 돈의 유혹을 뿌리치기 어려웠다. 생활비만으로도 빠듯한 터라 엄마와 기찬에게 의미 있는 선물 한 번 사주지 못했다. 나도 가끔은 나를 가꾸는 데 돈과 시간을 투자하고 싶었다.

그래도 그 돈을 받으면 당당하게 사표를 내던진 체면이 서지 않을 것 같았다.

"이 돈 받으면 사명감이 안 생길 거 같은데요."

받은 통장을 그녀의 주머니 속에 찔러 넣으려 하자 그녀가 몸을 돌려 피했다.

"야, 독립군도 맨손으로 나라 찾겠다고 하지 않았어. 돈 없이는 움직이지 못한다. 앞장서서 해보겠다고 자청했는데 이깟 돈 몇 푼이 뭐가 아깝다고 못 주겠니. 순이 언니 생각하면 총까지 구해주면서 그놈들 찾아내 바로 쏴 죽이라고 하고 싶다. 너도 여자니까 충분히 공감할 거다. 그러니까 이 돈은 우리 한을 푸는 데 써야 할 돈이지, 네 휴가비라고 주는 돈이 아니야."

민자 씨가 정색을 하며 진지하게 말했다. 더 이상은 거절하기 어려웠다.

"하긴 내가 언제 이런 돈 만져보겠어요……. 완전 복권 당첨됐네!"

"그래, 내가 네 복권이다."

민자 씨가 큰 소리로 웃었다. 어떻게든 날 편하게 해주려는 그녀의 배려가 눈에 보였지만 더는 내색할 수가 없었다.

"……."

"몸조심해라."

그녀를 안아주고 싶었다. 무슨 감정인지는 모르지만 그녀와 잠시 헤어지려니 서운했다. 이 일의 발단은 그녀로부터 시작된 것인데, 내가 마치 그녀의 모든 기대를 안고 대처로 떠나는 아들 모양새였다. 나는 말없이 다가가 그녀를 꼭 안았다. 내게도 그런 타인에 대한 애정이 있었는지는 알 수 없지만 손바닥으로 전해지는 그녀의 앙상한 등뼈에서 내 온기를 발견했다. 나는 나를 버린 것이 아니라 외면하고 있었을 뿐이었다. 내 온기를 발견해줄 누군가를 그리워하면서 기다리고 있었던 것이다.

"징그럽게 왜 이래. 외로움 타느라 일 못하는 거 아니야?"

그녀가 내 어깨를 흔들며 물었다.

"저 애인 있어요. 그것도 아주 젊은 놈."

"하이고! 어련하실까⋯⋯."

"연락 자주 못할 거예요."

"알았다. 내 죽지 않고 기다리마."

모의를 끝낸 우리는 저물어가는 도시를 내려다보며 마지막 만찬인 양 맛있게 담배를 피웠다. 그녀의 담배 연기가 다른 날보다 멀리 날아갔다. 나는 고개를 뒤로 젖히고 하늘을 향해 연기를 뿜었다. 무엇을 결심했든 가슴이 꽉 찬 느낌이었다. 수능을 하루 앞둔 날도 이처럼 긴장되지 않았고,《대한신문》입사

시험 전날도 이처럼 내 인생이 역사적이라는 느낌은 들지 않았다. 그녀의 말처럼 나는 어쩌면 겁 없는 결심을 한 것인지도 몰랐다.

8

이틀 후 나는 인천공항으로 향했다. 단서라고는 순이 씨 수첩뿐이었지만 일단 도쿄로 가서 하나씩 추적해나갈 생각이었다. 공항은 예외 없이 붐볐다. 가방 하나 부치고 비행기표를 받기까지 한 시간 반이나 걸렸다. 출국 수속 역시 지루한 기다림의 연속이었다. 운동화까지 벗으라는 검사대 여직원의 무표정에 그만 짜증이 치솟았지만 참고 고분고분 말을 들었다.

탑승하기까지 이십여 분의 시간밖에는 여유가 없었다. 커피를 마실까, 담배를 태울까, 아니면 기찬에게 전화를 할까 생각하다가 바로 옆 카페로 향했다. 담배는 참았다가 도쿄에 도착해서 피우면 되고, 기찬에게는 엊그제 민자 씨와 헤어진 뒤 오랜 시간 통화를 했다. 그는 통화를 끊기 전까지 도쿄에 가지 말라고 했다. 절대로 내가 할 수 있는 일이 아니라고, 위험한 일 만들지 말고 조금만 더 정부를 믿어보자고 했다. 내가 자신의 말을 듣지도 않을뿐더러 사표까지 낸 걸 알면서도 끝까지 말렸다.

"말도 안 통하는데 혼자 어떻게 하겠다는 거야?"

솔직히 기찬하고 이 일을 함께 해내고 싶었다. 그가 일본어를 잘하는 것도 물론 도움이 되겠지만, 혹시라도 내 감정이 객관화하지 못하고 폭력이라는 개인적인 문제로만 기사화될 수도 있었다.

"그러니까 네가 좀 도와주면 되잖아."

"다른 일이라면 선배가 부탁하지 않아도 당연히 함께 가겠지만 이 일은 왠지 안 하는 게 좋을 거 같아."

"하긴 너하고 나하고는 처지가 다르니까……."

함께 가자고 말하지 말았어야 했다. 얼마 전 고깃집에서 느낀 설렘을 이유로 기찬에게 부탁한 것만 같아 전화를 끊고 나니 공연히 쪽팔렸다. 그에게 떠난다는 얘기나 할까 싶어 전화기를 꺼냈던 나는 그 생각이 떠올라 그만두었다. 내 모든 걸 이해할 수 있다고 덤비는 그의 이기심을 받아들일 수 있을 정도는 아직 아니었다. 전남편도 내게 그런 말을 했다. '너는 사랑하는 법을 몰라. 그걸 알 때까지는 다시 결혼 같은 거 하지 마.' 기찬에게 느끼는 감정이 설렘 정도라면 아직 사랑이라고 할 수 없었다.

이만큼의 거리에서 그를 바라보며 느끼는 설렘의 자유도 나쁘지 않았다. 앞에 선 남자의 주문이 길어지는 동안 나는 기찬과의 통화를 생각하며 지루함을 잊었다.

열 시 도쿄로 출발하는 게이트 앞은 생각보다 한산했다. 잠깐이라도 앉아 커피를 마실 요량으로 빈자리를 찾다가 세 자리가 비어 있는 의자에 가 앉았다. 맞은편 의자에 큼지막한 가방을 베고 누워 있는 남자가 신경에 거슬렸지만 금방 일어날 테니까, 하고 애서 무시했다. 장기 여행자인 듯한 남자는 붉은색 비니로 얼굴을 가린 채 자고 있었다. 검정 점퍼와 청바지 차림이 자유로운 여행자의 느낌이 나 편안해 보였다. 자고 있는 남자 옆으로 세 명의 중년 여자들이 앉아 수다 삼매경에 빠져 있었고, 그 옆으로 한 여자가 초등학생과 중학생쯤 돼 보이는 두 딸들과 함께 있었다. 엄마와 두 아이 모두 각자의 스마트폰에 빠져 있었지만 한눈에도 가족처럼 보였다. 말하지 않고 각자 다른 곳에 정신이 팔려 있어도 함께 여행을 떠날 수 있는 가족이라면 불행할 이유가 없었다.

공항에서의 즐거움 중 하나는 다양한 사람들을 보는 것이었다. 자신을 극복하기 위한 여행이나 깨달음을 찾고자 떠나는 여행이라 할지라도 공항에서 만난 이들은 대체로 무심과 비움을 가장하고 있는 긴장한 여행자일 뿐이었다. 나 역시 커피를 홀짝이면서도 주위의 여행자들에 대한 경계를 늦추지 못했다. 탑승 시간이 가까워졌다. 출구 앞에는 어느새 긴 줄이 만들어졌다. 코를 골던 남자가 몸을 뒤척였다. 종이컵을 버리러 가려던 나는 뭔가 석연치 않은 느낌이 들어 뒤돌아보았다. 얼굴을 덥고 있던 비니가 바닥으로 떨어지자 남자가 인상을 찌푸리며 일어나 앉았다. 어쩐지 남자의 운동화가 낯설지 않았다. 기찬이었다.

"너 뭐야! 왜 여기에 있니?"

"나도 일본 출장 가."

일본 출장이야 이상할 것이 없지만 나와 같은 비행기라는 사실은 거짓말 같았다.

"너, 내 뒷조사한 거니?"

"우연이라는 것도 있잖아."

우연 타령하며 웃는 걸 보니 내 비행기 시간을 알아낸 게 틀림없었다. 예기치 못한 장소에서 그를 만나니 당황스런 한편으로 반가웠다.

"어쩌려고? 하루 이틀에 해결볼 일 아닌 거 알면서."

그는 아랑곳하지 않았다. 옆 사람들 짐까지 챙겨주고는 나를 창가 구석자리로 몰아 앉혔다. 꼼짝없이 그와 나란히 앉아서 도쿄까지 날아갈 판이었다.

"선배 용기가 가상해서 가만히 있을 수가 없었어. 천방지축 이혼녀가 또 무슨 사고를 칠지 걱정도 되고. 문제는 용기는 가상한데 일본어 한마디 못하면서 무슨 일을 해내겠다는 건지, 전화 끊고 나니까 잠이 안 오더라. 그래서 치질 터졌다고 뻥치고 병가 냈어."

"너 같은 애한테는 세상이 참 너그럽구나. 하긴 네 아버지가 《대한신문》에 주는 광고비가 얼만데 병가를 안 내주겠니. 그리고 일어 안 되면 영어로 하면 되지 무슨 걱정이야."

"선배, 걔네들 영어 잘 안 써. 우리처럼 영어 못하는 거 쪽팔린다고 생각도 안 하고."

일본은 대학교 1학년 때 오사카 방문 이후 이번이 두 번째였다. 일본말은 당연히 모르고 영어도 간단한 대화 정도밖에 할 줄 모르니 기찬의 입장에서 보면 맨손으로 전쟁터에 뛰어든 격이었다. 물론 언어라는 장애물을 염려치 않은 것은 아니었다. 일어사전도 준비했고 스마트폰 번역기도 의지할 생각이었다. 최후에는 도쿄대에 강사로 있는 친구 동생에게 부탁하려고 연락처까지 알아냈다.

"이 일은 잃어버린 친구를 찾으려고 태평양을 건너온 그런 감동적인 드라마가 아니야. 위험을 감수해도 가능성이 제로일 수 있는 다큐란 말이야. 그런데 맨손으로 어떻게 풀어나가겠다는 거야?"

들을수록 자존심이 상했다.

"그렇게 잘 알면서 왜 그동안 구경만 하고 있었니? 싸움은 꼭 무기로만 하는 게 아니야. 너는 내 손에 뭐가 들려 있는지 안 보이니? 내 손에는 무기보다 더 강력한 증거라는 게 있어. 이걸 가지고 공식을 만들어 하나하나 풀어갈 거야. 너는 태어날 때부터 모든 게 준비되어 있는 사람이지만 나는 처음부터 맨손이라 의지밖에 믿을 게 없어."

"그래서 따라온 거야. 선배의 머리와 용기, 나의 첨단무기를 이용하면 이길 수 있다니까."

기찬이 큰 힘이 될 것은 분명했다. 그의 유창한 일본어와 폭 넓은 인맥은 틀림없이 큰 도움이 될 것이었다. 무엇보다 기찬은 정보통신기기의 위력을 마술처럼 이용할 줄 알았다.

"알았어. 더 이상 잔소리 안 할 테니까 나중에 뒷소리하지 마. 내가 너 꼬인 거 절대 아니다. 만일 무슨 일 생겨도 내 책임 아니다."

"걱정하지 마. 내가 다 알아서 할게."

우리는 오래된 연인처럼 티격태격했다. 나는 순이 씨 수첩에서 중요한 내용만 정리한 메모장을 기찬에게 보여주었다. 천안역 근처에서 화물수송선인 기차로 끌려가 장춘의 157부대에서 생활하다 도망치기까지의 기록을 연도와 날짜별로 정리했고, 순이 씨가 상대한 군인들 중 폭력이 심했던 이들만 추려서 그들의 이름과 신체적 특징을 자세히 적었다. 기찬도 군인들 명부부터 확인해보자고 했다. 그들이 살아 있는지 죽었는지, 살아 있다면 현재 살고 있는 주소지를 확보하는 게 중요하다고 했다.

"자국민도 아니고 가족도 아닌데 우리가 어떻게 그들을 조회하지?"

태평양전쟁 당시 중국 장춘의 157부대에 있었던 군인들부터 찾아내야 했다.

"방위성에 가면 당시 전쟁에 투입된 군인들 명부가 있을 거야. 거기에 그들의 주소가 남아 있지 않을까? 문제는 무슨 명분을 대고 그 기록을 열람하느냐 하는 거야."

내가 알아본 바로는 1945년 이후에 군 관련 행정을 후생성으로 이관했다고 한다. 당시 방위성을 제1복원성으로 개편했다가 아예 폐지하고 소관 업무를 후생성으로 이관했다는 정보가 있었는데, 기찬은 군 명부를 찾으려면 방위성으로 가야 한다고 말했다.

"확실해? 내가 알아본 바는 방위성이 아니라 후생성이던데?"

"아니야, 군인들은 여전히 방위성에서 관리하고 있대. 내가 아는 기자한테 넌지시 물어봤어."

그가 확신에 차 말하는 걸 보니 맞는 것 같았다. 그렇다면 도쿄에 도착하는 대로 신주쿠에 있는 방위성부터 찾아가는 게 옳았다.

"만약에 열람을 거절당하면 어떻게 할 거야?"

기찬이 그것까지 염두에 두고 대안을 준비했을까 걱정되어 물었다.

"그 기자한테 부탁하면 들어줄 거야."

"어디 신문인데?"

"《요미우리신문》이야."

신문사 성격만으로 판단할 수는 없지만, 기자 개인이 회사의 공적 범위를 벗어나는 행동을 하기는 쉽지 않았다. 보수 성향이 짙고 정부를 대변하는 데 급급한 《대한신문》 기자로 일한다는 게 얼마나 힘든 일인지 충분히 겪었기 때문이다. 나는 결국 사표를 던졌지만 기찬은 여전히 부장하고의 관계가 부드럽지 못했다. 부장이 그나마 기찬을 막 대하지 못하는 데는 그만한 이유가 있었다. 기찬이 알고 있다는 그 기자 역시 보수적인 《요미우리신문》에서 일한다면 기자로서의 주체적 신념이 강하지 않은 이상 그 신문사의 성향에서 크게 벗어나기는 어려울 것이었다. 얼마 전 《요미우리신문》 기사에서도 한일 간 일본군 위안부 협상 문제에 대해 한국 정부가 소녀상 조기 철거에 적극 나설 것이라고 보도했다. 이 기사 한 줄로 인해 위안부 합의는 우리 국민들의 더 큰 분노를 사게 되었고《요미우리신문》의 보수 성향은 더 크게 부각되었다.

"우리가 왜 그 기록을 필요로 하는지 알게 된다면 가만히 있을까?"

기찬도 아직 거기까지는 생각지 못한 모양이었다. 그는 서울에서 청와대 외신기자로 활동하다 본사로 들어간 지 얼마 되지 않았고, 이런 문제를 왜곡해서 바라볼 친구는 아니라고 했다.

"의심하기 시작하면 끝이 없어. 괜찮은 친구니까 걱정하지 마."

"그래도 우리끼리 해보고 안 되면 부탁하자."

"선배가 걱정하는 일은 생기지 않을 거야."

"그랬으면 좋겠는데. 일단 부딪쳐보자."

인천공항에서 도쿄까지의 비행시간은 두 시간 남짓 되었다. 기내 서비스로 나온 샌드위치와 커피는 기찬과의 대화에 밀려 반도 먹지 못했다. 비행기가 착륙을 위해 선회를 했고 탑승객들은 벌써 내릴 준비를 시작했다. 급하게 밀어넣은 샌드위치 조각과 식은 커피를 우물거리며 기찬과 나는 도쿄에서의 투지를 다졌다. 칠십 년 전으로 돌아가야 하는 시간 여행이었다. 그때로 돌아가 그곳의 흔적을 찾아내야 하는 일이고, 기억이 아닌 그날의 살아 있는 증거를 수집해야 하는 일이었다.

그날의 입구에 도착한 기분이었다.

하네다공항을 빠져나오자 찬바람이 매섭게 휘몰아쳤다. 눈까지 내리고 있어 정면을 응시하기가 어려울 지경이었다. 예상치 못한 추위에 당황한 우리는 잠깐 나아갈 방향을 잃었다. 택시를 타야 할지, 전철을 타야 할지 결정하지 못하고 서 있다가 내가 먼저 택시를 가리켰다. 도쿄의 지하철이 얼마나 편리한지는 들었지만 눈보라 치는 낯선 공간에서 한시라도 빨리 벗어나고 싶었다. 택시를 향해 돌진하듯 뛰어가는 내 뒤를 기찬이 군소리 없이 따라왔다. 택시에 오르고 나서야 문득 장춘의 추위만할까 싶은 생각이 들었다. 웬만해서는 영하로 떨어지지 않는다는 도쿄에서 예상치 못한 눈보라를 만나니 살이 쩍쩍 갈라진다는 극동의 추위를 잊어버렸다. 순이 씨의 혹독한 시간을 잡으러온 지 한 시간도 안 돼서 도쿄의 눈발에 엄살을 부린 꼴이었다. 이곳의 위세가 나를 시험하는 거라면 공항 문을 열고 밖으로 나오는 순간 꺾인 것이나 마찬가지였다. 공감이라는 말보다 자기확신이 더 존중받는 세상에서 순이 씨의 아픔을 모두 이해한다는 말은 역설일지도 몰랐다. 내 엄살이 지나쳤나 싶어서 기찬의 눈치가 보였다

"선배, 도쿄는 처음이지?"

택시 안은 훈훈했지만 냄새는 그다지 좋지 않았다. 고령의 택시 기사가 안녕하세요, 라는 한국말로 친절을 보였다.

"이렇게 추운 곳이었어?"

"서울보다 따뜻해."

"근데 왜 더 춥게 느껴지지?"

"본래 집 떠나면 춥고 배고픈 거야."

기찬이 별일 아니라는 듯 말했다. 그는 도쿄에서 교환학생으로 고작 일 년을 보냈을 뿐인데, 이들의 말과 문화에 대해 모르는 게 없었다. 머리도 좋지만 낯선 환경에 적응을 잘하는 특유의 성격과 친밀함 때문일 것이다. 그는 기사에게 신주쿠에 있는 방위성으로 가자고 요구한 다음에도 계속해서 내가 알아들을 수 없는 이야기를 기사와 주고받았다. 슬슬 기찬의 역할이 중요하다는 사실을 인정하지 않을 수 없었다. 나 혼자 왔다면 대중교통을 이용해 행선지 정도는 찾아다닐 수 있었겠지만 그 밖의 일을 하기는 힘들었을 터였다. 기사와 한동안 이야기를 나누던 기찬이 굳은 표정으로 내게 말했다.

"그쪽에 지금 시위대가 있다는데."

"방위성 앞에?"

"아침부터 시작했는데, 지금 끝났는지는 모른대."

"무슨 시위야?"

어느 도시에서나 볼 수 있는 것이 시위였고, 방위성이 있는 신주쿠는 도쿄 시민과 관광객들이 가장 많이 모이는 곳이었다.

"혐한(嫌韓) 시위래. 재특회라고, 재일 한국인이 일본 국민과 동등하게 권리를 누리면 안 된다고 주장하는 단체가 주도하는 시위야. 신흥 극우 단체인데 지방에 있는 지부까지 합하면 꽤 큰가봐."

기찬이 택시 기사에게서 얻은 정보를 말해주었다. 다른 시위도 아니고 혐한 시위라고 하니 마음이 불편해지는 것은 어쩔 수 없었다. 일이 뜻대로 술술 풀릴 거라고 기대한 것은 아니지만 도착하자마자 혐한 시위대와 부딪쳐야 할 처지였다. 차창 밖으로 도쿄의 시가지가 눈에 들어왔다. 택시는 계속 눈발이 날리는 도시를 뚫고 신주쿠로 달렸다. 회색 빌딩과 거대한 교량들 아래로 흐르는 강과 바다가 무채색의 그림처럼 우울했다. 이 도시의 바탕색은 무슨 색일까? 첨단과학과 산업이 발달한 선진국의 심장인 도쿄, 도쿄 사람들이 꿈꾸는 도시의 정체는 무엇일까. 친절 속에 감춰져 있는 이들의 열망은 어디로 가고 있는 것일까. 낮은 구름 속에서 눈이 쉬지 않고 내렸고, 고요한 듯 교묘해 보이는 사람들의 발길은 분주해 보였다.

"우리가 여기 온 줄 아는 거 아니야?"

벌써부터 긴장하고 싶지는 않았다. 썰렁한 농담에 기찬이 눈을 동그랗게 뜨며 웃었다.

"내가 살짝 흘렀더니 짜식들 벌써들 난리구만. 겁먹은 거 아닐까?"

"이 일 알려지면 가만히 있지 않을 거야."

"누가 우리를 알아본다고, 걱정하지 마."

기찬의 말이 맞았다. 기찬과 내가 정치권력이 있는 사람도 아니고 반일 시위에 앞장선 전력이 있는 것도 아닌데 도쿄를 휘젓고 다닌들 누가 신경이나 쓰겠는가. 우리가 원하는 자료만 얻을 수 있다면 다른 문제는 신경 쓰지 않아도 될 듯싶었다. 택시는 정확하게 방위성 정문 앞에 정차했다. 기찬에게 요금을 지불케 하고 나는 먼저 택시에서 내렸다.

택시 기사의 말대로 방위성 대각선 쪽으로 일본 국기를 든 시위대의 모습이 보였다.

"저 새끼들 요즘 한인 상가만 골라 다니면서 시위한다는데."

"쟤들 뭐라고 소리치는 거야?"

기찬이 말했다.

"한국인들 꺼져라. 한국 여성을 강간하자."

그들은 세상에서 가장 무서운 말을 목청이 터져라 소리치고 있었다.

"저것들은 인간이 아니야."

"선배, 사랑과 평화는 하느님한테도 없대. 그러니까 맨날 기도해봤자 소용없다는 얘기야."

"사랑과 평화보다 용서와 화해가 먼저라서 그럴 거야."

"선배는 그래도 순수함이 남아 있네. 그래서 내가 선배를 좋아하나봐? 생명체는 공존을 위해 협상은 해도 화해는 결코 하지 않는대. 무서운 생존의 법칙 아니야?"

"공존과 생존이 같이 가려면 결국 인정하지 않을 수 없는 법칙도 있는 거야. 인간이라는 사실을 부정한다면 모를까, 그렇지 않다면 사실과 진실에 다가가려는 노력을 할 수밖에 없잖아. 저 사람들 역시 그런 걸 위해 피켓을 들었을 테지만 무엇이 먼저이고 무엇이 다음인지는 잘 모르는 것 같다."

"모르는 게 아니라 무시하는 거야. 쟤네들은 진실과 사실 따위는 상관없고, 자신들의 현재 입장만 외치고 있다니까."

택시에서 내린 우리는 잠깐 시위대를 바라보았다. 검은색 옷을 입은 건장한 남자들이 전범기를 쳐들고 우리 쪽을 향해 행군하고 있었다. 일장기를 쳐든 노인들은 그들 바로 뒤를 따랐다. 학생으로 보이는 젊은 사람들은 흰 마스크를 쓴 채 긴 글자가 박힌 큰 피켓을 들었거나 붉은 글씨가 적힌 종이를 두 손 높이 쳐들고 행군했다. 시위대를 발견하고 환호하며 합류하는 시민들도 보였고 얼굴을 찌푸리며 지나가는 사람들도 적지 않았다. 아직 어떠한 행동을 보이고 있지는 않았지만 그들이 외치는 구호와 표정은 지극히 전투적이었다. 4차선 도로와 보도는 시위대와 그들을 에워싼 경찰들로 빽빽했다.

"그만 방위성으로 들어가자."

그들과 맞닥뜨리고 싶지 않았다. 순간 겁이 난 것인지도 몰랐다. 그러나 기찬은 카메라를 꺼내 사진을 찍기 시작했다.

"괜찮아. 쟤네들 알려지는 거 더 좋아할걸."

가끔은 거리낌 없는 기찬의 행동이 당황스러웠다. 순이 씨 문제를 제기했을 때는 극구 말리더니 지금은 카메라 각도를 바꿔가며 눈 빠지게 그들을 찍어대고 있었다. 나는 속수무책 불안한 표정으로 기찬과 시위대를 번갈아 보았다. 아무리 치장을 하거나 다른 무리에 섞여 있어도 우리는 그들을 알아볼 수 있고 그들 역시 우리를 족집게같이 알아볼 것이었다. 여타의 외신기자라면 아무 상관이 없지만 험한 시위대에 비친 한국 기자는 그야말로 환영받지 못할 것이 뻔했다. 이를 모를 리 없는 기찬인데 여전히 카메라를 거두지 않았다. 시위대는 점점 우리가 서 있는 쪽으로 다가왔다. 시위대 속 한 남자가 손가락을 쳐들며 우리 쪽을 향해 소리쳤다.

"소-! 요쿠 도레! 싯카리 도레요!"

뒤이어 마이크를 든 자와 확성기를 든 자들까지 우리를 향해 소리쳤다.

"뭐라고 하는 거야?"

기찬에게 물었다.

"똑바로 찍으래."

"아이쓰라 조센진다!"

"저놈은 또 뭐래니?"

"-우리더러 조센진이래."

"김치 돌아가라!"

"조선으로 돌아가라!"

"구린내 나는 조센진!"

"꺼져라! 꺼져라!"

기찬이 중계방송을 하듯 그들의 구호를 하나하나 내게 전했다. 그는 그들의 폭력에 아무런 감정을 느끼지 못하는 것처럼 보였다. 마중이라도 나가는 양 그들을 향해 한 걸음씩 앞으로 나가며 카메라를 들이댔다. 나는 무시무시한 폭력이 나를 향하고 있다는 걸 알았다. 현란한 날갯짓과 커다란 독침으로 무장한 수백 마리의 말벌들이 공격해오고 있었다. 도망칠 수도, 가만히 있을 수도 없는 난감한 상황이었다. 달리는 자동차 소리와 시위대의 말벌 소리에 방향감각을 잃어버린 나는 기찬이 내 손을 잡고 어디론가 도망쳐주기만을 기다렸다. 그는 뒤돌아보지 않았다. 내가 제 뒤에 서 있다는 것조차 잊어버린 듯 카메라만 들고 이리저리 뛰어다녔다. 그러다 나는 그들의 주먹이 너무 가까워 더 이상 피할 곳이 없다고 느낀 순간 한 손을 번쩍 치켜들었다.

"야! 니쁜 새끼들! 간장 냄새 난다! 제국의 쓰레기! 후퇴하는 양심! 독도는 우리 땅이다!"

처음 있는 일이었다. 두려웠지만 소리치고 나니 뭔가 시원했다. 아니, 내 생각이 짧았던 것일까? 시위대는 어느새 나와 마주 볼 정도의 거리에 와 있었다. 나를 바라보는 그들의 반응이 심상치 않았다.

목표물을 발견한 시위대의 눈과 손짓이 일제히 우리를 향했다. 선창을 잇는 시위대의 고함 소리가 맹렬하게 타올랐다. 금방이라도 달려들어 우리를 물어뜯을 기세였다. 우리를 향하고 있는 그들의 손끝이 총구처럼 느껴졌다. 기찬도 그만 뒷걸음치며 카메라를 내렸다. 그제야 지켜보던 경찰이 슬금슬금 우리 곁으로 다가왔다.

"아나타타치 칸코쿠진데쇼? 하야쿠 고코오 하나레루노가 이이데스, 사아!"("당신들 한국인이죠? 빨리 여길 떠나는 게 좋아요. 어서!")

방위성 앞을 떠나야 했다.

"우리도 반일시위를 하긴 하지만 저것들처럼 대놓고 꺼지라고는 안 하는데⋯⋯."

골목으로 들어선 기찬이 씩씩거리며 말했다.

"선배가 욕하는 바람에 그놈들이 그리 날뛴 거야."

"그걸 알아들었을까?"

"그 정도는 다 알아들어. 걔네들 시위할 때만 그렇지, 집에 돌아가서는 우리 드라마 보느라 정신 못 차려. 아무 생각 없는 애들 동원해서 험한 시위하는 주동자들이 나쁜 놈들이지. 자신들보다 열등하다고 믿는 국가를 표적으로 분노를 조장하면 순식간에 연대감이 생기거든. 그 열등감이 우월감으로 바뀌는 순간 사람은 정복자나 구원자가 되길 꿈꾼대. 나름은 나라를 위한다는 명분도 있을 테고. 그러니까 저 새끼들은 누군가 만든 왜곡된 역사에 춤을 추는 꼴이라고. 그것이 위대한 민족정신이라고 믿거든."

"그렇게 잘 아는 애가 사진만 찍었니? 제대로 한마디 해주지?"

"그런 말 해봤자 소용없어. 가깝고도 먼 이웃이야. 억지로 친해지려고 할 필요 없어. 겉으로는 웃지만 속에는 칼을 품고 있으니까 조심해야 해. 물론 일부의 정치적인 얘기지만 세상을 움직이는 게 그 일부의 힘이라는 게 무서운 거지."

기찬은 여전히 들뜨거나 흥분하지 않았다. 시위대를 피해 좁은 골목으로 들어선 사실 때문에 울근불근해 있는 나하고는 달랐다. 찍은 사진을 한 장 한 장 확인하며 혼잣말처럼 심드렁하게 말하는 그의 시니컬한 태도에서 나는 한없이 불안해하는 내 모습을 발견하고는 깊은 숨을 내쉬었다.

그는 젊었고 정치부 기자도 아니었다. 그가 사는 세상은 늘 평평하고 매끄러운 줄만 알았다. 불편하고 불평 많은 세상에는 관심이 없는 줄 알았다.

"이거 봐. 이 사람 선배를 향해서 욕하고 있잖아."

클로즈업된 사진 속의 남자는 분명 나를 향해 가운뎃손가락을 치켜들고 있었다. 남자의 손가락은 몽둥이처럼 보였고 크게 벌어진 입에선 장전된 총알이 날아올 듯 보였다. 그를 둘러싸고 있는 사진 속 남자들 역시 붉은 글씨가 적힌 피켓과 욱일승천기를 들고 당장이라도 나를 향해 돌진할 기세였다.

또 한 장의 사진 속에는 그들을 향해 손을 치켜든 내가 있었다. 뭐라 말하고는 있었지만 그리 용감해 보이는 표정은 아니었다.

"치워!"

"왜? 멋있는데……."

카메라를 가방 속에 집어넣으며 그가 피식거렸다.

"놀리는 거야?"

"아니야, 선배 용감했어. 혼자서 그놈들을 상대하다니!"

"상대는 무슨…… 겁에 질려 욕 한마디 해준 거지."

"겁먹은 표정이 아니던데? 선배, 이거 기사화할까?"

"미쳤어!"

"이거 《대한신문》에 실리면 선배 영웅 될 텐데?"

"그딴 영웅 관심 없어."

"알아? 우리 부장님, 아니 국장님이 선배 다시 부를지도 모르잖아."

"됐어. 그쪽에 미련 없어."

골목 끝은 보이지 않았다. 우리는 경차 한 대가 간신히 지나갈 수 있을 정도의 골목을 따라 한가로운 여행자들처럼 걸었다. 골목에 걸맞은 작은 집들의 문이 새침한 계집애인 양 꼭꼭 닫혀 있었다. 어쩌다 보이는 가게는 쉽게 열릴 것 같지 않은 출입문이 빽빽한 시간을 허옇게 벗겨내고 있었다. 잿빛 지붕들 사이로 얽히고설켜 있는 전깃줄조차 어디로 스며들었는지 모를 정도로 적막한 골목이었다. 우리는 주인 없는 작은 공방을 잠깐씩 기웃거렸다. 퀼트를 한 천가방이나 스카프, 액세서리 같은 소품을 파는 가게였다. 조악해 보이면서도 섬세하고 대단해 보이면서도 별게 아닌 것이 일본의 가치였다. 십자수로 붉은 장미꽃 한 송이를 그려넣은 에코백 하나가 백 년도 넘었을 법한 유리창에 매달려 있었다. 우리 엄마가 처녀 적에나 들었을 것 같은 가방의 가격이 육천 엔이라는 데 놀라지 않을 수 없었다. 기찬이 날 불러세웠다.

"이 가방 사줄까?"

"그거 우리 엄마한테나 어울릴걸."

"하긴 요즘 누가 이런 가방을 들고 다니겠어? 하여튼 애들은 유행이라는 걸 모른다니까."

"몰라서 그러겠니. 저희들 스타일을 버리지 않겠다는 거지."

"그런 거는 우리가 좀 배워야 하는데. 우리는 스타일도 없고 유행도 너무 짧아. 우리는 무슨 일이든 빨리빨리 안 하면 혼나잖아."

"걱정하는 거지? 너처럼 유행 좋아하는 멋쟁이가."

"나는 스타일이 있잖아, 명품 스타일."

틀린 소리는 아니었다. 그는 주로 편한 청바지에 짧은 점퍼 아니면 엉덩이를 덮는 야상을 입었다. 특히 점퍼 속에 흰 셔츠를 입는 버릇은 그만의 스타일로 깨끗한 피부와 잘 어울렸다. 자유로우면서도 단정해 보이는 스타일이었다. 그렇다고 그의 말대로 대충 입는 것은 아니었다. 그는 양말 색깔조차 옷과 잘 어울리도록 신경을 썼고 자신만이 선호하는 브랜드가 확실했다. 또 상위 1프로들만 입는다는 브랜드라고 하니 명품인 것은 당연할 터였다. 하지만 내 눈에는 멋쟁이로 보이지 않았다. 기자라는 직업적 한계도 있겠지만 제 스타일에서 크게 벗어나지 못하는 걸 보면 어려서부터 제 뜻과 상관없이 그렇게 만들어진 스타일이 분명했다. 명품 스타일을 들먹이며 제 옷차림을 쓸어내리는 그를 보니 웃음이 터져 나왔다.

우리는 쓸데없는 농담을 해가며 별다를 것 없는 도쿄의 뒷골목을 걸었다. 골목은 또 다른 골목으로 이어졌다. 갈 방향이 정해져 있지 않은 우리는 누군가의 어깨가 먼저 기우는 쪽으로 자연스럽게 걸었다. 세상으로부터 한참 벗어나 있는 기분이었다. 그다지 익숙하지도 낯설지도 않은 골목의 풍경처럼 좁은 골목이 주는 호젓함에 마냥 이끌렸다. 어느 골목에선 졸고 있는 살찐 고양이를 보았고, 어느 골목에서는 자전거를 타고 비틀거리며 가는 백발의 노파를 보았다. 손바닥만 한 정원의 돌확에서 유영하는 거북이를 보았고 작은 나무 의자가 놓여 있는 어느 카페를 흘깃거리다 여주인과 눈이 마주치기도 했다.

여행자의 눈이라면 골목의 어떤 풍경도 새롭고 낯설었을 테고, 여행자의 귀라면 골목의 어떤 소리조차 신기하게 들렸을 것이다. 여행자도 못 되고 도망자도 못 되는 우리는 뜻하지 않은 골목의 한적함에 매료되어 행로의 방향 따위는 신경 쓰지 않는 방랑자의 모습을 하고 있었다. 이런 여유로움이 방랑자의 것이라면, 어쩌면 오늘 이 시간이 내 생애 가장 재미있지도 무료하지도 않은 산책이 될 것이었다.

우리는 더 이상 앞으로 나아갈 수 없는 막다른 골목에 갇히고 말았다. 어느 골목에선가부터 우리는 정해진 골목으로 몰리고 있었다. 카페 여주인의 불안한 눈빛과 마주친 후부터였던 것도 같았다. 골목의 고요를 깨는 발소리가 느껴지긴 했지만 뒤돌아보지 않았다. 비켜줄 정도로 발소리가 크지 않아 때를 기다리고 있었고, 우리 말고는 다른 소리에 거의 무신경했다. 기찬도 나와 같은 생각이었을 것이다. 뒤에서 발소리가 아닌 일본 남자의 거친 목소리가 들렸을 때 우리는 동시에 뒤돌아보았다. 두 명의 남자가 성난 얼굴로 우리를 향해 다가오고 있었다. 손에 들린 긴 각목이 당장이라도 기찬과 나를 때려눕힐 기세였다. 아까 맞닥뜨린 시위대 사람들이 맞다면 우리는 위험에 처한 것이 분명했다.

"선배는 저쪽에 가 있어."

기찬이 다급히 말했다. 순간 그가 싸움을 잘하는 사람이었던가 기억을 더듬어보았지만 맞았다는 얘기만 떠올랐다. 제 몸 하나 방어하지 못하는 기찬을 믿고 저쪽으로 피해 있을 수는 없었다. 두 남자 중 키 큰 남자가 각목을 휘두르며 내게 뭐라 소리쳤다.

"오마에 삿키 난테 잇다. 모잇카이 잇테 미로!"

"저 새끼 나한테 뭐라는 거니?"

기찬이 방어 자세를 취하며 말했다.

"다시 욕해보래."

"독도는 우리 땅이라고 했다, 어쩔래?"

"키에로! 코노 고키부리미타이나 온나!"

"저 새끼 또 뭐라고 했니?"

"바퀴벌레 같은 년 꺼져버리래."

한 대 정도는 맞을 각오었다.

"미쳤어! 쟤네들은 그냥 우리가 싫은 거야. 독도 얘기는 왜 꺼내."

기찬이 핀잔을 주며 나를 뒤로 밀어내는 순간 각목이 날아와 내 어깨를 강타했다. 내가 악 소리를 내기도 전에 옆에 있던 또 다른 남자가 기찬을 가격하기 시작했다. 미리 작전을 짜고 온 듯 두 남자의 행동은 치밀하고 민첩했다. 각목에 맞은 왼쪽 어깨가 휘청하며 무너져 내렸다. 폭력으로 인한 통증은 이십 년 만이었다. 정신이 번쩍 들었다. 아버지의 거친 숨소리가 들려왔고 빗자루가 허공에서 춤을 추었다. 아주 먼 곳에서 엄마의 울음소리가 들렸다. 비명은 가까이에서도 느껴졌다. 기찬이 맞고 있었다. 용기가 아니라 깡이 필요한 순간이었다. 용기는 판단의 여지가 있을 때의 얘기지만, 깡은 무차별에 대항하는 가장 발 빠른 방법이었다. 나는 메고 있던 가방을 내려 휘두르기 시작했다.

"말로 하지, 왜 때려! 내가 뭘 잘못했는데!"

긴 쇠줄로 된 가방끈은 나름대로 유용했다. 내 팔 길이와 가방끈이 각목보다 유리했던 것인지 남자가 각목을 떨어뜨리며 얼굴을 감싸 쥐었다. 옳다구나 싶었다. 도망치지 않고도 해결할 수 있는 방법이 있었다. 자신감이 생긴 나는 남자를 향해 다시 한 번 가방을 휘둘렀다. 가방의 쇠줄 끈이 남자의 등짝과 머리에서 착착 감기는 소리가 났다. 이를 지켜보던 카페 여주인이 커튼을 닫고 사라졌다. 여학생으로 보이는 두 명의 소녀는 입을 틀어막은 채 조용히 골목을 빠져나갔고, 어느 이층집 대나무 창이 스르르 닫히는 소리도 들렸다.

싸움은 쉽게 끝나지 않았다. 가방끈으로 맞았다고 바로 퇴장할 사내들이 아니었다. 심기일전한 두 남자가 눈빛을 교환하며 다시 공격을 해왔다. 가방끈의 선방으로 기찬은 잠깐 몸을 추스를 여유를 가졌지만 이내 나자빠졌다. 결국 내가 그를 지키고 나도 살아야 할 처지였다.

누구라도 그 순간은 그랬을 것이라는 신념과 내 오래된 기억의 분노가 화산처럼 폭발했다. 내 살벌한 악다구니와 가방끈의 절묘한 춤사위가 두 남자의 눈에는 무술로 보였을 수도 있었다.

두 남자가 절뚝거리며 다른 골목으로 사라질 때까지 가방끈을 쥔 내 손은 펄펄 끓었다. 통쾌한 복수였을까? 남자들이 사라지자 골목은 또다시 소리가 아닌 풍경으로 돌아왔다.

"공부만 하지 말고 무술 과외 좀 받지 그랬니?"

내 모양새도 멀쩡한 것은 아니었다. 아무리 신들린 듯 공격을 했어도 건장한 남자를 당해내기는 어려웠다. 남자가 휘두르는 각목의 흔적은 내 몸 여기저기에서 나타났다. 등에선 불이 났고 어깨와 옆구리 통증도 참기 어려울 정도였다.

"친엄마랑 살았으면 태권도 계속 다녔을 텐데……."

그의 응석 비슷한 넋두리를 들으며 우리는 서로를 부축했다. 친엄마랑 살지 못해서 태권도를 배우다 말았다는 기찬의 고백은 상처로 얼룩진 내 유년의 고백처럼 아팠다. 좀처럼 자신의 과거를 털어놓지 않는 그가, 지켜야 하는 것들을 지키지 못한 것에 대한 안타까움에서 뱉은 말이었을 것이다. 하지만 나는 짐작할 수 있었다. 기찬은 태권도를 배우지 못해서 당한 것이 아니었다. 기찬은 두 남자보다 체격이 좋아 충분히 이길 수도 있었다. 그가 남자들을 공격하지 않은 것은 싸움을 싫어하기 때문이었다. 사상과 취향은 다른 문제인 것이다. 사람의 힘으로 상대해야 하는 것들은 사람이 아닌 다른 것들이어야 한다고 생각했다. 그의 취향을 믿기 어려웠는데 도쿄의 뒷골목에서 확인한 셈이었다. 골목을 벗어나기까지 우리는 한참을 절룩거리며 걸었다. 기찬은 몇 번이나 내게 미안하다는 말을 했지만 이상하게 나는 오래된 상처에 새살이 돋는 기분이었다.

9

호텔로 돌아온 기찬과 나는 각자의 방으로 들어갔다가 이튿
날 아침에 다시 만났다.

기찬이 조심스럽게 내 방문을 두드렸다. 경황이 없었던 어제
와 달리 반가움과 설렘이 먼저 그를 반겼다. 그의 손에 들려 있
는 커피와 샌드위치 봉지를 받아 탁자에 늘어놓으며 나는 그의
컨디션을 물었다. 보나 마나 나보다 더 쑤시고 아플 테지만 다
행히 표정은 밝았다.

"내가 얼굴 방어는 확실히 했나 봐. 멀쩡하지?"

"하긴 그 자식들 좀 약하더라. 그 키 작은 놈, 가방끈에 맞고
소리치는 거 봤지?"

"그게 쇠줄이니까 망정이지 그냥 가죽 끈이었으면 우리 개들한테 맞아 죽었을 거야. 선배는 겁도 없이 덤비면 어떡해?"

"덤비지 않으면 죽이라고 엎드려 있어?"

"하여튼 선배 욕 잘하고 힘 좋은 거 알았으니까 까불지 않을게."

"앞으로가 걱정이다. 걔네들 우리 다시 쫓아오면 어떻게 하니?"

"그래서 《요미우리신문》에 있다는 친구한테 부탁했어. 아무래도 우리가 방위성을 찾아가 자료를 얻는 것은 불가능할 것 같아. 그 친구도 태평양전쟁 당시 부대. 배치와 군인 인적사항을 자국민도 아닌 한국인이 알아내기는 어려울 거래. 자기네들도 공적인 일에 쓰기 위해서라면 모를까, 개인적인 일로는 자료 열람이 쉽지 않다는 거야."

"그럼 불가능하다는 거야?"

"다행인 것은 우리가 어떤 목적으로 그 자료가 필요한지 말했는데도 도와주겠다고 한 사실이야. 보수와 진보라고 떠드는 인간들보다 세상과 인간에 대한 판단이 올바른 사람들도 많아. 선배는 그 친구 믿어도 되느냐고 하지만, 나는 믿고 기다릴 거야. 그 친구도 아마 나와 같은 생각일 테니까. 선배는 그냥 호텔에 남아 있어. 나 혼자 나가서 그 친구 만나고 돌아올게."

저녁을 굶고 잔 탓에 배가 몹시 고프던 차였다. 연어와 양파, 토마토가 들어간 샌드위치와 커피 한 잔의 여유가 몸의 통증을 완화시켰다.

사람이 배를 채우기 위해서 싸움을 한다면 덜 인간적이지만 덜 폭력적일지도 모른다. 비인간적인 것에서 폭력은 빼고 생각의 차이를 좁히면 우리는 매일같이 맛있는 샌드위치와 커피를 먹을 수도 있겠다는 유치한 상상을 하며 기찬의 말을 들었다. 어제 그와 같은 일을 당해놓고도 분노가 아닌 평화적 세계관을 주장하는 기찬을 위해 내가 할 일은 조용히 호텔에 남아 있는 것이었다.

"알았어. 다녀와."

기찬의 손에 순이 씨 수첩을 쥐여주었다.

"무슨 일이 있어도 여기 이 세 명은 꼭 찾아내야 해."

따로 적은 메모지는 기찬에게 확인시킨 다음 다시 수첩 가운데에 끼워 넣었다.

"싸우지 않고도 해결하는 방법이 있다는 걸 알려주겠어."

비장한 표정으로 일어선 그의 어깨를 토닥였다. 그러자 기찬이 내 손을 잡아끌어 껴안았다. 거부하지 않았다. 나는 아주 잠깐 그의 따뜻한 심장 소리를 품었다. 내 안에서 그를 좋아해도 된다고, 그를 더 이상 거부하지 말라는 소리가 들려왔다.

그가 방을 나간 뒤에도 나는 한참 동안 그의 온기를 느꼈다.

텔레비전 채널을 이리저리 돌리던 나는 한 지상파 뉴스에 주목했다. 간자체 한자만으로도 뉴스의 내용 정도는 파악할 수 있었다. 오이타라는 한 교원노조가 주관하는 "부모와 함께하는 한국 평화여행"이라는 행사가 극우세력의 맹비난을 받고 있다는 뉴스였다. 오이타 교원노조는 일본의 양심으로 많은 진보 정치인들을 배출해 극우세력의 눈엣가시 같은 존재였다.

교원노조의 한국 평화여행이 비난을 받는 이유는 평범한 여행이 아니라 역사 투어라는 데 있었다. 군위안부 전시관과 서대문형무소 같은 전쟁의 잔재가 고스란히 남아 있는 곳을 집중적으로 방문하기 때문이었다. 오이타 교원노조는 일본의 침략사를 정당화하는 교과서 채택을 반대하고, 현 일왕제를 거침없이 비판하기도 했다. 식민지 지배를 사죄하고 무라야마 담화를 발표한 무라야마 도미이치 전 총리 또한 오이타 교원노조가 배출한 인물이었다.

이른 아침에 나갔던 기찬은 두 시가 넘어서야 호텔로 돌아왔다. 그의 손에 봉투가 들려 있음을 확인한 나는 그제야 지루했던 방 안 공기가 팽창하는 걸 느꼈다. 한껏 우쭐해 있는 기찬의 얼굴에서 일이 잘되었음을 알았다.

"찾았구나!"

"어제 얻어맞은 거 제대로 복수해줄 거야."

"그놈의 증거가 주먹보다 멀리 있는 게 문제지."

젊은 남자가 힘으로 제압을 당했다면 당연히 힘으로 복수하려 하는 것이 예사일 텐데, 그는 다행히 순이 씨 일로 보기 좋은 한 방을 다짐하고 있었다. 처음에는 나를 따라왔다는 생각만 했는데 지금은 그가 더 적극적이라 내가 한 발 빠진 기분마저 들었다. 이제부터가 시작이었다. 그가 들고 있는 봉투 속에는 한 여자, 아니 우리의 늙은 소녀들을 죽인 역사가 들어 있었다.

기찬이 의기양양해서 봉투를 열었다. 칠십여 년 전에 작성된 157부대 군인 명부와 그들의 현재 주소지가 적혀 있는 자료였다. 157부대 군인 명부는 한 권의 책이라고 해도 될 만큼 복사지 양이 많았다. 누렇게 바래긴 했지만 글자들도 비교적 또렷해서 순이 씨 수첩 속에 적혀 있는 이름들이 정확하다면 충분히 찾아낼 수 있을 것 같았다. 찾아낸 이름으로 현재 주소지를 확인하면 죽었는지 살아 있는지 알 수 있을 터였다. 전쟁에서 죽었다면 군인연금 명부에 현재 주소지가 있을 것이고 살아 있는데 주소가 불명이라면 끝까지 추적할 생각이었다.

"순순히 보여주지 않았을 텐데?"

아무리 끝난 전쟁이라고 해도 군의 기밀을 쉽게 내주지는 않앗을 것이다. 더구나 한 부대의 군인 명부를 통째로 복사해서 밖으로 가지고 나오다니 믿기 어려웠다. 우리 역시 그러한 문제를 극복하지 못할 수도 있다는 불안감이 가장 컸다. 시위대들로부터 폭행까지 당하고 보니《요미우리신문》에 있다는 기찬의 친구 역시 우리와 크게 다르지 않았을 것이란 생각이었다.

"우리가 작전을 좀 짰지. 무턱대고 찾아가서 자료 좀 보여달라고 했겠어."

"무슨 작전인데?"

그의 말투에는 항상 호기심을 유발시키는 묘한 뉘앙스가 깔려 있었다. 탁자 위에 펼쳐진 군인 명부도 궁금했지만 이를 가져오기까지 그의 작전이 무엇이었는지가 더 궁금했다.

"그러니까 기자 친구 나오키랑 나랑 방위성에 들어가기 전에 카페에서 작전 모의를 했어. 나오키 신분이야 확실하니까 의심받을 여지는 없지만 그래도 만일의 경우를 대비해서 우리는 나오키 할아버지가 태평양전쟁에 나갔다가 실종됐다고 하기로 했지. 군에서는 이미 참전용사로 실종 처리되어 군인연금을 받고 있지만, 유족 입장에서는 할아버지가 어느 부대에서 싸우다가 언제 어떻게 죽었는지, 그 부대가 어디에 있었는지 알아야 하겠다고 부탁을 하는 것처럼 하자고 말이야.

두 번째 작전은 이번 종전 기념일 특집으로《요미우리신문》

에서 2차 대전 당시 중국의 만주 지방에서 싸우다 전사한 군인과 부대에 대한 기사를 쓰기로 했다고 자료 좀 보여달라고 할 참이었지. 물론 나는 방위성에 함께 들어가진 못했어. 열람실은 신분이 확실하지 않으면 취재 자체가 불가능한 곳이라 나오키만 들어갔지."

"결국 나오키 씨가 가장 중요한 문제를 해결해준 셈이네. 그가 우리 부탁을 순순히 들어준 것은 고마운데 혹시라도 거짓말이 탄로 나면 그 사람 곤경에 처할지도 모르겠다."

"나오키도 그거 모르고 도와준 거 아니야. 곤란하면 부탁을 거절해도 괜찮다고 했는데 그가 오히려 우리를 걱정했어. 나오키는 내게 이런 말도 했어. '내가 전쟁을 일으킨 것도 아니고 전쟁에 나가 사람을 죽인 것도 아니지만 한 나라의 역사는 그 나라의 국민과 국가 모두의 책임이라고 생각해. 그렇지 않으면 누가 국가와 민족을 위한 일에 나서겠어. 이 일은 내가 너희를 도와주는 것이 아니라 너희가 우리를 도와주는 거야. 우리가 해야만 하는 일을 너희가 대신해주겠다고 앞장을 섰으니까 나는 죄책감 따위는 느끼지 않을 거야. 역사는 한 개인의 올바른 가치에서부터 출발하잖아. 그 가치를 수용하고 실행하는 국가만이 민족이니 애국이니 논할 수 있지 않을까. 그렇다고 나를 너무 훌륭하게 생각하지는 마. 내 뼛속에 아직 사라지지 않은 군국주의 유전자가 남아 있을지도 모르니까.' 선배, 나는 나오키가 존경스럽기도 하고 두렵기도 해. 존경과 두려움이 왠지 한통속일 것 같단 말이지. 존경이 커지면 힘이 되고 힘이 커지면 두려움을 느끼기 마련이잖아. 하지만 지금은 나오키가 더없이 고마워. 그놈이 누런 봉투를 품에 안고 내가 기다리고 있는 카페로 들어오는데, 죽었던 전우가 살아 돌아온 기분이었어."

"전쟁에 나가본 사람처럼 말한다."

"지금도 전투 중이잖아."

기찬이 봉투를 흔들며 웃었다. 기찬과 나오키의 작전은 꽤 설득력이 있었다. 결과물을 가져온 걸 보면 작전이 성공한 것은 분명한데, 그렇다고 그 모든 과정이 매끄럽지는 않았을 것이었다.

"방위성이 정말 나오키 씨의 이야기에 바로 넘어갔을까? 그들이 얼마나 교묘하고 치밀한지는 그가 더 잘 알고 있을 텐데."

"물론이지. 결코 쉽게 얻은 것은 아니야. 나오키에 의하면 중년의 깐깐한 여직원이 가자미눈으로 신분증을 확인하고 사용 목적을 묻더래. 잘생긴데다 목소리까지 감성적인 나오키가 조금도 성급하지 않게 아주 천천히 오랜 시간 자신의 할아버지 이야기를 털어놨대. 두 번째 작전인 특집 기사건 얘기는 꺼내지도 않았고. 그런데 그 늙고 깐깐한 여직원이 감동은커녕 사전에 열람 신청을 해놓지 않았을뿐더러 오늘은 담당 직원이 휴가라서 안 된다고 하더라는 거야. 이야기는 처음부터 끝까지 다 들어놓고선 말이야. 그러면서 다른 볼일이 있는 듯 어디론가 말없이 사라져버리더래. 성질이 뻗치는 걸 간신히 참고 있는데, 어디서 나타났는지 한 젊은 여직원이 나오키의 턱 밑으로 바짝 다가와 무슨 일이냐고 묻더라는 거야. 그래서 담당 직원이 신분증만 받아놓고 잠깐 자리를 비웠는데, 내가 취재 때문에 무척 바빠 그러니 당신이 좀 대신 처리해달라고 했대. 그 여직원은 나오키 신분증을 확인하더니 반색을 하며 열람실까지 친절하게 동행해주더라는 거야. 자신도 신문사 기자가 되고 싶었는데 시험에 여러 번 떨어져 포기했다고, 혹시 명함을 줄 수 있는지 물어서 얼른 꺼내주며 꼭 전화하라고 했다나? 나오키가 자료를 복사해서 나올 때까지 그 깐깐한 중년 여직원의 모습을 보지 못했다고 하는 걸 보면, 누군가 우리를 돕는 것 같아."

"믿어야 할지 말아야 할지 모르겠다."

"선배는 왜 자꾸 안 좋은 쪽으로만 생각하는 거야? 나오키가 없는 이야기를 만들면서까지 우리를 도와준 것은 고마운 일이야. 설령 그가 어려움에 처해서 우리 일에 나쁜 영향을 준다고 해도 욕할 수는 없어. 그러니까 나오키에 대한 경우의 수는 생각하지 말자."

"나를 반일주의자로 생각하는 거 같다?"

솔직히 나오키를 완전히 믿을 수는 없었다. 그가 우리를 도와준 것은 맞지만 이 일의 목적까지 알아버려 마음이 놓이지 않는 것은 사실이었다. 기찬의 말대로 나오키를 올바른 생각을 가진 한 사람으로 보기에 앞서 일본인으로 먼저 생각하는지도 몰랐다. 혹시라도 나오키가 국가의 이익과 명예에 반하는 짓은 할 수 없다고 생각을 바꾸기라도 한다면, 우리가 제지당할 수도 있다는 생각을 떨쳐버리기 어려웠다. 질문은 결국 나 자신을 그렇다고 인정하는 꼴이 되고 말았다.

"지금 자폭하는 거지?"

"그냥 조심하자는 거야. 너하고는 다른 세상에 살아서 내가 의심이 좀 많아."

"어떤 세상인데? 혹시 물도 없고 불도 없는 행성에서 온 거 아니야? 이제 그런 별은 존재하기 어려워. 사람들이 하도 집요해서 우주 공간에 떠 있는 어떤 별에서도 혼자 살지 못할걸. 선배가 살아온 세상에 나도 있었어. 선배 혼자만 있었던 게 아니고 나도 있고 나오키도 있었으니까 우리가 만난 거야."

"나는 왠지 말 많은 너만 다른 별에서 온 거 같다. 네가 살던 별에선 모든 일들이 그렇게 감상적이고 감동적인 쪽으로만 흘러가는 모양이다."

"뭐야! 으이구……."

기찬이 내 목을 조르러 두 손을 펼치고 달려들었다. 논쟁의 끝은 언제나 유치한 장난으로 마무리되었다. 그의 논리와 낭만을 듣고 있으면 나하고는 너무 먼 거리에 있는 것 같아 외로움이 밀려왔다. 하지만 어느 순간 접히고 구부러진 마음이 순하게 기지개를 펴는 것도 같았다. 그의 손길이 닿을 적마다 몸이 기분 좋게 긴장했다. 그가 조금 더 용기를 낸다고 해도 그의 손길을 뿌리치지 않을 것 같았다.

"이게 중국 장춘에 있던 157부대 군인 명부 맞지?"

탁자 위에 놓여 있던 봉투를 열어 두툼한 서류철 두 개를 꺼냈다. 두께가 있는 서류철은 157부대 군인 명부가 연도별로 작성되어 있었고, 또 다른 서류철에는 그들의 현 주소지가 기록되어 있었다. 전쟁 당시 육상자위대 중 만주 지역의 장춘에 파견된 157부대 군인 명부라고 생각하니 순이 씨가 수첩 속에서 설명한 부대 풍경이 현실로 느껴졌다. 종이에 불과한 서류뭉치일 뿐인데 그것이 마치 순이 씨를 폭행한 칼이고 총이고 그 무엇인 것처럼 보였다.

"순이 씨가 잡혀간 것이 1942년이라고 했으니까, 이때 파견된 군인 명단부터 확인해보자."

소대장이 작성한 것으로 보이는 명단은 정확하고 꼼꼼했다.

장 하단마다 부대장의 사인이 있고 사망자 표시는 명단 오른쪽에, 다른 부대로의 전출자는 왼쪽에 표시를 해두었다. 하물며 군인 한 사람 한 사람의 신체적 특징이나 버릇까지 귀퉁이에 적은 걸 보고는 놀라지 않을 수 없었다. 우리가 찾아내야 할 군인은 사카이 마사토와 무라타 다케오, 아소 신타로였다. 이들의 당시 주소지를 찾아낸 다음 전산으로 만들어진 현재 명단과 군인연금 명부를 뒤져보면 그들의 현재 거주지를 찾을 수 있을 거라는 판단이었다.

기찬이 나오키를 통해 수집해온 자료는 훌륭했다. 일본 방위성의 체계적이고도 효율적인 자료관리 또한 칭찬할 만한 수준이었다. 자신들의 역사에 관해선 터럭 하나 버리지 않는 그들 덕분에 짚더미 속에서 바늘을 찾는 우매한 짓은 하지 않아도 될 듯싶었다.

한동안 종잇장 넘기는 소리만 들렸다. 종이 한 장을 넘길 때마다 시간이 거꾸로 돌아가는 것 같아 가슴이 두근거렸다. 보지 말아야 할 무언가가 튀어나올 것만 같았다. 찾아야 할 세 명의 이름이 눈에 익으면서부터는 종잇장 넘기는 속도가 빨라졌고 비슷한 이름이 눈에 띄면 나도 모르게 숨이 가빠졌다. 사카이 마사토, 무라타 다케오, 아소 신타로, 사카이 마사토, 무라타 다케오, 아소 신타로, 사카이 마사토, 무라타 다케오, 아소 신타

로, 사카이 마사토, 무라타 다케오, 아소 신타로…… 손가락이 멈췄다. 무라타 다케오라는 이름이 있었다. 한 자 한 자 확인해 봐도 그 이름이 틀림없었다.

"여기 있어!"

나는 떨고 있었다. 종이에 적힌 글자일 뿐인데 칠십 년 전의 무라타 다케오가 눈앞에 서 있는 것 같았다. 곱슬머리와 짙은 눈썹, 눈썹 바로 아래 검은 점이 혹처럼 박혀 있는 사람이 무라타 다케오였다. 동명이인이 아니라면 시뻘건 담뱃불로 순이 씨의 샅타구니를 지져댔던 그가 맞을 것이었다. 촛토! 라고 소리치며 그녀에게 침을 뱉고 온갖 패악을 부렸던 무라타 다케오. 이름을 확인했을 뿐이고 죽었을지도 모르는 유령 같은 그에게 나는 칠십 년 전의 순이 씨처럼 두려움을 느끼고 있었다. 기찬이 다가와 내가 짚은 무라타의 이름을 확인했다. 혹시라도 내가 비슷한 글자로 착각한 것은 아닌지 다시 한 번 확인하고는 전산화된 최근의 명단에서 같은 이름이 있음을 찾아냈다.

"틀림없어. 3소대에 무라타 다케오는 딱 한 명이네."

"확실한 거지?"

나는 재차 물었다.

"맞다니까. 이름 옆에 소대장이 무라타 다케오의 특징까지 적어뒀네."

"뭐라고 했는데?"

정황이 확실한 증거로 확인되는 순간이었다.

"지독한 곱슬머리와 죽 째진 오른쪽 눈 밑에 검은 점이라고 써 있어."

"맞다! 이 개자식, 여기 있었네."

"증거는 찾았지만 그 증거 속 인물이 자신이라고 실토하도록 만드는 게 문제야."

"하도록 만들어야지."

"이름만 보고도 겁먹은 사람이 어떻게 그 사람을 만나서 서울까지 데려갈 거야? 사나운 황소를 도살장으로 끌고 가는 것하고는 다를 텐데. 무라타는 자신의 과거 자체를 부인할지도 몰라. 이제부터는 전략이 필요해."

그의 말대로 증거를 증거라고 말하지 않는 이상 우리는 증거라고 주장할 수 없었다. 나쁜 역사의 반복은 증거가 없어서가 아니라 증거를 인정하지 않기 때문이었다. 막 넘은 산 앞에 이전의 산보다 더 큰 산이 버티고 있었다.

"그렇게 쉽게 풀릴 일이었으면 너랑 나같이 실력 없는 기자가 여기까지 왔겠니. 국가와 국민을 끔찍이 생각하는 양반들이 진작 한마디로 해결 봤겠지."

"선배 말이 맞아."

"몰라서 여기까지 온 거 아니야. 너무 잘 알아서, 그 일이 얼마나 끔찍한 짓인지 알기 때문에 주제넘은 용기를 낸 거야."

무라타 다케오를 찾았으니 남은 사람은 사카이 마사토와 아소 신타로였다. 더 많은 증거를 찾아내고 싶지만 시간이 별로 없었다. 병원에 있는 순이 씨가 언제 세상을 떠날지 몰랐고, 세 사람의 현재 거주지가 지방이라면 며칠이 걸릴 수도 있었다. 기찬과 나의 증거 찾기는 그렇게 한 시간을 넘어 세 시간째를 향해 가고 있었다. 짧은 겨울 해는 기찬의 손놀림보다 빨리 사라졌고 호텔 창가엔 또다시 저녁노을이 출렁거렸다. 식어버린 홍차에서는 쓴맛이 났고 어깨와 뒷목의 통증은 점점 심해졌다.

"찾았어! 아소 신타로, 여기 있다!"

"어디, 어디?"

기찬이 꼭꼭 숨어 있던 증거를 찾아냈다.

"사카이 마사토도 여기 있다!"

이번에도 기찬이 찾아냈다.

"어머! 어디?"

나는 붉은 사인펜으로 동그라미가 쳐진 사카이 마사토와 아소 신타로를 보았다. 사카이 마사토와 아소 신타로가 붉은 동그라미 안에 갇혀 있었다. 우리는 사나운 동물을 잡아 붉은 우리 안에 가둬둔 양 뚫어져라 바라보았다. 붉은 우리 안에 갇힌 그것들은 꼼짝도 못했다. 우리를 탈출하려 몸부림치지도 않았고 살려달라고 외치지도 않았다. 이상했다. 그토록 포악하던 것들이 왜 침묵하고 있는 것인지.

우리는 잠시 아무 말도 하지 않았다. 나와는 상관없는 전쟁인 줄 알았다. 내가 맞서야 할 전쟁은 돈과 사랑과 일자리라고만 생각했다. 나를 힘들고 고통스럽게 하는 것은 잊히고 있는 역사 속의 전쟁이 아니라 지금 살고 있는 현실이라고만 생각했다. 오늘이 역사이고 내일도 역사라는 사실을 깨닫지 못했다. 잊은 과거는 있어도 사라진 과거는 없다는 걸, 순이 씨의 역사는 사라진 것이 아니라 언 땅을 뚫고 올라오기까지 혹독한 겨울 속에 있었다는 것을 알아야 했다.

기찬이 내 어깨를 두드리며 순이 씨와 나의 외로운 삶을 위로했다.

"힘들었지?"

나는 아무 말도 하지 못했다.

"오늘은 그만 자자."

"그래도 사람인데…… 어떻게 그럴 수 있을까?"

"사람 비슷하긴 한데 사람은 아니야."

"엄마도 아버지더러 매번 짐승 같은 놈이라고 했어. 사람의 탈을 쓴 짐승처럼 무서운 것이 없다고. 만나면 꼭 확인해볼 거

230

야, 진짜 짐승인지."

나는 사냥감을 포획해놓고도 여전히 겁에 질려 있는 포수처럼 방 안을 서성거렸다.

"이제 괜찮을 거야."

기찬이 다가와 내 어깨 위에 손을 얹었다. 증거를 찾았으니 홀가분한 마음으로 자야 하는데, 오늘은 왠지 혼자 있기가 겁이 났다.

"혼자 잠자기 무섭지? 오늘은 그냥 여기서 자."

내심 기찬이 그렇게 말해주길 기다렸다.

"됐어. 내 방으로 갈게."

"혹시 나를 경계하는 거야?"

"아니, 그놈들 꿈에 나타나면 돌려차기 한번 해주려고 그런다."

"욕하는 건 괜찮은데 웬만하면 몸은 쓰지 마."

"나 싸움 잘하는 거 알잖아."

"그래도 나이가 있는데 어디 부러져봐, 잘 안 붙어."

"내 나이가 어때서?"

"그건 유행가 제목이고……."

"걱정 마. 너 정도는 문제없으니까."

"정말?"

"너 지금 무슨 생각 하는 거야?"

"선배 힘 언제 시험해보나 생각했는데……."

"상상은 현실이 되는 게 아니라 과거가 되는 거야."

기찬의 방에서 나와 긴 복도를 따라 걸었다. 뭉쳐 있던 근육들이 조금씩 긴장을 풀었다. 복도가 길어 다행이었다. 나는 복도 끝 비상구 앞에서 멈춰 섰다. 옥상으로 가는 문일지도 몰랐다. 흔들어보았지만 문은 굳게 잠겨 있었다. 시원한 바람이 그리웠다. 옥상 난간에 걸터앉아 피우는 담배 한 대도 간절했고 흰 가운을 입은 민자 씨가 그리웠다. 그녀에게서 나는 비릿하면서도 푸근한 냄새가 맡고 싶었다. 엄마는 보고 싶지 않았다. 내게 엄마는 보고 싶은 대상이 아니라 안타까운 여자였다. 불쌍하고 무기력하고 가련한 여자.

다음 날, 걱정했던 것과는 달리 컨디션은 나쁘지 않았다. 악몽에 시달리지도 않았고 잠자리도 비교적 편안했다. 기찬은 전화를 걸어와 바로 오사카로 떠나자고 했다. 군의관이었던 사카이 마사토의 주소가 오사카 난바로 되어 있어 우선 거기부터 찾아갈 참이었다. 사카이 마사토를 찾은 다음에는 무라타 다케오를 찾아갈 것이고, 그다음에는 아소 신타로를 찾으러 갈 것이었다. 촉박한 일정을 소화하려면 서둘러야 했다. 호텔방을 나서니 순이 씨가 살아낸 무서운 시간들과 마주해야 한다는 긴장이 다시 몰려왔다.

기찬이 아침으로 무얼 먹을지를 물었다. 자신은 신칸센을 타고 가면서 도시락을 먹어도 좋고, 호텔 앞 카페에서 샌드위치와 커피를 먹어도 좋다고 했다. 나는 어제도 종일 빵과 커피만 먹었으니 오늘은 밥을 먹자고 했다. 기찬은 밥 생각은 없지만 내 뜻을 따르겠다고 했다. 자신은 아무리 오랫동안 집을 떠나 있어도 밥과 김치가 먹고 싶었던 적은 한 번도 없었다며, 여행 갈 때 된장과 고추장을 싸가는 사람들을 보면 도무지 이해가 안 간다고 웃었다.

아침은 신칸센을 타고 가면서 도시락을 사 먹기로 결정했다. 통화가 끝나자마자 호텔 로비로 내려왔는데 그는 보이지 않았다. 나와 통화하느라 짐을 싸지 못한 모양이었다. 나는 썰렁한 로비에 앉아 기찬이 내려오길 기다렸다.

오사카는 도쿄에서 서쪽으로 오백여 킬로미터를 가야 했다. 그곳 난바에서 사카이 마사토를 만난 뒤 다시 서쪽으로 오백여 킬로미터를 더 달려 규슈 고쿠라에 살고 있는 무라타 다케오를 만나고 다시 도쿄로 돌아와 아소 신타로를 만날 계획이었다. 계획은 그렇게 잡았지만 그들이 우리를 기다리고 있는 것도 아니고 만나주겠다고 약속을 한 것도 아니어서 일정이 어떻게 비틀릴지는 알 수 없었다. 알아낸 주소지대로 무작정 찾아가는 것이라 그들이 현재 집에 있는지 아니면 죽었는지조차도 알 수 없는 노릇이었다.

　신칸센에 올라 자리를 잡자마자 나는 도시락을 주문했다. 그동안 제대로 된 식사를 하지 못해 흰밥을 보니 식욕이 확 당겼다. 붉은 우메보시와 달걀말이, 조린 생선 한 토막, 해초무침, 닭가슴살 튀김 등 풍성하고 조화로운 도시락이었다. 도시락 두 개와 맥주 두 캔을 합해서 삼만 오천 원을 주고 샀으니 결코 싼 가격은 아니었다. 민자 씨가 건네준 거액이 들어 있는 통장이 있었지만 내가 쓸 수 있는 돈은 환전해온 오십만 원이 전부라 도시락 가격을 묻지 않고 덥석 주문한 것이 후회되었다. 무슨 속셈인지 기찬은 내 눈치만 볼 뿐 도시락 값을 내지 않았다. 물론 내가 도와달라고 부탁한 처지라 모든 비용을 내가 감당하는 것은 맞지만 기찬이 왠지 일부러 그러는 것 같아 은근 얄미웠다. 서울에서는 한 번도 그런 적 없던 그가 내 주머니 사정을 봐주지 않는 걸 보면 혹시 민자 씨한테 받았다는 거액의 통장을 내가 쓸 거라고 생각하는 것인지도 몰랐다. 민자 씨 돈은 처음부터 쓸 생각을 하지 않았다. 현금으로 몇십만 원을 주면서 쓰라고 했으면 부담 없이 썼을지 모르지만 통장 속에 든 돈은 왠지 영원히 꺼내 쓰면 안 될 것 같았다.

　도시락은 눈에 확 띄는 비주얼과 달리 계속 당기지 않았다.

달짝지근한 간장 맛 때문인지 속이 니글거려 더 이상은 먹을 수가 없었다. 도시락 값을 생각하면 반 이상은 먹어야 하는데 깨작거리며 밥알을 세고 있자 기찬이 말했다.

"여기 반찬은 밥보다 맥주랑 먹는 게 더 맞아."

밥은 남기고 반찬은 모두 먹어치운 그가 내 도시락을 넘실거렸다.

"더 이상은 못 먹겠다. 무슨 음식이 이렇게 달고 짜."

"선배가 처음이라 그렇지 먹다 보면 먹을 만해."

"너나 더 먹어. 나는 맥주랑 밥이나 먹어야겠다."

말 떨어지기가 무섭게 기찬이 내가 남긴 도시락 반찬을 가져갔다. 그냥 아까워서 먹는 것이 아니라 환상적인 맛을 느끼기라도 하듯 기찬은 온 얼굴 근육을 움직이며 맛있게 먹었다. 충분히 까다로울 수 있는 환경에서 자랐음에도 그는 닥친 상황에 잘 적응했다.

"원래 그렇게 아무거나 잘 먹니?"

"글쎄. 아무거나 잘 먹는 것은 아니야. 함께 먹는 사람이 누구냐에 따라서 다르지. 음식 맛은 배고픔보다 누구랑 먹느냐가 더 중요해."

"그럼, 그동안 내가 추천한 음식이 맛있다고 한 것도 다 거짓말이야? 맛은 없는데 나하고 먹어서 맛있는 척한 거냐고?"

"솔직히 다 맛있지는 않았어. 선배가 맛있다고 하니까 그냥 먹은 거지."

그렇다면 기찬에 대한 내 생각이 틀린 것이었다. 그가 음식 맛보다 나에 대한 배려를 먼저 생각해 애써 소탈하게 군 것이라면 그에 대한 이해가 더 필요했다. 부자의 소비를 부정적으로 바라보는, 그래서 그들의 소박한 행동을 위선이라고 여기는 선입견이었다면 그동안 기찬을 너무 안일하게 생각한 것이다.

나는 밥을 안주 삼아 맥주를 마셨다. 단맛을 싫어하는 입맛 탓인지 입안 가득한 들큼함은 여전히 가시지 않았다. 차라리 커피와 샌드위치가 나을 뻔했다. 그랬더라면 기찬에 대한 얄미운 오해를 모른 채 지나갔을 것이고, 쓴 커피에 입안 또한 개운했을 것이다.

두 시간 반을 달려 신오사카 역에 도착한 우리는 다시 전철로 갈아타고 난바 역으로 향했다. 평일 아침인데도 젊은 한국 사람들이 눈에 띌 정도로 많았다. 한국인의 여행 열풍을 모르는 바는 아니지만 과연 그 많은 여행자들이 여행을 통해 얻어가는 것이 무엇인지 궁금했다. 여행을 통해 깨닫고 싶은 것들이 그렇게 많은 것인지, 그토록 자주 여행을 떠날 수 있을 만큼 윤택한 삶을 살고 있는 것인지, 여행을 가지 않으면 시대에 뒤떨어지는 인생을 사는 것인지 궁금했다.

난바 역에서 빠져나온 우리는 기찬의 휴대폰 속 지도가 이끄는 대로 걸었다.

"이십 분 정도 걸어가야 하는데 괜찮겠어?"

날이 춥지 않아 걸을 만했다.

"사카이 마사토가 살아 있을까?"

"사망 사실은 확인하지 못했으니까 찾아가보는 수밖에 없지."

지도를 따라가다 보니 기찬의 걸음은 빨라질 수밖에 없었다. 부지런히 걸었지만 기찬과 나란히 보폭을 맞추기가 어려웠다. 작은 백팩 하나를 메고도 그를 시원시원 따라잡지 못한다고 생각하니 캐리어를 도쿄 역 코인룸에 넣고 온 것은 잘한 일 같았다.

난바 역사를 나와 큰 도로를 따라 십여 분쯤 걷자 삼거리가 나왔다. 번화가라고 할 수는 없어도 난바의 중심지인 듯 은행과 쇼핑몰, 카페 등이 몰려 있었다. 우리는 삼거리에서 잠깐 걸음을 멈추고 방향을 찾았다. 기찬이 서 있는 지점에서 오른쪽이라고 가리켰다. 오른쪽 횡단보도 앞에서 신호가 떨어지길 기다렸다. 교차로를 지난 작은 차들이 일개미들처럼 이리저리 사라졌다. 횡단보도를 건너서 걷다 보면 자동차 대리점이 나오고 조금 더 가면 공원이 나오는데, 그 공원 근처가 목적지라고 기찬이 말했다. 길은 완만한 경사로 이어졌다. 가까이에 산이 보이는 걸 보니 길의 종점은 산인 듯했다. 삼거리에서 멀어질수록 공기의 느낌이 다른 것도 그 때문인 것 같았다.

지도에 눈이 팔려 있던 기찬이 목적지에 이른 듯 내게 스마트폰 화면을 보여주었다.

"여기가 332-1이야."

그가 가리키는 지점에서 파란 점이 깜박이고 있었다. 사카이 마사토가 살고 있을지도 모르는 지점이었다. 부디 그가 살아 있어주기를 바라며 우리는 도로를 벗어나 샛길로 접어들었다. 골목은 깨끗했다. 이리저리 둘러보았지만 집들은 꼭꼭 빚어놓은 만두처럼 빈틈없이 닫혀 있었다. 티끌 하나 없어 보이는 골목을 따라 백여 미터를 걷자 세 동짜리 아파트가 나타났다. 고층 아파트가 숲을 이루는 한국의 도시와는 다른 분위기였다. 삼 층짜리 아파트의 외벽은 일본 특유의 콘크리트 색 그대로였지만 차가운 느낌은 들지 않았다. 아파트 현관 입구에는 미니 화단이 있고 그 옆으로 자전거 주차장과 오토바이 주차장이 있었다. 우리는 바로 들어가지 못하고 한참 동안 그의 집을 올려다보았다. 이 층에 있는 그의 집 베란다에는 한여름 환하게 꽃을 피웠을 화분들이 놓여 있고 소박한 창가에는 행거에 널린 울긋불긋한 빨래가 바람에 펄럭이고 있었다. 다른 집들과 별다를 것 없는 평범한 집이었다. 기찬이 앞장서 이 층으로 가는 계단을 올라갔다. 그리고 곧바로 203호 초인종을 눌렀다. 딩동 소리가 길게 울렸다. 집 안에서 누군가 움직이는 소리가 들렸다. 갑자기 목이 간지러워진 나는 당황해서 헛기침을 했다.

문이 열리고 작고 깡마른 노파가 나왔다. 나는 열린 문 사이로 빠르게 집 안을 훑어보았다. 기찬은 내 뒤에서 열린 문이 닫히지 않도록 몸을 기댄 채 노파에게 물었다.

"고코가 사카이 마사토 상노 오타쿠데스카?" ("여기가 사카이 마사토 씨 집 맞습니까?")

노파가 구부러진 허리를 곧추세우며 나와 기찬을 번갈아 쳐다보았다.

"하이, 소-데스. 모시카시테 칸코쿠카라 이랏샤이마시타카?" ("네, 맞아요. 혹시 한국에서 왔나요?")

기찬은 작은 목소리로 빠르게 통역해주었다. 놀랍게도 노파는 마치 우리를 기다리고 있었던 듯 한국에서 왔느냐고 물었다는 것이다.

"어떻게 아세요?"

"어서 들어오세요."

기찬과 내가 한국인임을 확인한 노파는 대뜸 들어오라고 했다. 경계하지 않고 바로 집으로 들어오라는 노파의 행동에 우리는 당황했다. 다른 한국인을 기다리다 우리와 착각한 것은 아니냐고 물어야 했지만, 그냥 노파를 따라 집 안으로 들어갔다.

살림살이마다 소박하면서도 정갈함이 묻어났다. 노파가 방석을 내놓으며 앉으라고 했다. 잘못 찾아온 것은 아닌가 하는 생각이 들었다. 초로의 노인이 나와 자신은 절대 사카이 마사토가 아니라고 부인하거나 그런 사람은 모른다며 우리를 문밖으로 내쳐야 하는데, 사카이 마사토는 보이지 않고 등이 바싹 굽은 노파가 우리에게 친절을 베풀고 있었다.

"남편이 언젠가는 한국 사람이 찾아올지도 모른다고 했어요."

노파가 차분하게 말했다. 답답해서 기다릴 수가 없었다. 내가 먼저 입을 열었고 기찬이 또박또박 노파에게 다시 물었다.

"남편분이 전쟁 때 중국 장춘에서 군의관으로 근무했던 그 사카이 마사토 씨가 맞나요?"

"맞아요. 남편은 장춘의 157부대 군의관으로 있다가 전쟁이 끝나기 직전에 집으로 왔어요."

"혹시 사진이 있으면 보여주실래요?"

기찬이 부탁하자 그녀는 고개를 끄덕이며 방으로 들어가더니 잠시 후 작은 액자 하나를 들고 거실로 나왔다. 노파는 가져온 액자를 우리가 잘 볼 수 있도록 바닥에 내려놓았다. 기찬과 나는 몸을 바짝 수그리고 액자를 내려다보았다. 액자 속에는 교복을 입은 남학생과 젊은 군인, 중년의 남자와 백발의 노인이 있었다. 이미지가 모두 비슷한 것이 한 사람이 틀림없었다.

"이분이 사카이 마사토 씨인가요?"

"맞아요. 내 남편입니다."

노파가 흥분하거나 긴장해서 말했다면 우리도 차분하게 행동하지 못했을 것이다. 노파는 손짓 하나 눈빛 하나까지 고요했다. 집 안은 적막했고 그녀에게선 삶의 무게가 느껴지지 않았다. 일 인용 소파를 차지하고 있는 고양이조차 미동이 없어 우리의 의지를 무력화시켰다.

"그럼, 남편분은 지금 집에 안 계시나요?"

이 집에 들어오자마자 가장 먼저 물어봤어야 할 질문이었다.

"남편은 일주일 전에 죽었어요. 병을 앓다 죽은 것은 아니에요. 죽기 사흘 전 내게 이걸 맡기면서 혹시라도 한국에서 누가 찾아오면 주라고 했어요. 기다려도 오지 않으면 나더러 용기를 내라고 했죠. 남편은 비겁한 사람입니다. 죽기 전에 이걸 들고 한국을 찾아갔어야 하는데, 끝내 용기를 내지 못하고 비겁하게 죽었습니다."

노파는 액자와 함께 가지고 나온 노트를 내게 건네주었다. 한 권짜리 두툼한 대학노트였다. 질 좋은 종이로 만든 노트 겉

241

장에는 제목은 없고 하단에 사카이 마사토라는 이름만 있었다. 노파의 말은 사카이 마사토는 일주일 전에 죽었고, 죽기 전에 자신이 쓴 노트를 아내인 노파에게 주었는데, 그녀가 용기를 내기도 전에 우리가 찾아왔다는 소리였다. 나는 받아 든 노트를 다시 기찬에게 넘겼다. 기찬이 노트의 겉장과 몇 장의 속장을 넘겨보았다.

"죽기 전에 쓴 양심 고백 같은 거야."

우리가 노트를 열어보고 있는데 맞은편에 앉아 있던 노파가 두 무릎을 꿇었다. 납작 엎드리더니 머리를 바닥에 대고 두 손을 모아 비는 것이었다.

"죽을죄를 지었습니다. 내 남편은 그때 사람이 아니었습니다. 사람이라면 그런 짓을 할 수가 없습니다. 내 남편은 짐승이었습니다. 하느님도 용서하지 못할 끔찍한 범죄를 저질렀습니다. 나는 남편을 용서하지 않을 것입니다. 그리고 남편을 대신해 죽을 때까지 당신들께 사죄드리겠습니다."

나는 그녀에게 아무 말도 할 수 없었다. 그녀는 사카이 마사토가 아니었고, 나는 순이 씨가 아니었다. 용서를 빌고 용서를 받아야 할 사람은 그녀와 내가 아닌 것이다. 그러나 전쟁과 폭력의 책임은 사카이와 순이 씨만의 문제가 아니었다. 그들의 문제이기도 하고 우리의 문제이기도 했으며 우리와 그녀의 문제이기 전에 사카이와 순이 씨의 문제였다. 바짝 엎드린 그녀의 어깨가 심하게 요동쳤지만 내가 용서할 수 있는 일은 아니었다. 당신은 사카이가 아니니 그만 일어나라고 할 수 없었다. 당신은 당사자인 사카이 마사토가 아니니 이해한다고 용서하겠다는 말은 나오지 않았다. 부둥켜안고 함께 울 수 없다면 그건 용서가 아니었다. 화해의 악수를 청하며 머리를 조아리는 것이 용서라면 우리는 더 많은 전쟁과 폭력에 희생당했을 것이다. 온몸으로 흐느끼는 그녀에게 우리가 당장 해줄 수 있는 말은 사실대로 말해줘서 고맙다는 소리뿐이었다.

"진실을 말씀해주셔서 고맙습니다."

한참 동안 엎드려 있던 그녀가 일어나 눈물을 훔쳤다.

그녀는 우리와 한 번도 눈을 마주치지 않았다. 눈동자는 항상 바닥을 향해 있었고 목소리는 무게와 부피가 느껴지지 않을 정도로 허약했다. 기찬은 통역하는 와중에도 틈틈이 사진을 찍었고 조심스럽게 그녀의 목소리까지 휴대폰에 담았다. 표류하는 감정에 매달려 그녀를 상대하는 나와 달리 그는 자신의 일을 성실히 해나갔다. 예상과 달리 사카이 마사토 문제는 쉽게 풀렸다. 사카이의 증언록까지 우리에게 전해주며 용서를 구하는 그의 아내에게 더 이상의 감정을 표현하기는 어려웠다. 뭔가 더 많은 이야기를 물어보고 싶었는데 우리의 눈길조차 힘들어 하는 그녀를 계속 취재하기는 어려웠다. 화창한 봄날에도 바깥에 나가는 일이 두려웠다고 말하는 그녀를 뒤로하고 기찬과 나는 사카이 마사토의 집을 나왔다.

"선배, 겁나지 않아?"

기찬이 사카이의 수첩을 흔들며 말했다.

"사실이 이렇게 무서울 줄 몰랐어."

힘없는 노인을 만나고 나온 것뿐인데 기찬은 그녀가 준 사카이의 수첩을 보며 겁이 난다고 했다. 나는 그녀를 만난 사실 자체가 겁이 났다. 자기 몸조차 가누기 힘겨워 보이는 노인이 그토록 무서운 사실과 함께 살고 있었다는 것이 믿어지지 않았다. 찻잔 하나 겨우 들 수 있을 정도의 평범한 노인에게 그처럼 무서운 기억과 역사가 있었다니. 그리고 그 모든 게 사실이라고 기찬의 손에 들린 증거가 말하고 있었다.

기찬이 걸음을 멈추고 내게 물었다

"이걸 어디다 내보내지?"

《대한신문》 기자인 기찬이 내게 그렇게 묻는 것은 우리 신문에 기사를 내보내고 싶지 않다는 뜻이었다. 당연히 내가 반대할 거라고 생각해서 한 말일 수도 있지만, 기찬 역시 이 문제가 간단하게 내보낼 수 있는 시사 문제가 아니라는 걸 잘 알았다.

"가장 믿을 수 있는 매체를 찾아봐야지."

"이 일이 알려지면 기사보다 우리에 대한 관심이 더 커질지도 몰라. 양쪽에서 가만히 있지 않을 거야."

우리가 할 일은 이 사실을 어떻게 세상에 드러내느냐였다.

"규슈에 가서 결정하자."

신오사카 역에 도착한 우리는 우동으로 점심을 때우고 규슈 고쿠라 행 기차에 올랐다. 무라타 다케오의 주소지가 있는 규슈 고쿠라까지의 예상 시간은 두 시간이 넘었다. 우동을 먹고 기차에 올라 자리를 잡기까지 나는 뭔가 쫓기는 기분이었다. 겉으로 보기에 우리는 그저 평범한 여행객일 뿐일 텐데, 사카이 마사토의 증언록을 넘겨받고 나서부터는 이전 같지 않았다. 확실치 않은 여정이 될지도 모른다고 생각했을 때는 마음의 여유가 있었는데, 난바에 다녀온 뒤부터는 자꾸 주변인들의 시선이 신경 쓰였다.

차창 밖으로 평화로운 농촌 풍경이 보였다. 햇살에 반짝이는 강과 호수가 보였고 마을을 휘감는 풍요로운 바다도 보였다. 산에는 소나무와 자작나무가 있고 마을 뒤켠에는 검은 대나무가 병풍처럼 자라고 있었다. 한적한 마을 어귀에는 어김없이 구부정한 노인의 모습이 보였고, 도로에는 끊임없이 차들이 달렸다. 하물며 앞자리와 뒷자리에 앉은 사람들의 모습에서도 나는 나와 다른 무엇을 찾을 수가 없었다. 모두 나와 같은 모습으로 살아가는 사람들이었다. 그들이 사실을 밝히기 전에는 무엇이 악이고 선인지 구분할 수 없었다. 아내와 두 아들을 보면서 연신 행복해하는 앞자리의 남자한테도 과연 증언록에 적을 만한 사연이 있을까? 초로의 아내와 조용히 독서 삼매경에 빠져 있는 옆자리의 남자에게는 과연 밝은 역사만 있을까? 묻고 싶었다.

나직이 코를 곯던 기찬이 정차 역을 알리는 소리에 눈을 떴다. 기차에 오르자마자 꺼내보려 했던 사카이의 증언록은 잊은 듯 그의 가방 속으로 들어간 뒤 나올 줄 몰랐다. 기찬이 읽고 해석해주기를 기다리는 내 입장에선 답답했지만, 어젯밤 잠을 못 잔 까닭을 알기에 그가 깨어나길 기다렸다. 때마침 승무원 여자가 수레를 밀고 앞 칸에서 나타났다. 기찬이 큰 소리로 부르자 아가씨가 내 옆으로 와 멈췄다.

"누나! 저거 사줘."

"누나?"

그는 젊은 여자만 나타나면 일부러 그랬다. 나는 못 들은 척 눈을 감았다.

"누나, 왜 자는 척해. 빨리 간식 사줘."

"너 또 까분다."

승무원이 우리의 대화를 알아들을 리 없지만 그래도 기찬이 누나라며 애교를 떠니 서운했다. 장난인 줄 알면서도 그에게 누나로 불리는 것은 싫었다. 이것저것 챙긴 기찬이 내게 돈을 지불하라고 눈짓을 했다.

"너는 어떻게 가난한 사람 주머니를 털어먹냐?"

"선배 돈 많잖아. 병원에 있는 할머니가 줬다며?"

"받기는 했지만 그 돈을 어떻게 맘대로 쓰냐."

"맨손으로 할 수 있는 일은 주먹질밖에 없어."

"부자가 더 무섭구나."

망설이다 지폐 한 장을 꺼내주었다.

"과자 한 봉지만 사."

"그럼 돈이라고 생각하지 말고 일하는 데 필요한 물건이라고 생각해. 재화라는 게 본래 물물교환으로 쓰기 위해 만들어진 거야. 과자하고 이거랑 바꾼 거야. 돈의 개념을 지나치게 사회적이고 관념적으로 생각하지 마."

"그래서 네 아버지 돈을 그렇게 막 쓰냐?"

"당연하지. 내가 돈을 써야 아버지가 돈을 더 벌 거 아니야. 선배는 욕은 잘하는데 세상에 대한 경계가 너무 심해. 돈의 본질은 쓰는 자가 바꾸는 거야. 선배를 찾아온 돈이니까 좋은 일에 막 쓰는 건 괜찮다고."

사설이 더 길어지기 전에 그의 입을 막아야 했다. 내가 과자

값을 모두 치른 다음에야 기찬은 흐뭇하게 웃었다. 나는 과자를 먹을 생각이 없어 팔짱을 낀 채 눈을 감았다. 가만히 있을 기찬이 아니었다. 기어이 과자 한 봉지를 열어 내 손에 쥐여주고는 먹어보라며 재촉했다. 성가신 얼굴로 그가 내민 바나나 향 과자를 씹으니 뜻밖에 맛이 괜찮았다. 한동안 스마트폰에 열중해 있던 그가 실실 웃으며 내게 뭔가를 보여주었다.

"선배, 이거 봐."

그가 보여준 스마트폰 속에는 시위대를 향해 삿대질하는 내가 있었다.

"이게 어떻게!"

"시위대가 찍어서 올린 거 같은데."

"기사야? 아니면 개인이 올린 거야?"

"넷우익들이 우글거리는 이채널에 올라온 포스팅인데, 제목이 '한국의 용감한 그녀, 도쿄를 삿대질하다'야! 댓글도 장난 아니네. 선배 눈에 띄면 죽여버린대. 도쿄 가서는 스카프로 얼굴 가리고 다녀야겠다."

기찬은 그저 그런 기사로 읽었지만 순간 나는 등골이 오싹했다.

"어떻게 하지?"

"괜찮아. 도쿄에 돌아다니는 한국 사람들이 어디 한둘이야?

이 새끼들 공연히 험한 시위 확대시키려고 꼼수 부리는 거야. 시위대에 삿대질한 한국 사람은 처음이니까 문제 삼고 싶은 거지. 시위대보다 선배 사진을 확대시킨 것도 그런 이유일 거야. 사진으로만 본다면 오해의 소지가 있지만 나한테 당시 사진이 많으니까 수틀리면 우리도 사진 내보내지 뭐. 우리나라 사람들이 보면 시위대에 용감하게 대들었다고 박수를 보낼 수도 있어."

가까이서 찍은 듯 사진은 정확했다. 기찬의 말대로 대수롭지 않은 기사일 수도 있지만 나는 왠지 이로 인해 다른 일이 생기는 것은 아닐까 싶어 마음이 무거웠다. 무라타 다케오와 아소 신타로가 아직 남아 있었다. 사카이 마사토의 증거만으로는 부족했다.

"혹시 모르니까 증거 자료는 확보하는 대로 미리 보내놓는 게 좋을 거 같다. 어제처럼 그런 일 당하면 다 빼앗길 수도 있잖아."

기찬도 내 말에 동의하는 듯 신중하게 말했다.

"전에 한 일간지에 다니다 문제가 생겨 그만둔 후배가 있어. 지금은 대안언론 〈레드저널(Red Journal)〉이라는 인터넷 잡지를 운영하고 있는데, 의식 있는 독자들한테 꽤 인기가 있지. 국내 저널지 중에서 가장 올바르고 정확한 기사를 쓰기로 유명하고 힘 있는 야당 쪽 사람들도 〈레드저널〉의 파워를 인정하는 분위기야. 그쪽에 자료를 보내서 안전장치를 해놓은 다음에 귀국해서 터뜨리는 게 어때?"

〈레드저널〉 운영자가 기찬의 후배이고 믿을 만한 사람이라면, 다른 매체보다 보도 효과는 크지 않겠지만 정확한 보도에 대한 믿음은 있을 것 같았다.

"그렇게 하자. 내 사진이 공개된 이상 신상이 털리는 것은 시간문제일 테고,《대한신문》기자라는 사실이 알려지면 일이 더 복잡해질지도 몰라. 혹시라도 우리 부장이 알아봐, 분명 그냥 놀러 갔다고는 생각하지 않을 거야. 너까지 옆에 있는 걸 알면 아마 난리 날걸?"

"누가 어디에 있든 그건 중요하지 않은 세상이야. 그가 거기서 무슨 짓을 하고 있느냐가 중요한 거지. 내가 일본에 있는 사실은 별문제가 안 되는데, 선배랑 일본에 뭐 하러 왔느냐가 중요할 테지. 분명 서울의 김 부장이나 동양건설 관계자한테 전화가 올 거야. 이혼녀랑 연애하러 간 것인지, 아니면 무슨 특종이라도 잡은 것인지 궁금해하겠지. 서울에서 전화 오면 뭐라고 할까?"

그럴지도 몰랐다. 하필 방위성 앞에서 시위대와 딱 마주쳤으니 별별 억측기사가 돌아다닐 것이 뻔했다. 그런 곤란한 지경에 빠질지도 모르는데 그는 걱정 대신 벌어질 상황을 은근 기대하는 눈치였다.

"특종도 아니고 연애질도 아니라고 해."

"그들이 그렇게 대답하면 그냥 넘어갈 것 같아? 또 다른 억측이 난무할걸. 차라리 솔직하게 말해버릴까?"

"그건 절대 안 돼. 우리가 서울 가서 안전하게 방송할 때까지는 입 다물어줘. 그냥 나랑 연애질하러 왔다고 해."

"그럼, 우리 사귀는 거 공식화되는데 괜찮겠어?"

"괜찮아. 재벌 2세들 여자 문제 복잡하잖아. 너도 그런 놈인 줄 알겠지. 사귀는 척하다가 결별했다고 하면 돼. 네 덕분에 가난한 이혼녀, 재벌 2세 잡아 신데렐라 됐다는 관심 좀 받아보자."

"차라리 그렇게 가는 게 나을지도 몰라. 선배 말대로 순이 씨 얘기가 아니라면 의혹의 불씨만 제공하는 꼴이거든. 내가 알아서 할 테니 선배는 걱정하지 마."

우리가 노출된 이상 어떤 식으로든 오해받을 것이었다. 사카이 마사토의 아내가 서울에 직접 와서 남편의 증인이 돼주겠다는 어려운 결정을 해주었는데, 군위안부 문제를 사실대로 말할 수는 없었다.

"너희 집에서 나 그냥 두지 않을 텐데 어쩌냐? 드라마에서처럼 네 아버지가 돈 봉투 주면서 우리 엄마랑 지구 밖으로 나가 살라고 하면? 만일 그런 일이 생기면 냉큼 돈 받고 사실은 기찬 이랑 아무 사이도 아니라고 고백할래. 섹스 한 번 안 했으니 걱정하지 말라고 하면서 떠날 거야."

어쩌면 그것이 최상의 시나리오일지도 모른다는 생각이 잠깐 들었다.

"그렇게 똑똑한 여자였다면 지금까지 내 순결을 지켜주기 어려웠을걸. 여기 시위대한테 삿대질하는 사진 좀 봐. 이 손에 몽둥이 하나만 들려 있었다면 그놈들 대여섯 명은 나자빠졌을 거야. 그놈의 성질머리, 나 아니면 누가 맞춰주겠어."

사진을 보며 혼잣말하는 기찬이 귀엽기도 하고 걱정되기도 했다. 그가 어떤 대안과 대비를 준비한다고 해도 믿을 것이지만 그것이 자신보다 나를 위한 방편이 되지 않길 바랄 뿐이었다.

기차가 서서히 고쿠라 역으로 들어섰다. 나는 그가 벗어놓은 카메라와 점퍼를 제대로 챙기는지 지켜보았다. 시위대에 맞아 생긴 손등의 멍은 어디를 스칠 적마다 아파서 손을 번쩍 들고 움직여야 했다. 우리는 맨 나중에 기차에서 내렸다.

역사 벽에 걸린 홍보 포스터에 규슈를 대표하는 고쿠라 성(小倉城)의 야경이 펼쳐져 있었다. 1602년에 건축되었다는 고쿠라 성의 하얀 벽 옆에는 성의 캐릭터인 호랑이 한 마리가 관광객들을 호객하고 있었다. 창밖 고가 위로 나 있는 모노레일 풍경도 고쿠라의 상징인 듯 그쪽으로 이동하는 사람들을 따라 우리도 밖으로 나왔다. 역에서 바로 전차를 타고 호텔이나 쇼핑몰로 이동할 수 있는 구조였다. 오늘 우리가 묵어야 할 호텔도 전차를 타고 바로 이동할 수 있는 거리에 있었다. 여유가 있다면 고쿠라 성에 가보고 싶었다. 시장 구경도 해보고 싶고 이 지역의 명물이라는 나가사키 짬뽕도 먹어보고 싶었다. 내가 지켜야 할 어떤 것들이 가슴에 분노를 만들지만 않았다면 얼마든지 그렇게 할 수도 있을 테지만 지금은 아니었다.

역에서 나온 우리는 도로를 건너가 버스를 탔다. 거리의 시간은 빠르게 흘렀다. 걷고 버스를 타는 일들이 모두 자연스럽게 흘러가는 것만 같았다. 누군가 움직이는 모든 것들의 방향을 정해놓은 것처럼 사람들은 너나없이 이쪽으로 또는 저쪽으로 멀어지거나 사라졌다. 지독한 곱슬머리와 죽 째진 눈을 가졌다는 무라타 다케오를 만나러 가는 길 역시 아주 오래전 누군가가 우리를 이곳으로 이끌기 위해서 만들어진 것인지도 모른다는 생각이 들었다. 우리가 이곳으로 와야 할 운명이 아니었다면 왜 이 낯선 도시의 골목을 뒤지고 다니는 것일까.

피로감 때문인지 생각도 이미지도 부유하는 느낌이었다.

나는 오래된 벚나무들을 올려다보며 기찬과 골목 깊숙이 들어갔다. 잘 가꾸어진 고택들이 모여 있는 마을이 나타났다. 마을 초입의 공원 담장에는 아직 떨구지 않은 붉은 장미 몇 송이가 보였고, 고목 아래 나무 벤치는 텅 비어 있었다. 우리는 공원을 가로질러 가 어느 집 앞에 당도했다. 그 집 낮은 담장 너머로 백발의 노인과 두 아이가 보였다. 노인은 큰 자귀나무 아래 있는 나무 의자에 앉아서 공차기를 하고 있는 두 아이를 바라보고 있었다.

무라타 다케오였다. 백발이었지만 곱슬머리가 맞았고 눈자위가 움푹 파였지만 오른쪽 눈 밑에 검은 점이 있었다. 나는 기찬에게 고개를 끄덕였다.

"그가 맞아. 무라타 다케오."

기찬이 담장 너머에 있는 무라타 다케오를 불렀다.

"무라타 다케오 씨이십니까?"

"맞아요. 당신들은 누구요? 무슨 일로 왔소?"

두 아이 중 한 아이가 쪼르르 달려와 대문에 걸려 있던 걸쇠를 풀었다. 기찬을 따라 무라타 다케오가 있는 정원으로 들어갔다. 그는 친절한 표정을 짓진 않았지만 그렇다고 사람을 경계하는 것 같지도 않았다. 기찬이 선 채로 긴 대화를 시도했다. 태평양전쟁과 157부대에 복무할 당시 이야기일 것이었다. 나는 두 사람이 이야기를 나눌 동안 까르륵거리며 노는 아이들을 구경했다. 두 아이 모두 얇은 셔츠에 반바지 차림으로 공을 찼다. 공은 긴 고무호스가 감겨 있는 수돗가를 돌아 잎을 다 떨군 후박나무 아래로 굴러갔다. 그 후박나무 옆 거실 창 커튼 사이로 한 젊은 여자가 아이들을 살폈다. 어린아이들의 엄마라면 무라타 다케오의 손자며느리 정도 될 것이었다. 아이들을 살피던 그녀는 바깥 상황이 궁금했는지 얼마 후 정원으로 나왔다.

그녀가 나오자 무라타 다케오의 목소리가 갑자기 높아졌다. 그가 벌떡 일어나 집 안으로 들어가며 강하게 손을 내저었다. 자신에 관한 모든 사실을 부인한 것이 틀림없었다. 아이들의 엄마인 젊은 여자가 기찬에게 자초지종을 물은 듯 두 사람이 다시 이야기를 시작했다. 시간이 흐르면서 그녀는 손으로 입을 틀어막기도 했고 두 눈을 크게 뜨며 놀라기도 했다. 몸을 떨어가며 무라타 다케오가 들어간 집 안을 쳐다보기도 했다.

나는 그녀에게 다가가 말했다.

"그래요, 많이 놀랐을 거예요. 당신하고는 아무 상관없는 일이었는데 이젠 상관있는 일이 되고 말았어요. 무라타 다케오는 당신 가족이니까요. 당신 가족이고 이곳에서 함께 살고 있으니 사실을 말할 수 있도록 설득해주세요. 당신과 나는 여자이고 어머니잖아요."

무라타 다케오의 며느리 아니면 딸로 보이는 노인이 밖으로 나온 것은 기찬이 내 얘기를 손부에게 전할 때였다. 노인은 놀란 눈으로 한참 동안 서서 기찬의 이야기를 듣더니 조용히 그녀를 품에 안고서 집 안으로 들어가버렸다. 결국 우리는 아무 성과 없이 그 집을 떠나야 할 판이었다. 과거사를 밝혀야 하는 쪽이나 듣는 쪽 모두 힘들기는 마찬가지였다. 그녀들에게는 시간이 필요할지도 몰랐다. 무라타 다케오를 설득할 용기를 가질 시간 말이다. 그래도 우리는 한동안 그 자리에서 그녀들을 기다렸다. 그러나 굳게 닫힌 현관문은 다시 열리지 않았다. 아이들도 어느 순간 집 안으로 들어가버렸다.

"어려울 것 같은데?"

기찬이 돌아가자고 말했다.

"저렇게 멀쩡히 살아 있는데 어떻게 그냥 가. 인생을 통째로 잃어버린 순이 씨는 병들어 죽어가고 있고, 저 영감탱이는 아무 일도 없었다는 듯 손주들 재롱이나 보면서 저토록 행복하게 살고 있는데, 이건 너무 불공평하잖아."

날이 저물어가고 있었다. 정원의 마른 잎들이 저녁 바람에 이리저리 굴렀다. 무라타 다케오의 집 거실 창에서 불빛이 새어나왔다. 음식 냄새도 풍겼다. 하지만 아무리 쳐다보아도 그 집 안의 굳게 닫힌 커튼은 열리지 않았다. 우리는 그가 떠난 흔적 없는 나무 아래에 오랫동안 서 있다가 발길을 돌렸다. 애써 돌린 역사가 다시 까마득한 시간 속으로 꺼진 기분이었다. 정원의 빗장을 열고 나가다 뒤돌아선 나는 무라타 다케오가 앉았던 의자로 다시 돌아갔다. 의자 위에 기찬의 연락처를 적은 종이쪽지를 올려놓고 돌멩이로 눌러놓았다. 종이쪽지가 검은 시간의 수레를 거꾸로 돌리는 기적을 일으키길 바랐다.

고쿠라 역 근처 숙소로 돌아와서도 우리는 내내 기분이 우울했다. 몇 개의 캔 맥주를 마시며 한국과 일본의 정치인들에 대해 진지한 토론을 한 것 같기도 했고, 시리아 난민을 거부하는 유럽에 대해 이야기한 것도 같았다. 남은 맥주 캔 하나를 아껴 마실 때쯤에는 취기가 돌아서 열변을 토했는데, 순이 씨 문제를 여성의 도덕성으로 바라보는 이 땅의 열성 민족주의자들에 대해 욕을 한 것도 같았다.

일본군 위안부 문제를 여성에 대한 폭력이 아니라 대한민국의 수치로 바라보는 한국의 보수적 민족주의자들에 대해 욕을 한 것 같기도 했고, 일본군 위안부 문제를 조선 여성의 자발적인 성매매로 둔갑시키는 일본의 열성 우익에 대해 욕을 한 것 같기도 했다.

한 사람 한 사람의 인권 문제를 민족이니 국가니 하는, 블랙홀 같은 담론으로 빨아들이고 마는 사람들의 본심은 도대체 무엇인지 분노한 것도 같았다. 게다가 여성들 자신이 여성이 당한 성폭력을 향해 들이대는 정조의 잣대를 나는 참을 수가 없다고 기찬을 향해 소리친 기억이 났다.

그렇게 치열했던 밤이 지나고 남은 것은 숙취로 인한 두통뿐이었다. 새벽 여명이 두꺼운 창가를 넘실거렸다. 눈을 뜨긴 했지만 몸이 움직이질 않았다. 의식은 있는데 더 이상 행진할 기력이 없었다. 눈을 깜박일 때마다 창가의 붉은 여명이 스크린 속 엔딩 자막처럼 서울과 도쿄를 가리켰다. 조금만 더 헤매며 누워 있자고 나와 타협하는 순간, 누군가 방문을 두드렸다.

"누구세요?"

"누구긴, 나야!"

그가 옆방에 있다는 사실을 잊고 있었다. 나보다 더 많은 술을 마신 그가 설마 나보다 먼저 일어날 거라고는 생각하지 못했다. 급하게 방 안으로 뛰어든 기찬이 승전보처럼 소식을 전했다.

"무라타 다케오의 며느리한테서 전화가 왔어. 시아버지가 마음을 바꾼 거 같다고, 다시 한 번 와서 설득해보면 어떻겠느냐고 말이야. 며느리하고 손자며느리가 밤새 설득한 것 같아."

무라타의 며느리가 밤새 검은 역사의 수레를 돌린 모양이었다. 삶의 균형은 거꾸로 돌리는 자와 바로 돌리는 자, 멈추는 자가 있기에 잡을 수 있었다. 그녀에 대한 고마움은 만나서 전하기로 하고 우리는 서둘러 무라타의 집으로 향했다. 아침은 호텔

방에 있던 생수로 해결하고 비싼 택시까지 불러 무라타 다케오의 집에 도착했다.

그녀의 전화를 받은 지 채 한 시간도 지나지 않아 어제 그 자리에 서 있었으니 무라타는 물론 그의 늙은 며느리와 젊은 손자며느리가 놀랄 만도 했다. 강하게 부인하던 어제와 달리 무라타 다케오의 표정은 한결 담담했다. 우리는 두 여자가 마련한 찻상을 중심으로 빙 둘러 앉았다. 무라타의 늙은 며느리가 먼저 입을 열었다.

"어제는 당신들을 믿지 않았습니다. 나는 평생 시아버지를 존경해왔고 그런 일은 상상조차 해본 적이 없습니다. 아버님은 따뜻하고 신앙심이 강한 사람입니다. 다른 사람에게 피해를 준 적이 단 한 번도 없는 사람입니다. 그토록 친절하고 예의 바른 아버님이 과거에 그런 악마와 같은 짓을 했다니, 처음에는 믿지 않았습니다. 하지만 당신들의 구체적인 얘기를 듣고는 확인하지 않을 수가 없었습니다. 당신들 말이 모두 사실이었습니다. 저와 며느리가 밤새 아버님을 추궁해 진실을 알아낸 이상 가만히 두고 볼 수만은 없습니다. 전쟁이든 뭐든 그 어떠한 상황이었다고 해도 그런 잔인한 짓을 했다면 용서할 수가 없습니다. 저는 자식을 셋이나 낳아 키웠습니다. 자식이 손가락 하나만 다쳐도 뼈가 녹을 듯 아픈 것이 부모의 마음입니다. 그 어린 소녀들도 세상 누군가의 자식입니다. 아버님은 참으로 무서운 일을 저지른 당사자입니다. 당신들이 시아버님을 구원할 수 있는 마지막 기회를 주신 것을 하느님의 은총으로 알고 감사드리겠습니다."

긴 이야기를 마친 무라타 다케오의 늙은 며느리가 기도를 시작했다. 침묵하고 있던 무라타가 그녀의 기도 소리에 두 손을 모았다. 무라타의 손자며느리까지 눈을 감자 나와 기찬도 따라하지 않을 수 없었다. 나는 알아들을 수 없는 그녀의 울음 섞인 기도 소리가 거실 공기를 무겁게 가라앉혔다. 어쩌다 눈을 뜨게 된 나는 맞은편 벽에 걸린 무라타의 가족사진을 보았다. 세 명의 아들 부부와 여러 명의 젊은 부부들, 그리고 열 명도 넘는 아이들이 사진을 가득 채우고 있었다. 모두 무라타의 가족으로 보였고 다들 행복한 미소를 짓고 있었다. 사진 속의 무라타 다케오는 그의 며느리 말대로 가족을 진정으로 사랑하는 성실하고 반듯한 가장의 모습으로 보였다. 그가 벌인 전쟁만 아니라면, 그의 인생에서 장춘의 기억만 빼버린다면 그는 정말로 모범적인 인생을 살았다는 평가를 받을 수 있을 것이었다.

그러나 그는 자신조차 잊었다고 착각한 기억을 되살려내야 하는 처지가 되었다. 우리만 찾아가지 않았다면 아무 일 없이 살다 죽을 수 있었을 텐데, 불행한 기억들의 공유가 우리를 이곳으로 이끈 것이었다.

현재의 무라타가 과거의 무라타를 속죄하게 한다면 그는 지금처럼 행복하게 살 수도 있을 것이다. 그의 며느리가 말했듯이 신과 순이 씨한테 용서를 빌면 구원의 힘이 조금은 그와 순이 씨를 평안케 할 수도 있을 것이다. 육 인용 식탁 의자에 놓인 화려한 퀼트 방석에 눈이 팔려 있을 때쯤 무라타의 늙은 며느리가 기도를 끝냈다.

무라타 다케오의 표정은 그대로였다. 그녀의 간절한 기도에도 그는 담담하거나 체념한 모습으로 앉아만 있었다. 기찬이 그에게 말했다.

"무라타 씨, 당신 며느리는 참 훌륭한 사람입니다. 이 문제의 범위는 대단히 크지만 우리는 당신과 순이 씨 두 사람의 문제로만 풀고자 합니다. 하지만 만일 당신이 순이 씨를 찾아가 사죄하게 된다면 그건 그 당시 순이 씨와 같은 처지였던 모든 여성들에게 사죄하는 것과 같습니다. 당신의 그 진정 어린 한마디 사죄가 무자비한 성폭력에 짓밟힌 인권을 회복하는 데 큰 힘이 될 것입니다. 당신도 알겠지만 평화는 그냥 찾아오는 것이 아니라 서로 노력해서 만들어가는 것입니다. 당신도 이제 그만 끔찍했던 전쟁의 기억으로부터 벗어나야 하지 않겠습니까? 부디 저희와 함께 한국으로 가 순이 씨를 만나주세요. 그녀에게 용서를 빌어주세요."

십 분쯤 시간이 흘렀다. 이윽고 긴 침묵을 깨고 무라타 다케오가 고개를 들어 우리를 바라보았다.

"알겠소. 나는 사랑하는 가족을 잃고 싶지 않소이다. 가족들이 원하는 대로 한국으로 가 그분께 용서를 빌겠소. 당신들 말대로 잊었다고 착각한 기억에서 자유롭고 싶소."

"감사합니다. 당신의 용기를 믿겠습니다. 그리고 혹시 아소 신타로 씨를 아십니까? 당시 157부대 장교로 있던 사람입니다."

거기까지는 생각 못했는데 기찬이 무라타 다케오에게 아소 신타로에 대해 물었다. 무라타가 고개를 갸웃거리며 대답했다.

"그는 나와 고등학교 친구였소. 157부대에서는 함께 있었는데 전쟁이 끝난 뒤에는 소식이 끊어졌다오. 다른 친구들한테 듣자니 아소가 정치를 한다고 했소. 꽤 유명한 정치인으로 행세를 한다고 들었지."

"그게 언제쯤이죠?"

"한 이십 년 됐소. 이후로는 친구들이 죽어서 소식을 못 들었소만."

아소 신타로가 정치를 한다는 얘기는 꽤나 흥미로웠다. 만일 그렇다면 그 기찬의 후배를 통해 금방 찾을 수도 있을 것 같았다. 기대하지 않았던 일들이 연속적으로 일어나고 있는 것 같아 도무지 믿기지 않았다. 서울을 떠나올 때만 해도 마음은 충천했지만 솔직히 이런 일이 가능할지 반신반의했다. 무라타 다케오의 며느리가 올린 기도대로라면 신의 은총이 내려진 것일 수도 있었다.

10

무라타 다케오는 추후 연락을 통해 한국을 방문하기로 약속
했다. 기찬이 그의 사진과 음성을 녹취해 챙긴 뒤 우리는 무라
타의 집에서 나왔다. 두 여자가 대문까지 따라나와 몸을 낮춰
인사했다.

젊고 순진해 보이는 무라타의 손자며느리는 내게 뭔가 할 말
이 있는 듯 쳐다보다 고개를 돌렸다. 내가 그녀의 행복한 세상
을 흔들어놓은 게 아닌데 우는 듯 웃는 그녀의 얼굴이 잊히지
않았다.

이제 아소 신타로를 만나러 가야 했다. 도쿄에 도착한 첫날
험한 시위대와 부딪치지 않았더라면 아소 신타로를 먼저 찾아

갔을 것이었다. 일이 꼬이긴 했지만 사카이와 무라타를 찾아 다행이었다. 사카이는 죽었지만 그의 아내가 대신 서울로 와 증언을 서겠다고 했고 무라타는 직접 온다고 했으니 일은 성공한 셈이었다.

무라타 다케오를 취재한 내용은 곧바로 기찬의 후배가 운영하는 인터넷 신문 〈레드저널〉에 보내졌다. 기사와 영상을 받은 기찬의 후배 진욱은 도저히 믿을 수 없다며 몇 번을 확인했다. 기사와 보도의 중요성은 반론의 여지가 없어야 하는 정확성과 타이밍에 있었다. 그런 면에서 〈레드저널〉의 역할이 중요했다. 증언자들의 신분도 보호해야 하고 이를 이용하려는 매체와 단체도 경계하려면 이들에 대한 철저한 보완이 필요하다는 소리였다. 이들을 찾아 서울로 데려가는 일보다 더 중요한 문제였고 이후에 일어날 수 있는 문제까지 염두에 둬야 한다고 생각하니 머리가 복잡했다.

우리는 서둘러 아소 신타로가 산다는 주소지를 찾아갔다. 신주쿠공원이 한눈에 보이는 역 근처의 한 빌딩이었다. 빌딩 경비원을 통해 아소 신타로의 주소를 물었지만 주소지 불명으로 나왔다. 기찬이 몇 번을 물어도 경비원은 아소 신타로라는 이름으로 빌딩에 입주해 있는 사람은 없다고 했다. 이상한 일이었다. 지금까지 주소지가 틀린 적은 한 번도 없었다. 사카이 마사토도 주소가 정확했고, 무라타 다케오의 주소도 숫자 하나 틀리지 않고 정확히 맞았다. 기찬은 일단 카페에 들어가 쉬면서 아소의 주소를 다시 알아보자고 했다. 기찬의 친구 나오키에게 아소 신타로의 신상 정보를 부탁해놓고 기다렸다가 다시 방문하자는 것이었다.

우리는 빌딩 지하에 있는 카페로 들어가 나오키에게 아소의 주소를 알아봐달라고 부탁한 다음 인터넷으로 아소의 자료를 뒤졌다. 정치를 한다면 어딘가에 그의 흔적이 남아 있을 텐데, 아무리 뒤져도 아소 신타로에 관한 기사는 찾을 수 없었다. 무라타 다케오의 정보가 틀렸을지도 모른다는 생각을 하고 있던 차에 나오키로부터 전화가 왔다.

나오키 역시 아소 신타로라는 정치인은 없다고 했다. 다만, 우리가 알고 있는 아소의 집 주소와 똑같은 주소에 살고 있는 사람이 있기는 했다고 말했다. 후지오카 노부히로라는 구십이 세 정치인이 은퇴해서 현재 살고 있는 주소가 아소의 주소와 같다는 것이었다. 후지오카 노부히로는 일본 극우정치의 수장이며 역사학자 중에서도 가장 센 보수에 속한다고 했다. 은퇴는 했지만 여전히 정치권에 매우 영향력 있는 목소리를 낸다고도 했다.

나오키와의 전화를 끊은 기찬이 물었다.

"주소는 같은데 사람이 다르다? 이거 무슨 뜻일까?"

"이름이 두 개일 수도 있잖아?"

"맞아! 그럴 수 있네. 아소 신타로의 신체 특징이 뭐라고 했지?"

"아소는 오른손 새끼손가락이 없다고 했어. 반쯤 잘린 게 아니라 아예 흔적조차 없다고."

아소 신타로가 이름을 두 개 사용할 수도 있다는 추측은 꽤 설득력 있어 보였다.

"여기 봐. 검색하니까 후지오카 노부히로라는 사람이 있네."

그가 아소 신타로인지는 정확하지 않지만 정치인인 것은 맞았다. 와세다에서 정치학을 공부한 뒤 은퇴하기 전까지 정치 생활을 했다는 자료가 있었다. 한 일간지 사설에서 후지오카 노부히로는 태평양전쟁 당시 위안부는 자발적인 행위로 이루어졌을 뿐 군이 개입한 것은 아니라고 못을 박았다. 조선은 예부터 힘 있는 주변국에 여성들을 조공으로 바치는 선례가 빈번했고 위안부 역시 자발적으로 이뤄진 것이라 책임이니 배상이니 따위를 논할 근거가 없다는 거였다. 안타까운 사실은 자신은 어릴 적부터 몸이 약해 태평양전쟁에 참전하지 못했고, 그래서 신성한 황국신민으로서의 충성을 다하지 못했다고 썼다. 그의 정치 성향을 파악하긴 했지만 후지오카의 주장에 뭔가 의구심이 생졌다. 일본군 위안부를 강하게 부인하는 그에게서 왠지 아소 신타로 냄새가 진하게 풍겼다.

순이 씨가 수첩 속에서 밝힌 아소의 특징은 오른손 새끼손가락이 없다는 거였다. 아소의 오른손을 봐야 정확히 알 수 있는데, 인터넷에 나와 있는 사진들은 대체로 상반신이거나 활보하는 것이어서 손을 알아보기는 어려웠다. 기찬이 무슨 꿍꿍이인지 커피와 조각 케이크를 사들더니 아까 만난 경비원을 찾아갔다. 자신은 한국에서 온 기자라고 하면서 아까 잘못 안 후지오카 노부히로를 인터뷰하러 왔다고 너스레를 떨었다. 읽지 못하는 명함까지 건넸으니 경비원도 기찬을 믿는 눈치인 듯 친절하게 설명을 해주었다.

"가끔씩 당신들처럼 후지오카 씨를 아소 신타로라는 이름으로 찾아오는 사람들이 있어요. 후지오카 씨가 그 이름으로 오는 우편물을 받는 걸 보면 아소는 어릴 적 이름이고 개명한 이름이 후지오카인 모양입니다. 후지오카 씨는 일본에서 존경받는 정치 원로 중의 한 사람입니다. 많은 정치인들이 그를 찾아오고 지금의 총리도 매우 신뢰한다는 소리를 들었습니다. 그는 현재 가사도우미와 업무를 도와주는 비서랑 셋이서 살고 있습니다. 당신들이 그를 만나려면 먼저 그 비서에게 연락을 해야 할 것입니다."

경비원의 말이 사실이라면 아소와 후지오카는 같은 사람이 맞았다. 근데 왜 좀 전에는 아소 신타로를 모른다고 했는지 묻자 경비원은 아소에게 불만 있는 사람들이 찾아와 행패를 부릴 수도 있기 때문에 신분이 확실하지 않으면 대답해줄 수가 없다고 했다. 경비원은 아소 신타로를 신뢰하는 모양이었다. 기찬이 건네준 커피를 마시면서도 건물 주변에 대한 경계를 늦추지 않는 듯 시선은 항상 다른 쪽에 가 있었다. 잠시 후 경비원이 아소가 있는 집으로 인터폰을 해 기찬에게 건네주었다.

"저는 서울에서 온《대한신문》기자입니다. 후지오카 노부히로 씨를 만나고 싶은데요?"

굵직한 중년의 남자 목소리가 인터폰에서 새어나왔다.

"무슨 일로 만나려는 거죠?"

"태평양전쟁과 관련해 후지오카 의원님의 개인적인 의견을 듣고 싶어서 왔습니다."

"의원님은 서면으로만 인터뷰합니다. 직접 만날 수는 없습니다."

인터폰에서 남자의 목소리가 사라졌다. 후지오카를 직접 만나기는 어려울 듯했다. 비서의 말대로 서면으로 인터뷰를 요청하는 수밖에 없었다. 기찬과 나는 친절해진 경비원의 눈치를 살피며 한 가지를 더 물어보았다.

"의원님은 건강하시죠? 혹시 어디 불편하신 곳은 없나요?"

"없습니다. 새벽마다 비서와 신주쿠공원으로 산책을 다닙니다. 목소리도 아직 쩌렁쩌렁하고 걸음도 잘 걷습니다."

경비원의 입에서 혹시라도 아소의 오른손 새끼손가락 얘기가 나올까 기대했는데 그는 전혀 모르는 눈치였다.

"후지오카 의원님을 꼭 만나야 합니다. 의원님이 집에 계실 때 저희에게 연락해주실 수 있는지요? 꼭 부탁드립니다."

기찬이 거듭 부탁하자 경비원은 웃으며 잘 가라고 손짓했다. 인터뷰는 서면으로 하더라도 아소는 꼭 한 번 만나야 했다. 후지오카가 아소라는 사실이 밝혀진 이상 그가 동일 인물이라는 확인을 해야 했다. 그의 얼굴보다 오른손을 찍어야 아소가 전쟁 당시 장춘의 157부대에 장교로 있었음을 밝힐 수 있었다.

우리는 서면 인터뷰를 작성하기 위해서 일단 호텔로 철수했다. 사실 우리는 아소에게 질문할 것이 없었다. 인터뷰는 그를 만나기 위한 수단일 뿐이었다. 우리는 과거의 아소가 필요하지 그의 현재는 궁금하지 않았다. 우리는 어떤 질문을 미끼로 써야 그가 우리를 만나줄지 고민했다. 질문은 간단하게 세 가지로 정리했다.

"당신은 일본이 현재 국제사회에서 어떠한 위치에 있다고 생각하십니까? 제국주의 시절부터 지금까지 일본의 정신은 무엇이라고 생각하십니까? 이와사키 총리의 정치적 신념에 대해 당신은 어떤 식으로 조언을 하고 있습니까?"

세 가지 질문은 솔직히 입에서 나오는 대로 그냥 적은 것이었다. 첫 번째와 두 번째 질문은 내가 말했고, 마지막 세 번째 질문은 기찬이 뱉은 것이었다. 궁금해서 묻는 질문이 아니니 고민할 필요가 없다는 결론을 내고 만든 것이라 아소의 성의 있는 답변도 기대하지 않았다.

이와사키 총리가 믿는 극우정치의 수장이라면 굳이 묻지 않아도 아소가 어떤 인물인지 알 수 있었다. 평화주의와 생명사상이라면 몰라도 나와 기찬은 정치적 신념이나 색깔 따위에는 별 관심이 없었다.

질문지를 만들어놓은 우리는 아소를 만났을 때 어떤 각도에서 사진을 찍어야 그의 오른손 새끼손가락을 정확히 담을 수 있는지 의논했다. 아소의 오른손이 공중으로 번쩍 들려야 하는데, 밖으로 나와 농구를 하자고 할 수도 없고, 두 손을 책상 위에 올려놓은 모습을 찍고 싶다고 할 수도 없고, 어떤 방법을 써야 무리 없이 그의 오른손을 찍을 수 있을지 묘안이 필요했다. 기찬은 다시 인터넷을 뒤지기 시작했다. 모순적이게도 어딘가에 있을 그의 새끼손가락의 부재를 찾기 위해서였다. 기찬의 핸드폰이 요란하게 울렸다. 별거 아닌 듯 무덤덤하게 전화를 받던 기찬이 어느 순간 의자에서 벌떡 일어서며 소리를 질렀다.

"너 미쳤어! 그걸 내보내면 어떡해! 어떻게 수습하라고!"

들자 하니 〈레드저널〉의 이진욱이 뭔가 사고를 친 듯했다. 기찬이 어쩔 줄 몰라 전화기를 들고 방 안을 왔다 갔다 했다. 내내 조용하던 내 전화기가 소리를 내기 시작한 것도 그때였다. 김 부장이었다. 다시는 보지 않겠다고 사표까지 낸 마당인데 그가 먼저 전화를 했다는 것은 분명 우리가 〈레드저널〉에 보낸 기사 때문일 터였다. 내가 당황해서 전화기를 가져다 기찬의 눈앞에 보이자 그가 받지 말라는 신호를 주었다. 몸부림치는 전화기를 침대 위로 집어던진 뒤 냉장고에서 맥주를 꺼냈다. 한참 동안 흥분해서 소리치던 기찬 역시 전화기를 침대 위로 내동댕이쳤다.

"이 새끼, 그렇게 단속 잘하라고 일렀는데 기어이 사고를 치고 말았네. 진욱이가 친한 기자하고 술을 마시다가 살짝 흘린 모양이야. 자기도 우리한테 기사 받고 참느라고 힘들었대. 그러다 술에 취해서 자기도 모르게 아주 조금 얘기했는데 그놈한테 그만 꼬리를 밟히고 말았다는 거야. 〈레드저널〉에서 먼저 터뜨리지 않으면 자기들이 손댄다고. 결국 두 놈이 사이좋게 기사를 나눠 갖기로 한 거지."

"부장님이 전화한 걸 보면 〈레드저널〉의 기사를 봤다는 뜻이야. 계속 전화를 안 받을 수도 없고 어떻게 하지?"

"일단 〈레드저널〉에 실린 기사 좀 보고 나서 대응하자."

기찬이 〈레드저널〉에 보낸 기사는 다행히 원문 그대로 실렸다. 한 자도 빼거나 수정하지 말고 그대로 써야 한다는 우리의 뜻을 진욱이 받아들인 것은 고마운 일이었다. 그러나 아직 진행 중이라고 할 수 있는 순이 씨 이야기는 이미 인터넷을 뜨겁게 달구고 있었다. 하나같이 믿을 수 없는 일이라고들 했다. 특종에 목마른 기자가 헛소리를 하고 있다는 댓글도 있었고, 언제 그 증언자들을 볼 수 있는 것인지 대답해달라는 답글 요청이 수백 건에 이르렀다.

진욱은 자신 혼자 감당하기에는 너무 큰 사건이라고, 기찬에게 오히려 도움을 요청했다. 흥분이 가라앉지 않은 듯 기찬은 다시 한 번 욕을 하며 소리치고는 진욱과의 통화를 끝냈다. 순이 씨 문제가 인터넷에서 폭발적인 뉴스가 된 이상 일간지에서 덤비는 것은 시간문제였다. 김 부장이 내게 뻔질나게 전화를 해대고 있는 것도 그런 이유가 분명했다.

결국 우리는 〈레드저널〉에만 모든 정보를 제공하기로 약속하고 외부와의 연락을 모두 차단했다. 〈레드저널〉을 한 번 더 믿어보자는 기찬의 부탁도 있었지만 지금으로서는 다른 믿을 만한 매체를 찾는 것도 어려운 일이었다. 증언자들이 무사히 서울까지 오도록 만들려면 그들의 신분을 보장해줘야 했고 아소 신타로에 대한 결정적인 증거까지 얻으려면 시간이 더 필요했다.

기찬과 나의 계획은 세 사람을 서울로 오게 하여 한 곳에 모아놓고 순이 씨와 대면하게 하는 것이었다. 〈레드저널〉과 세계 여성인권단체들이 이들의 역사적인 대면을 생방송으로 보여주면서 군위안부 피해자는 물론, 폭력과 억압에 희생당하며 살고 있는 여성의 인권 문제를 세상에 알릴 참이었다. 사카이 마사토와 무라타 다케오, 아소 신타로가 순이 씨에게 사죄하고 자신들의 어두운 역사를 참회할 수 있는 기회를 만들어줄 계획이었다. 과거의 잘못에 대해 참회할 줄 모르는 국가의 미래는 또 다른 불행을 자초할 뿐이라는 사실을 알리고 싶었다. 그 거룩하고도 신성한 우리들의 계획이 자꾸 뒤틀리고 있다고 생각하니 초조해졌다. 다 온 것 같다가도 만나지 못한 아소 신타로를 생각하면 갈 길이 멀다는 답답함이 밀려왔다.

질문지를 만들어 다시 찾아갔지만 아소의 비서는 경비실에 맡기고 돌아가라고 했다. 비서의 짧고 강경한 답변에 밀린 우리는 어쩔 도리 없이 다시 호텔로 돌아와야만 했다. 우리는 신주쿠공원 쪽으로 걸어갔다. 마지막으로 공원이나 한 바퀴 돌고 서울로 돌아갈 생각이었다. 아소에 대해 기대하는 마음은 비우고 돌아가서 해야 할 일들을 신경 써야 했다. 〈레드저널〉을 중심으로 세계여성인권단체들과의 긴밀한 협조를 이뤄내야 했다. 생방송 날짜에 맞춰 사카이의 부인과 무라타 다케오를 아무도 모르게 입국시키는 것이 가장 큰 숙제였다. 그들에게 문제가 생길 수도 있으니 안전에 신경을 쓰라고 당부했지만 갑작스럽게 일어나는 일들에 대한 책임은 아무도 보장할 수가 없었다.

공원은 한적했고, 하늘은 눈이 내릴 듯 무거웠다. 우리는 호수가 있는 쪽으로 걸어갔다. 여름이 그리워질 정도로 숲과 나무들의 겨울은 깊고 우아했다. 제멋대로 뻗거나 함부로 자란 나무는 없었다. 산책로에는 돌맹이 하나 발길에 차이지 않았고 가끔씩 마주치는 노숙자들조차 공원의 일부인 양 정갈한 모습으로 앉아 있었다. 그들은 마치 자신을 수련하기 위해서 공원에 사는 듯 고요히 앉아 있거나 책을 읽었다. 우리는 길게 이어진 메타세쿼이아 길로 걸었다. 기찬이 사진을 찍으며 말했다.

"무슨 나무가 이렇게 커? 수령이 백 년은 됐겠는데?"

"삼나무라고도 하는 메타세쿼이아야. 이 나무들이 클 수밖에 없었던 이유는 햇빛을 많이 받기 위해서 그렇기도 하지만 그보단 거대한 초식 공룡들 때문이었대. 스테고사우르스와 부경고사우루스 같은 키가 크고 목이 긴 초식 공룡들의 포식을 피해 위로 성장할 수밖에 없었다는 거야."

"공룡이 등장했던 시기부터 있었던 나무라면 이억 년 전이라는 얘기니까, 나무가 아니라 그냥 살아 있는 화석이네."

"맞아, 은행나무도 그렇고 살아 있는 화석식물이라고 해. 살아남기 위해서 덩치를 만들며 하늘로 솟은 거야. 이 우람한 근육을 만들기 위해서 멈추지 않고 살았을 나무 팔자도 그리 좋지만은 않은 것 같다."

"지구 생명체의 슬픈 운명이니 어쩌겠어. 주변 환경으로부터 자유로울 수 있는 생명은 아마 없을걸."

그가 풍경 사진을 찍기 위해 카메라를 꺼낸 것은 처음이었다. 겨울 공원의 메타세쿼이아는 유난히 가늘고 길 뿐 눈을 사로잡을 정도는 아니었다. 여전히 푸른 나무들 사이에서 그저 강단 있는 노인처럼 보일 뿐이었다.

"풍경 사진은 안 찍으면서 웬일이야?"

"다 드러내놓고도 이처럼 당당하게 서 있는 것 좀 봐. 발가벗은 인간이 당당한 거 봤어? 아니지, 제 스스로 발가벗는 인간은 아마 없을걸. 누군가에 의해서 발가벗겨지지. 근데 선배는 어떻게 그 어려운 공룡 이름을 다 외웠어?"

렌즈 뚜껑을 달으며 기찬이 물었다.

"초등학교 3학년 때 엄마가 사준 동식물 전집이 있었어. 그 비싼 전집을 내게 사준 것은 아마 아버지에 대한 엄마의 복수였을 거야. 그날도 술이 취해 집으로 돌아온 아버지는 몇 시간 동안 엄마를 때렸고 나는 부엌 싱크대 옆에 숨어 있다가 도망쳤지. 다음 날 아버지가 일 나가기 무섭게 엄마가 내 손을 이끌고 동네 서점으로 가더니 책을 사주는 거야. 그런 일은 처음이라 나도 놀랐지. 그때까지 책은커녕 수학 문제집 하나 사주지 않던 엄마가 무슨 일인가 싶었어. 얼마 후 할부 영수증이 집으로 배달돼 왔을 때에야 미친 듯 낄낄거리며 아버지한테 얻어맞는 엄마의 마음을 알았어. 엄마가 맞을 적마다 나는 책상 밑에 숨어서 동식물 전집을 꺼내 읽고 또 읽었지. 백악기 육식 공룡은 벨로키랍토르, 티라노사우루스, 타르보사우루스…… 백악기 초식 공룡은 친타오사우루스, 스테고사우루스와 부경고사우루스, 트리케라톱스…….”

기찬과 나는 아무 말 없이 호수에 비친 나무들을 보았다. 그는 더 이상 공룡에 대한 이야기를 묻지 않았다. 느닷없이 싱거운 말투로 아픈 데는 없느냐고 물었다. 사실 정신없이 보내느라 규칙적인 식사를 못한 탓에 나는 심한 변비에 걸린 상태였다. 기찬의 고민도 나와 다르지 않을 것이었다. 쉬지 않고 진동하는 휴대폰을 확인할 때마다 우리는 불안함과 동시에 통쾌함을 느꼈다. 내 무모함이 마침내 들통난 것도 같고 내 정의감이 결국 승리를 이끌어낸 것도 같았다.

공원의 호젓함을 깨우는 까마귀 소리를 들으며 우리는 호수 반대편을 향해 걸었다. 세 명의 남자들이 호수 가까이에 있는 정자에 앉아 이야기에 열중하고 있었다. 우리는 그 정자를 지나쳐 공원에서 나갈 생각이었다. 정자를 차지하고 있는 세 명의 남자가 심상치 않다고 생각한 것은 나였다. 무심코 지나가며 슬쩍 보았을 뿐인데, 세 명 중 가장 나이가 든 노인을 보는 순간 왠지 낯선 느낌이 아니었다. 분명 어디선가 본 얼굴이었다. 카메라를 들고 있는 남자와 소형 마이크를 들고 있는 중년의 남자 둘은 처음 보는 얼굴인데, 백발의 노인은 분명 어디선가 본 게 확실했다. 딴 곳을 보고 있던 기찬의 옆구리를 찔러 정자를 쳐다보게 했다.

정자에 있던 노인을 본 기찬이 한숨을 쉬듯 내게 말했다.

"아소!"

그제야 나는 인터넷에서 보았던 아소의 사진을 떠올렸다. 기찬이 인터넷에 올라온 그의 사진을 여러 장 보여주었는데 그중 최근 사진과 모습이 흡사했다. 진짜 아소가 맞는지 확인하려면 그의 오른손을 봐야 했다. 아소를 바로 앞에 두고도 확인할 길이 없어 당황스럽기만 했다. 기찬도 어찌할 바를 모르기는 마찬가지인 듯 긴장한 기색이 역력했다. 순간 나도 모르게 기찬을 정자 가까이로 밀어냈다.

"알아서 해봐."

아무런 대책 없이 그를 아소 곁으로 밀어낸 셈이었다. 어정쩡한 위치에 서고 만 기찬은 그러나 기지를 타고난 듯 무작정 아소 신타로 곁으로 다가가더니 악수를 청했다. 마치 자신이 좋아하는 연예인을 만난 듯 다가가서는 악수를 청하며 환하게 웃었다. 믿을 수 없는 것은 갑자기 뛰어들어 악수를 청하는 기찬의 손을 아소가 거절하지 않고 반가이 맞잡았다는 사실이었다. 보고도 믿을 수가 없었다. 아소의 손을 잡은 기찬이 연신 뭐라 말하자 아소와 다른 두 남자도 재밌다는 듯 큰 소리로 웃었다. 잠시 후 기찬이 메고 있던 카메라를 꺼내 아소의 사진을 찍기 시작했다. 더 믿지 못할 광경은 아소가 기찬의 카메라 앞에서 자연스럽게 오른손을 올려 머리를 쓸어올리고 있다는 사실이었다. 거리가 있어 내 눈에는 잡히지 않았지만 아소가 오른손을 쳐들었다는 것은 기찬이 그의 손을 찍기 위해 의도한 연출이었음이 분명했다. '저 자식, 참 대단하다!' 감탄하지 않을 수 없었다.

아소에게 허리 굽혀 인사를 한 기찬이 빠른 걸음으로 내게 왔다. 그들이 뒤쫓는 것도 아닌데 등줄기가 서늘했다. 우리는 공원을 빠져나올 때까지 아무 말도 하지 않았다. 늙어빠진 노인을 속인 것이 불편해서 그럴 수도 있고, 여전히 남아 있을지도 모르는 아소의 잔인한 역사 때문일 수도 있었다. 그가 현재 어떤 모습으로 변했든지 어떻게 살아가고 있든지 아소에 대한 내 최초의 기억은 바뀌지 않을 것이었다. 우리에게 아소는 평범한 백발의 노인이 아니라 순이 씨의 붉은 수첩 속 잔인한 장교로 각인되어 있기 때문이었다.

횡단보도를 건넌 다음에서야 나는 참았던 숨을 내쉬었다.

"아소 맞아? 뭐라고 했어? 어떻게 한 거야?"

나는 기찬을 닦달했다. 그는 이미 개선장군의 표정이었다.

"별 얘기 안 했는데."

내가 느닷없이 밀어낸 것에 대한 반발이었다.

"네가 잘해낼 줄 알고 그런 거지."

안 하던 애교까지 부리며 매달리자 그가 낄낄거리며 말했다.

"무작정 악수를 청하면서 이렇게 말했지. 나는 도쿄대에서 정치학을 공부하는 학생입니다. 전부터 의원님을 가장 존경하는 정치인으로 동경해왔습니다. 여기서 의원님을 만나니 너무 반가워서 달려왔습니다. 저기 제 애인한테 자랑 좀 하게 의원님 사진 한 장만 찍어 가면 안 될까요. 의원님처럼 훌륭한 정치인이 되어 대일본제국의 영광을 다시 찾겠습니다. 이렇게 말했더니 아소가 좋아하면서 흔쾌히 포즈를 취해주더라고. 그래서 또 오른쪽 머리를 뒤쪽으로 한 번만 쓸어넘겨달라고 했지. 아소가 오른손을 올려 머리를 쓸어넘기는데, 숨이 턱 막히더군. 진짜 아소였어! 그 오른손을 보기 전까지는 나도 설마 했는데, 이건 마치 아소가 우리를 신주쿠공원으로 이끈 양 거기서 딱 마주쳤으니, 누군가 우리를 도와주지 않으면 있을 수 없는 일이야."

인상 좋은 기찬이 능숙한 일본어로 그런 연기를 했으니 아소인들 믿지 않을 수 없었을 것이다. 아소와 함께 있던 남자들조차 기찬의 행동에 유쾌한 표정을 지은 걸 보면 기찬은 그 순간 어느 명배우 못지않은 연기를 한 것이 틀림없었다. 하지만 이쯤에서 나는 그의 자만심 가득한 태도를 그냥 두고 볼 수 없어 일침을 가했다.

"훌륭한 정치인이 되어 대일본제국의 영광을 되찾겠다고? 어떻게 그런 말이 술술 나오냐. 네 아버지가 못다 한 정치인의 꿈을 네가 이뤄드려도 되겠다. 그 정도의 임기응변과 배짱이라면 넌 잘할 수 있을 테니까."

"지금 비꼬는 거지? 우리 아버지랑 나랑. 왜 이래! 내가 그런 쇼 안 했으면 아소라는 증거 못 잡았어. 인정할 거는 해야지."

기찬의 말이 맞았다. 우리가 공원이 아닌 다른 길로 돌아가려 했다면 아소의 서면 인터뷰를 기다렸거나 포기했을 것이 뻔했다. 우리가 공원 호숫가 쪽으로 나가지 않고 반대쪽으로 갔더라면 정자에 있던 아소를 발견하지 못했을 것이다. 그 모든 우연들이 마치 필연처럼 맞아 돌아가고 있었다. 더 이상 도쿄에 남아 있을 이유가 없었다. 기찬의 현명함 덕분에 아소에 대한 증거는 충분했다. 사카이 마사토와 무라타 다케오, 아소 신타로라는 확실한 증거를 손에 넣었으니 이제 서울로 돌아가야 했다.

11

아소의 사진은 서울로 출발하기 전 모두 〈레드저널〉에 보내
놓은 상태였다.

이미 모든 매체에서 당시 순이 씨를 폭행했던 당사자들이 서
울로 와 증언하고 사죄한다는 기사를 내보낸 터라 우리가 언제
까지 피할 수 있을지는 장담할 수 없게 되었다. 내가 계속해서
전화를 받지 않자 김 부장은 협박의 메시지를 보내왔다.

"나하고 상의 한마디 없이 그런 일을 벌이다니 너 제정신이
냐? 알겠지만 군위안부 문제는 너 같은 개인이 주도할 일이 아
니야. 그러니까 까불지 말고 돌아오는 즉시 나한테 먼저 보고
해. 다른 언론하고는 일체 연락하지 말고 우리하고만 얘기해야

해. 안 그러면 너도 기찬이도 좋은 꼴 보지 못한다."

메시지를 받고도 연락을 안 하자 김 부장은 기찬에게도 비슷한 문자를 보냈다.

"너 인마, 하림이와 엮여서 인생 망치지 말고 지금까지 수집한 자료하고 영상 모두 내게 보내. 네가 관여해서 해결할 수 있는 일이 아니야. 괜히 동양건설까지 불똥 튀게 만들지 말고 알아서 해."

김 부장이 보낸 문자를 놓고 기찬과 나는 한참 동안 갈등했다. 우리 둘만의 문제가 아니라는 것을 모르진 않았다. 알기 때문에 조심스럽게 진행했던 것인데 결국 터지고 말았다. 우리에게 보낸 김 부장의 메시지는 어쩌면 김 부장의 뜻이 아니라 그 위에 있는 사람들의 경고일 것이었다. 일개 기자들이 자신들의 일에 도전했으니, 그것도 확실한 증거를 잡아온다니, 믿을 수도 없고 믿지 않을 수도 없는 상황일 것이다. 믿지 않으려니 세상이 너무 시끄럽게 돌아가고 있고, 믿고 기다리자니 또 다른 세상의 눈치를 봐야 하니 가만히 두고 보지는 않을 터였다. 이래저래 우리가 처한 상황이 좋지 않음은 분명해졌다.

"순이 씨가 방송에 나갈 때까지 시달릴지 모르니까 조심해. 혹시 이상한 사람들이 찾아갈 수도 있으니 겁나면 당분간 호텔에서 지내든지."

"괜찮아, 옥인동까지 누가 찾아오겠어."

만일 기찬 없이 혼자 이 일에 뛰어들었더라면 아무것도 할수 없었을 것이다. 그가 큰 힘이 되고 의지가 되었다. 나를 걱정하는 그의 순정한 눈빛을 즐기다 보니 어느새 비행기가 활주로에 내려앉았다. 〈레드저널〉의 이진욱이 마중 나오겠다고 해서 우리는 전철을 갈아타야 하는 수고는 덜었다. 그러나 서둘러 입국장을 빠져나오는 순간 우리는 이진욱 대신 김 부장과 첫 대면을 해야 했다. 입국장 코앞에서 젊은 애송이 기자와 나란히 서있던 김 부장이 기찬을 낚아채듯 데리고는 어딘가를 향해 앞장서 걸었다. 상황을 짐작한 이진욱과 나는 뒤따라갈 수밖에 없었다. 김 부장이 기찬을 데려간 곳은 자신의 승용차가 있는 제1주차장이었다. 김 부장은 차 문을 열어놓고 기찬에게 무조건 자신의 차를 타라고 요구했다. 지켜보던 내가 다가가 김 부장에게 말했다.

"부장님, 이 일은 제 일입니다. 기찬이는 절 도와줬을 뿐 이기사에 권한이 없습니다. 저는 《대한신문》에 사표를 제출했으니 더 이상 그쪽 기자가 아니고요. 부장님이 이러는 거 너무 속보입니다."

김 부장이 잔뜩 구겨진 얼굴로 내게 말했다.

"야! 네가 뭘 안다고 그래! 아무것도 모르면서 날뛰기는……. 이제부터 이 문제는 우리가 알아서 할 테니까 너희들은 빠져. 기사를 내도 우리가 내보내고, 그 증인들도 우리가 적절한 시기에 불러서 그 순인지 뭔지 하는 노인네한테 사죄하게 할 테니까, 지금부터는 가만히 있어."

결국 입 다물고 있으라는 소리였다. 난감해진 〈레드저널〉의 이진욱 기자도 나와 기찬의 눈치만 살폈다. 김 부장의 열린 차 문 앞에서 완강하게 버티던 기찬이 뭔가 결심한 듯 말했다.

"부장님 뜻은 잘 알겠습니다. 그러니까 걱정하지 마십시오. 부장님이 하라는 대로 할 테니 믿으세요."

"정말이지?"

"당연하죠. 너무 피곤해서 집에 돌아가 쉬고 싶은 생각뿐입니다."

잠깐 의심하는 눈치였지만 김 부장은 결국 기찬의 말을 믿고 혼자 자동차에 올랐다. 내일 다시 만나자는 기찬의 약속이 김 부장의 마음을 움직인 듯했다. 김 부장과의 한차례 소동을 끝낸 뒤 기찬과 나는 진욱의 차를 타기 위해서 다른 주차장으로 이동하기 시작했다. 그러나 우리를 만나고 싶어하는 또 다른 사람들이 있었다. 청사를 빠져나와 주차장으로 이동할 때부터 근거리에서 우리를 지켜보고 있던 남자들이었다. 비행기를 미리 예약한 것도 아닐 텐데 어떻게 하네다 공항에서부터 우리를 기다리고 있었던 것인지 놀라웠다.

김 부장이 사라지고 난 뒤 우리에게 명함을 내밀며 협조를 구한 두 남자는 진보정당인 민국당의 박우혁 의원과 수행원이었다.

"이번에야말로 군위안부 문제를 제대로 매듭지을 수 있겠군요. 당신들 정말 대단합니다! 그놈들도 더 이상은 증거 없다고 오리발 내밀지 못할 겁니다. 제가 국회의원직을 상실하는 한이 있더라도 최선을 다해서 돕겠습니다. 그러니 앞으로 진행할 일들은 우리 당과 상의해나갔으면 합니다. 당 대표님도 두 분에 대한 기대가 큽니다."

김 부장이나 박우혁 의원 모두 순이 씨 문제를 자신들의 위치에서 가장 유리한 방법으로 써먹겠다는 속내였다. 이런 일이 생길 거라 짐작하고 있었던 우리는 비행기에서 이미 결심한 바가 있었다. 이 일을 어떤 세력이나 특정한 사람들의 힘겨루기로 풀게 하지 말자고. 전쟁과 폭력을 비판하고 평화를 실천하는 세상 모든 여성들의 힘으로 해내자고. 권력을 가진 자들이 어떤 회유와 협박을 한다고 해도 그들에게 칼자루를 쥐여주는 일은 만들지 말자고 했다.

내내 상황을 지켜보며 답답해하던 이진욱이 자신 때문에 이 일에 차질이 생겼다며 미안함을 표시했다. 그러면서 순이 씨 문제를 최초로 기사화한 〈레드저널〉도 그리 안전한 곳은 못 되니 나와 기찬에게 당분간 조용한 곳에서 지내면 어떻겠느냐고 했다. 우리가 외부와 접촉을 끊으면 추측 기사를 썼던 매체들이 순이 씨 문제를 의심하게 될 테고, 결국 가짜 위안부 할머니를 내세운 거짓 기사라는 보도가 다시 돌며 관심이 수그러들 수도 있다는 것이었다. 순이 씨와 증인들 신분은 아직 밝혀지지 않았으니 안타깝지만 기찬과 나, 무명의 대안언론 〈레드저널〉이 이슈 메이킹을 위해 거짓 기사를 만들었다고 하면 그만이라고. 그러다 사람들이 방심하는 틈을 노려 생방송으로 내보내면 어떻겠느냐고 물었다.

듣고 보니 나쁘지 않은 작전이었다.

"괜찮은데요?"

나는 이진욱의 의견에 찬성했다.

"그럼, 내가 사카이 마사토의 아내와 무라타 다케오한테 연락을 해놓을 테니까 진욱이 너는 세계여성인권위원회에 알리고 각 나라 여성단체들과도 접촉해봐. 순이 씨는 생방송 당일 선배랑 내가 모시고 갈게."

"지난번 실수를 꼭 만회할게요. 그놈의 술만 아니면 내가 일은 잘하잖아."

우리의 의기투합은 신속하게 이루어졌다. 〈레드저널〉의 이

진욱 기자는 날카로운 인상과 달리 말투는 꽤 친근했다. 그는 미국의 유명 대학에서 역사를 공부하고 돌아왔지만 시간 강사 자리조차 얻지 못해서 〈레드저널〉을 창간했다고 한다. 오래전부터 기찬과 함께 인터넷 대안언론사를 만들기로 계획은 했지만 그날이 그렇게 빨리 올 줄 몰랐다고, 세상을 변화시키는 것은 공부한 사람들이 아니라 올바른 공부를 하고 실천하는 사람들이라는 걸 깨달았다고 했다. 박사 과정을 끝낸 후 잠간 미국 대학에서 한국인 유학생들을 가르친 적이 있는데, 대부분의 학생들이 한국사에 대한 개념이 전혀 없어 충격을 받았다고 했다. 그러니까 그 애들은 미국 대학에 비싼 등록금을 내고 공부하는 건 자랑스러워하면서 제 나라의 역사 따위에는 아무 관심이 없다는 뜻이었다.

진욱이 잠시 머물라고 추천한 집은 〈레드저널〉이 있는 마포의 한 빌딩이었다. 〈레드저널〉은 사 층에 있고 주인 없는 빈 집은 십삼 층이었다. 빈 집인 것은 맞는데 얼마 전까지 누군가 살림을 한 듯 화장실과 주방이 깨끗했다. 냉장고에도 한 달은 버틸 수 있을 정도의 밑반찬과 채소들이 가득 차 있었다. 뭔가 수상해서 물으니 이진욱의 어머니가 혼자 사는 집이고 지난 주말 그의 누나가 출산을 해서 지방에 내려갔다고 했다. 집 안 분위기에서 주인의 아기자기한 행복이 느껴졌다. 큰 창가에 놓인 크고 작은 선인장들이 오수를 즐기는 듯 고요하고 평화로워 보였다. 어릴 적의 이진욱과 그의 누나인 듯 장식장 속에 빼곡히 진열되어 있는 사진은 보기만 해도 흐뭇했다. 화분 하나 없는 우리 집하고는 냄새부터가 달랐다. 부재한 남편에 대한 기억이 이 집의 주인과 우리 엄마 사이의 삶의 차이를 만들어내는 것 같았다.

엄마처럼 살고 싶지 않았다. 엄마와 같은 기억을 끌어안고 사느라 푸른 화초 하나 기르지 못하는 삶을 살기는 싫었다. 언제나 표정 없이 웅크리고 앉아 있는 엄마의 기억 속에서 아버지의 나쁜 주먹을 지우고 싱싱한 담쟁이를 심어주고 싶었다.

나는 주인 없는 안방을 차지하고 오래도록 잠을 잤다. 눈을 떠보니 기찬과 진욱은 보이지 않았다. 내가 안방으로 들어가기 전까지 두 사람은 거실에 앉아 이야기를 나누고 있었다. 그들이 언제 밖으로 나갔고 무슨 일을 하러 나갔는지는 알 수 없었다. 단잠을 잔 탓에 공항에서의 불안감은 사라졌다.

집 안은 오래전부터 살아온 듯 편안했다. 내 집인 양 냉장고에서 밑반찬을 꺼내 밥을 차려 먹고 빨래를 했다. 커피를 챙겨 마시고 나니 비로소 할 일이 생각났다. 나는 현관 옷걸이에 걸려 있는 집주인의 스웨터를 빌려 입고 챙이 넓은 모자를 눌러쓰고는 병원으로 향했다.

민자 씨한테는 일본에서 돌아왔다는 연락을 하지 않았다. 궁금했지만 그녀가 섣부른 기대를 할까봐 직접 만나 얘기를 할 참이었다. 통장까지 내놓으며 나를 믿어준 그녀를 실망시키고 싶지 않았다. 문득문득 민자 씨의 굼뜬 몸과 놀리는 듯한 말버릇이 그립기도 했다. 민자 씨와 얘기하고 있으면 세상에 대한 편견이 사라지고 중심이 잡히는 것만 같았다.

병원은 언제나 같은 풍경을 연출했다. 접수 창구를 지나 홀수 층 입원실로 올라가는 엘리베이터를 탄 나는 마지막 층까지 올라간 다음 옥상으로 가는 비상구를 열었다. 훅 달려든 바람에서 누군가 뱉어낸 담배 냄새가 진하게 풍겼다. 그녀를 기다렸다. 언젠가는 나타날 민자 씨를 기다리면서 맛있게 또는 쓸쓸하게 담배를 피웠다. 발밑으로 대여섯 개비의 꽁초가 바닥으로 굴러떨어질 때쯤 옥상 문이 열리더니 민자 씨가 굼뜬 걸음으로 걸어왔다. 선약이라도 한 듯 나타나준 그녀가 반가워서 나는 피우던 담배를 서둘러 옥상 난간에 비벼 껐다.

"순이 씨는 어때요?"

"죽을 때가 됐는지 요즘은 자꾸 헛소릴 한다. 뱀들이 덤빈다고 소리치는가 하면 아랫도리가 사라졌다고 소리치며 울어서 며칠 밤을 꼬박 새웠다. 정신이 들면 잠깐씩 고향 얘기도 하고. 어제는 네가 돌아온 줄 알았던 것인지 네 얘기도 묻더라. 아무래도 이상하다 싶어서 언니 재워놓고 올라왔다. 네가 나타난 걸 보니 우리 언니 점쟁이가 따로 없다."

"일은 잘됐어요. 곧 일본에서 증인들이 올 거예요. 세 사람 중 한 사람은 죽어서 그의 아내가 오기로 했고, 한 사람은 불가능할 것 같아서 증거만 가져왔어요. 또 한 사람은 자신이 직접 와서 순이 씨한테 사죄하겠다고 약속을 했으니까 잘될 거예요. 일이 새어나가는 바람에 날짜를 늦췄으니까 며칠만 더 기다리세요."

"성질만 있는 줄 알았더니, 너 제법 능력 있다. 그 정도까지는 기대 안 했는데 살아 있는 놈을 설득해서 제 발로 오게 만들다니. 우리 언니 이제 한 풀고 가겠구나."

"그 자식들 날 보더니 시키는 대로 다 할 테니 살려만 달라고 애원하던데요."

그 정도 얘기했으면 큰 소리로 웃어야 하는데 그녀는 흥 소리 한마디만 했다.

"너는 농담을 진담처럼 얘기하는 재주가 있구나."

빵 터진 건 나였다. 그녀가 마른 입술을 하도 씰룩거리며 얘기해서 웃지 않을 수 없었다.

"내 얘기가 우습냐? 네 농담 수준 알 만하다."

"이 돈은 가지고 있다가 순이 씨 돌아가시면 실버타운에 들어가세요. 경기도 어디에 부자들만 가는 실버타운이 있다는데,

거기는 별 다섯 개짜리 호텔과 맞먹을 정도로 시설이 좋대요."

"순이 언니랑 그런 곳으로 가 살까도 생각했었다. 돈이 없어 못 간 것이 아니라 그런 데 간들 맘 편히 살 것 같지 않아서 안 갔다. 쉽게 갈 일이었으면 벌써 지난 일 모두 잊고 돈 많은 늙은이 행세하면서 잘 살았을 것이다. 근데 돈과 세월로도 해결할 수 없는 것이 딱 하나 있더라. 자존심이다. 내 의지와 상관없이 찢어지고 무너진 자존심 때문에 사는 게 항상 굴욕스러웠다. 생살은 도려내면 새살이 돋지만 자존심은 그렇지 않지. 사람한테 받은 상처는 사람으로 풀어야 한단다."

눈이 내렸다. 도쿄 공항에서 맞던 눈을 떠올리며 나는 민자 씨를 일으켜 세웠다.

"이런 눈은 좀 맞아도 돼요."

민자 씨가 일어나 하늘을 올려다보았다.

"고요히 쏟아지는 걸 보니 좋은 일이 생길 모양이다."

"그렇죠? 누구한테 생길 거 같아요?"

민자 씨와 나는 눈을 맞으며 걸었다. 그녀가 행여 미끄러질까봐 팔짱 낀 손에 힘이 들어갔다. 그녀는 가끔 소녀처럼 호호호 웃었다. 그녀의 웃음소리에 옥상 위 눈송이들이 폴폴 날았다. 한겨울 강 같은 평화를 만난 기분이었다. 우리는 옥상의 출렁이는 평화를 맘껏 즐겼다. 민자 씨가 내게 고맙다고 말했다.

나는 그 말이 왠지 그만 헤어져야 한다는 소리 같아서 서운했
다. 아무 일도 일어나지 않았는데 옥상을 내려가면 다시는 민자
씨를 보지 못할 것만 같았다.

"너한테 좋은 일이 생길 거야. 나는 이만하면 충분하다."

작별 인사를 나눈 것도 아닌데 그녀와 나는 어느 순간 끼었
던 팔짱을 풀었다. 머지않아 다시 볼 텐데, 민자 씨는 행복한 이
별을 통보하는 애인처럼 내 머리를 한번 쓰다듬어주고는 집으
로 가라고 했다. 그녀의 손길에 공연히 가슴이 쿵쾅거렸다. 민
자 씨가 순이 씨 때문에 서둘러 옥상을 내려간 것이라고 애써
생각했다.

그녀들에게 진짜 선물을 안겨주고 싶었다. 엄마도 그렇고 그
녀들의 삶은 달라져야 했다. 그녀들에게도 밖으로 나와 팔을 휘
젓고 다닐 수 있는 평범한 일상이 필요했다. 이웃과 소소한 이
야기를 나누고 오랜 친구를 만나 수다를 떨고 가족을 위해 밥상
을 차리는 일상의 재미를 그녀들도 한 번쯤은 누려야 할 권리가
있었다.

나 역시 나쁜 기억에서 벗어나 누군가의 아내와 엄마로 편
안하게 늙어가고 싶었다. 민자 씨가 옥상을 내려간 뒤에도 나는
한참 동안 옥상을 떠나지 않았다. 아무 준비 없이 일본으로 떠
날 때와는 분명 다른 상황임에도 뭔가 해냈다는 뿌듯함은 들지

않았다. 확실한 증거와 물증을 손에 쥐었는데도 통쾌하지 않았다. 되돌릴 수 없는 것들에 대한 회한이 사라지는 것은 아니지만 순이 씨가 적어도 자신의 상처에 대해 부끄러워하지 말아야 했다.

아버지가 아주 가끔 멀쩡한 정신으로 깨지고 부러진 엄마와 나의 상처를 마주할 때가 있었다. 그럴 때 엄마와 나는 확실한 증거를 내보이며 속 시원히 소리쳤어야 했는데 그러지 못했다. 상처를 드러내는 것도 두려웠고 아버지가 우리의 상처를 보고 또 다른 폭력을 떠올릴까봐 무서워 달아날 궁리만 했다. 지금도 다르지 않았다. 비로소 모든 증거를 확보했는데도 나는 여전히 그들에 대한 두려움에 떨고 있었다. 이제는 두려워하고 부끄러워할 아무 이유가 없는데, 담뱃불을 붙일 때마다 나는 여전히 손가락을 바르르 떨었다.

다시 입원한 엄마가 날 기다린 듯 바라보았다. 나만 보면 눈을 감았던 엄마가 한밤이 돼서야 나타난 나를 또렷한 눈으로 바라보았다. 그런 엄마의 시선을 받아주어야 하는데, 나는 못 본 척 물병을 들고 병실을 나왔다.

그러나 병실 문을 닫고 나오는 순간 오늘은 왠지 엄마와 마주해야 할 것 같은 기분이 들었다. 나를 바라보던 엄마의 눈빛이 그랬다. 물병을 채운 나는 다시 병실로 돌아왔다. 엄마는 수면등에 의지해 앉아 있었고, 무척이나 나를 기다린 눈치였다. 엄마의 그런 부드럽고 따뜻한 눈길이 나는 불편했다. 불편한 것이 아니라 낯설어 마주 보기가 힘들었다.

엄마가 말했다.

"하림아, 미안하다…… 미안해…… 미안해……."

나는 공연히 빈 컵에 물을 따랐다. 물이 마시고 싶었던 것이 아닌데, 엄마의 말을 듣는 순간 나는 심한 갈증을 느꼈다. 물을 찾아 먼 길을 걸어온 사람처럼 목구멍이 타들어가고 현기증이 일었다. 나는 연거푸 두 잔의 물을 마시고 나서야 엄마를 똑바로 볼 수 있었다.

"엄마가 뭐가 미안한데? 미안해할 사람은 엄마가 아니라 아버지잖아?"

소리친 것은 아니었다. 엄마가 내게 손을 내밀었다. 나는 엄마 손을 잡는 대신 또다시 물을 마셨다. 아무리 물을 마셔도 갈증이 가시지 않았다. 엄마가 나를 끌어안았다. 앙상하게 마른 엄마가 죽을힘을 다해 나를 끌어안더니 흐느끼며 말했다.

"내가 죽일 년이다. 어떻게든 널 보호하고 지켰어야 했는데, 미안하다, 미안해……."

몇십 년 동안 참았던 엄마의 고백은 그렇게 한밤중 병실에서 이루어졌다. 나는 별다른 기분이 들지 않았다. 사과를 해야할 사람은 엄마가 아니라 아버지였다. 하지만 엄마는 나를 끌어안은 것으로 한결 편안해진 모습이었다. 격정이나 분노가 사라진 엄마의 입꼬리에서 나는 처음으로 너그러움이라는 걸느꼈다.

그런 엄마에게 아버지를 용서한 것이냐고는 묻지 않았다. 그건 나도 아버지를 용서해야 한다는 뜻이기 때문이다.

생방송 준비가 차질 없이 진행되고 있던 주말 오후, 우리는 무라타 다케오 측으로부터 한국을 방문하지 않겠다는 전갈을 받았다. 그의 손자며느리가 전화를 걸어와 무라타 다케오뿐만 아니라 그녀들도 올 수 없으니 더 이상 연락하지 말아달라고 했다. 우리가 찾아갔을 때는 분명히 무라타 다케오가 무릎을 꿇고 사죄하겠다는 의사를 밝혔었다. 그의 며느리와 손자며느리도 눈물을 흘리며 함께 용서를 빌겠다고 했는데, 며칠 사이에 그들의 마음이 돌아선 것이었다.

사카이 마사토의 아내는 처음부터 기대하지 않았지만 무라타 다케오는 아무리 생각해도 이해할 수 없었다. 혹시나 해서 무라타와 두 며느리에게 전화를 해보았지만 모두 받지 않았다. 모든 준비를 마치고 기다리던 우리는 그들의 변심에 심한 모욕을 느꼈다. 기찬과 다시 일본으로 갈까도 고민해보았지만 작정하고 돌아선 마당이라 그들을 만난다는 보장도 없었다. 거의 다 왔다고 생각했는데, 생방송은 결국 수포로 돌아갔고 기찬과 나는 거짓 증거로 한일문제를 더 악화시켰다는 비난을 받게 되었다.

사람들은 우리가 가져온 위안부 관련 증거와 기록에는 별 관심을 보이지 않았다. 오로지 대기업 상속자인 기찬과 전직 기자인 나이 많은 이혼녀에 대한 호기심이 더 컸다. 어이없는 일이었다. 처음부터 가능성 없는 일을 해보겠다고 뛰어든 우리한테도 책임이 있다면 순이 씨 문제는 더 이상 희망이 없었다. 억울한 생각은 들지 않았다. 적어도 기찬과 나는 없는 증거를 만들어 오지는 않았다. 우리는 분명히 증인들을 만났고 그들의 증언과 기록을 가지고 있었다. 증인은 사라질 수 있지만 증거까지 없어지지는 않을 것이었다.

나는 한동안 집 밖으로 나갈 수가 없었다. 전화기까지 꺼놓아 사실상 외부와 완벽하게 차단된 생활을 해야 했다. 기찬을 본 지도 한참 되었다. 그의 처지를 이해하기에 만나야 한다는 의지는 버렸다. 집 안에 갇혀 사는 생활도 그리 나쁘지는 않았다. 먹고 자는 것이 일상의 전부였지만 권태로움도 삶의 투쟁이라고 생각하니 견딜 만했다.

병원에 있는 엄마 소식은 근처에 사는 이모가 간간이 찾아와 전해주었다. 엄마가 웃으면서 수다를 떨기 시작했다는 소식은 믿기 어려웠지만 용기가 생긴다면 나도 엄마와 수다라는 걸 떨어보고 싶었다. 여느 모녀들처럼 다정하게 쇼핑을 하고 함께 여행도 다니면서 추억이라는 걸 만들면 나도 세상에 대해 조금은 호의적인 사람으로 살아갈 수 있을 것 같았다.

나와 기찬의 가십이 잠잠해질 때쯤 민자 씨에게 전화를 걸었다. 혹시나 해서 전화를 걸었고 엄마를 만나러 병원에 가려던 참이었다. 민자 씨는 아무 일 없었다는 듯이 전화를 받았다. 하지만 나는 민자 씨의 목소리에서 전과는 다른 느낌을 받았다. 내가 너무 늦은 것이다. 긴 통화를 생략한 나는 서둘러 병원으로 가 엄마보다 먼저 민자 씨를 만나러 옥상으로 올라갔다. 민자 씨는 전과 다른 모습이었다. 그녀는 위생복 대신 화사한 원피스 차림이었다. 챙 넓은 모자를 쓰고 꽃무늬 샌들을 신고 있어 여행을 떠나려는 것도 같고 여행에서 막 돌아온 사람 같기도 했다. 한 가지 분명한 것은 그녀의 옷차림이 순이 씨의 죽음을 알리고 있다는 사실이었다. 그러나 무거운 걸음으로 다가가는 나와 달리 민자 씨는 어둡지 않았다.

"눈치챘겠지만 순이 언닌 죽었다."

"죄송해요. 일이 잘못되는 바람에 연락도 못 드렸어요."

솔직히 미안했다. 내 잘못으로 일이 틀어진 것은 아니지만 나를 기다렸을 순이 씨를 그대로 보낸 것이 못내 안타까웠다.

"괜찮아. 순이 언니, 그놈들이 사과하러 온다는 소식까지는 듣고 죽었으니까 쌓인 한을 조금은 풀고 갔을 것이다."

"마지막은 어땠어요?"

담배 한 대쯤은 피우면서 나눠야 할 이야기였다.

"순이 언니가 마지막에 남긴 말은…… '내 이름은 홍순이입니다'였다."

밝은 옷차림과 달리 민자 씨의 눈빛이 크게 흔들렸다. 나는 그녀의 눈을 피해 멀리 빌딩 사이로 번지는 노을을 보았다. 도시를 물들인 노을은 저녁 바람에 빠르게 흩어지고 있었다. 밤은 또 순식간에 찾아올 것이었다. 순이 씨가 없으니 그녀와 나와의 인연도 이쯤에서 끝날 것이고, 오늘이 어쩌면 그녀와의 마지막 만남일지도 몰랐다. 초조함을 견딜 수 없었던 나는 담배를 찾아 주머니를 뒤지기 시작했다.

그녀가 내 팔을 잡으며 말했다.

"너도 잘못한 거 없으니까 웅크리고 살지 마."

그녀의 말이 불안하게 뛰던 내 심장을 멈추게 했다. 주머니 속으로 들어간 손이 더 이상 움직이지 않았다. 그녀에게 내 두려움의 정체를 들킨 것 같아 당황스러웠고 다른 한편으로는 후련했다. 그동안 나는 탄로 난 비밀을 간직하고 산 것이 아니라 드러내야 할 폭력에 짓눌려 살고 있었던 것이다.

"나 오키나와에 간다."

그녀의 차림으로 예상은 했지만 오키나와는 이해할 수 없는 소리였다.

"아니, 왜?"

대답을 준비하고 있었던 듯 그녀가 웃으며 말했다.

"오키나와는 정말 아름다운 섬이야. 내 인생이 거기서 끊어지긴 했지만…… 그래서 다시 가보고 싶어. 그 섬은 잘못이 없잖니, 그 섬을 더럽힌 놈들이 문제지."

그렇다고 해도 그녀를 이해하기는 어려웠다. 솔직히 그곳이 어떤 곳인지 벌써 잊은 것이냐고 묻고 싶었다. 미치지 않고서야 어떻게 그 무서운 기억을 찾아 떠날 수 있는지 그녀에게 따지고 싶었지만 나는 아무 말도 하지 않았다. 그녀를 위해 할 수 있는 일이 없었다.

"너는 나를 이해할 수 없을 거야. 하지만 나는 나를 잃어버린 그곳에서 새로운 삶을 살아야 후회하지 않을 거 같다. 그 땅에 가 당당하게 사는 것이 놈들에게 복수하는 거다."

그녀의 계획을 듣고 나서야 나는 처음과 다른 눈빛으로 그녀를 바라볼 수 있었다. 그녀는 충분히 자신이 원하는 삶을 살 수 있을 거라는 믿음이 생겼다.

"너 백수인데 같이 갈래?"

농담이지만 그녀의 제안이 즐거웠다. 그녀를 따라가면 나도 그녀처럼 지금과는 다른 모습으로 살 수도 있을지 몰랐다. 오키나와 정도면 얼마든지 쉽게 오갈 수 있는 거리였고, 작정한다면 엄마까지 데려가 살 수도 있을 것이었다. 그러나 나는 아직 나쁜 기억과 대면할 용기가 나지 않았다. 엄마와 더 가까워질 시간이 필요했고 수시로 괴롭히는 아버지의 환영으로부터도 벗어나야 했다. 하지만 언젠가는 나도 그녀처럼 달라질 수 있을 것이다.

작가의 말

　돌이켜보면 목소리를 잃어버린 소수자에 관한 기록으로 소설을 쓰기 시작한 것 같다.

　지금까지 써온 내 소설 속 주인공들은 대부분이 가족과 사회, 제도로부터 소외당해왔던 개인을 대변했다. 무시, 억압, 폭력에 대해 나름의 방식으로 저항하고 항변해왔지만 늘 그랬듯이 개인은 침묵당하거나 약자라는 낙인에 갇혀버리기 일쑤였다.

　내 어머니는 내가 소설 쓰기를 통하여 목소리를 돌려주고자 했던 최초의 소수자이자 나의 문학적 뿌리이다. 어머니라는 뿌리가 자라서 여성들의 굴곡진 삶이 몇 편의 이야기로 피어났다.

　《늙은 소녀들의 기도》는 소수자로서의 여성에 관한 또 한 편의 기록이다. 제국과 전쟁, 국가와 가부장제가 용인한 폭력이 여성의 신체를 얼마나 잔악하게 유린할 수 있는가를 대변하고 싶었다. 나아가 제국과 전쟁 이후에도 지속되는 기억의 폭력성을 묻고 싶었다. 폭력은 물리적 가해가 끝나는 시점에 소멸된 것이 아니다. 늙은 소녀들의 삶에 폭력은 중첩되어왔을 뿐이다.

소수자를 기록하는 내 작업은 일종의 사실적 판타지에 기대곤 한다. 침묵당해왔던 소수자에게 목소리를 돌려주고 피해자라 뭉뚱그려진 낙인 대신 개개인의 이야기를 되살려내며 개인의 상처에 치유하고 공감하는 공동체를 그리고자 한다. 판타지야말로 현실의 원동력이라는 믿음이 내게는 굳건하다.

이 책을 쓰기 시작해서 책이 나오기까지 스무 명이 넘는 그녀들이 유명을 달리했다. 그녀들이 차마 다 하지 못한 이야기, 차마 듣지 못한 이야기가 마음에 빚처럼 남아 있다. 그녀들의 명복을 빈다.

2019년 8월
이 경 희

늙은 소녀들의 기도

1판 1쇄 발행 2019년 8월 30일

지은이 이경희

펴낸이 윤혜준 | 편집장 구본근 | 고문 손달진 | 디자인 박정민

펴낸곳 도서출판 폭스코너 | 출판등록 제2015-000059호(2015년 3월 11일)
주소 서울시 마포구 월드컵북로 400 문화콘텐츠센터 5층 15호(우 03925)
전화 02-3291-3397 | 팩스 02-3291-3338 | 이메일 foxcorner15@naver.com
페이스북 www.facebook.com/foxcorner15 | 블로그 https://blog.naver.com/foxcorner15

종이 일문지엽(주) | 인쇄 수이북스 | 제본 국일문화사

ⓒ 이경희, 2019

ISBN 979-11-87514-26-8 (03810)

• 이 도서는 한국출판문화산업진흥원 '2019년 우수출판콘텐츠 제작 지원' 사업
  선정작입니다.

• 이 도서의 국립중앙도서관 출판예정도서목록(CIP)은 서지정보유통지원시스템 홈페이지
  (http://seoji.nl.go.kr)와 국가자료공동목록시스템(http://www.nl.go.kr/kolisnet)에서
  이용하실 수 있습니다.(CIP제어번호: CIP2019032766)